宮尾登美子
遅咲きの人生

大島信三

芙蓉書房出版

はじめに

「人生にムダはない」という格言が好きだ。失敗も哀しみも憎悪もいずれプラスに転じる、そういう人生をおくった人は最高に幸せだと思う。宮尾登美子はまさしくその一人であった。「なにをしてもその人にとって、この一日一日、この一刻一刻はとても貴重な時間なんですね。すべてその人の肥やしになっていく」と彼女自身も語っていたが、作家という職業を選んだのは正解だった。

作家の多くはナルシストであるが、宮尾登美子は飛び切りナルシシズムの含有量が豊富で、とりわけ自分を語るのが好きだった。宮尾文学の芯は、自分史文学といってよい。そこから努力家であった彼女はどんどん対象領域を広げ、物語作家としてさまざまなジャンルの話題作を世に送った。これと決めたテーマに取り組む執念と取材力には端倪《たんげい》すべからざるものがあった。

「私は自分の時間を自分の支配下に置きたい」と宮尾登美子はよく口にした。人から催促されるのを嫌い、締め切りをきちんと守った。手渡した原稿を完成品とみなし、ゲラに赤字をあまり入れなかった。一作一作に膨大な時間を費やし、発想から執筆まで何年、何十年とかけた。

原稿を書いてもらうために編集者はひたすら作家がペンを取る日を待ちつづけた。ときにはこき使われることもあったが、それでも黙々としたがったのは、彼女の作品が多くの読者を引きつけていたからにほかならない。

私生活も起伏が激しかった。前半生は苦労の連続という典型的な遅咲きの人であった。孤児院育ちのココ・シャネルが貧しさの象徴だった黒を輝くばかりの気品あるカラーに変えたように、宮尾登美子はコンプレックスを逆手《さかて》にとって飛躍した。また、五十歳を過ぎてからの受章歴は、高齢化社会の鑑《かがみ》といってよかろう。

昭和五十三（一九七八）年、『寒椿《かんつばき》』で第十六回女流文学賞（五十二歳）。同五十四（一九七九）年、『一絃《いちげん》の琴』で第八十回直木賞（五十三歳）。同五十八（一九八三）年、『序《じょ》の舞《まい》』で第十七回吉川英治文学賞（五十七歳）。平成二（一九九〇）年、『松風の家』で第五十一回文藝春秋読者賞（六十四歳）。同八（一九九六）年、『蔵《くら》』で日本映画テレビプロデューサー協会のエランドール特別賞（七十歳）。同二十二（二〇一〇）年、『錦《にしき》』で第六回親鸞賞（八十四歳）。そのほか平成二十年に菊池寛賞を受賞し、同二十一年度の文化功労者に選ばれた。

筆者は宮尾登美子と二回、ロングインタビューをおこなう機会があった。その一問一答はいずれも筆者が勤務していた産経新聞夕刊（平成元年一月二十七日〜二月二十三日まで二十二回連載）とオピニオン誌『正論』（平成六年一月号）に掲載された。それに補足取材や本人の日記、手記、随筆、新聞や雑誌の記事などを参考にしながら一世を風靡《ふうび》した女流作家の刺激的な人生を追ってみたい。

宮尾作品はいくつかのジャンルにわけられる。『櫂《かい》』、『春燈《しゅんとう》』、『朱夏《しゅか》』、『仁淀川《によどがわ》』の自伝的な小説の四部作。土佐の花街を描いた『陽暉楼《ようきろう》』、『岩伍覚え書』、『寒椿』、『鬼龍院花子の生涯』。日本の伝統文化を題材にした『一絃の琴』（音楽）、『伽羅《きゃら》の香《かおり》』（香道）、『序の舞』（日本画）、『松風の家』（茶道）、『きのね』（歌舞伎）、『菊亭八百善《やおぜん》の人びと』（日本料理）、『蔵』（日本酒）、『錦』（織物）。歴史ものとして『天璋院篤姫《てんしょういんあつひめ》』、『東福門院和子《まさこ》の涙』、『クレオパトラ』、『宮尾本　平家物語』がある。ほかに捨て子の人生を追った『天涯の花』も忘れてはなるまい。

　自伝的小説ということばは誤解を招きやすいが、あくまでも自伝に近い小説であり、自伝とは異なる。そこはきちんと押さえておきたい。一般論だが、随筆もその内容をかんたんに信じてはいけないときがある。随筆も執筆者によってはけっこう創作されているのだ。第三者が虚《きょ》実皮膜《じっぴまく》の間を選りわけていくのは不可能で、そういう神業《かみわざ》ができるのは作者のみである。本書は宮尾登美子の自伝的小説とちがう部分があるので、あえて申し添えておきたい。

　二度結婚した彼女は戸籍上、三つの名前を持った。それぞれの姓名にしたがって、生まれたときの岸田登美子の時代、初婚のときの前田登美子、もしくはペンネームにした前田とみ子の時代、そして再婚したときの宮尾登美子の時代という三つのわけ方ができる。自伝的小説は岸田時代と前田時代の前半までで、結局、もっともドラマチックな前田時代の後期や宮尾時代を書かずに彼女は世を去った。本書の力点がその部分にあるのはいうまでもない。

　宮尾登美子は涙腺が人一倍ゆるく、悲しいときも嬉しい折も、感動しても、書けなくなっても涙にくれた。昭和を初めからお終《しま》いまで丸ごと生き、しばしば歴史の波に翻弄された一生だった。雑談の折「まあ、総理大臣もずいぶん変わりましたね」ともらしたことがあったので数えてみたら戦前に十五人、戦後に三十二人が入れ替わっていた。本書を有名作家の個人史にとどまらず日本現代史の一断面として切り取れないかという思いもあって、ときどきの出来事や歴代首相四十七人の名前などを織り込んでみた（引用の際、表記を統一したところもある。文中敬称略）。

宮尾登美子　遅咲きの人生　目次

第十一章　一期一会　231

第十二章　姉御がゆく　251

第一章　土佐の花街

複雑系の家庭

「向こうに遊郭があって、あっちのほうに鬼龍院花子が住んでいたそうですよ」と高知市の二葉町で宮尾登美子が幼少期を過ごしていた場所を尋ねたとき、土佐稲荷神社の近くで地元の人が教えてくれた。神社の境内をぐるりと囲む石柱の一つに「鬼頭良之助《きとうりょうのすけ》」という名前があった。鬼頭良之助というのは長編『鬼龍院花子の生涯』に登場する鬼政親分のモデルとなった土佐の侠客《きょうかく》の通り名で、この人物が実在した証拠でもあった。また、鏡川大橋の近くに「蔵《くら》」という居酒屋の看板があった。いずれも宮尾作品には関係の深い名前だ。

鬼頭良之助は実在したが、鬼龍院花子はあくまでも宮尾作品の登場人物にすぎない。だが、土佐の高知で日常会話のように聞くと、原作と映画のイメージのままに男まさりの花子がまるで近くを闊歩《かっぽ》していたように感じられた。また、物陰からヒロインの松恵に扮した和服姿の夏目雅子がふいに小走りにあらわれそうな雰囲気があたりに漂っていた。そもそも宮尾ワールド自体が出発点から虚と実が入り混じっていた。

登美子は戸籍のうえでは大正十五（一九二六）年四月十三日に二葉町、当時は緑町四丁目といった高知市の下町で岸田猛吾《たけご》と喜世の四女として生まれたことになっている。だが、父親以外は正確でなく彼女がいつ、どこで誕生したのか、たしかなところはわからない。下町の長屋で暮らす住民の多くはそれぞれになにがしかの暗い過去を背負っていた。登美子も祝福されてこの世に誕生したわけではなく、喜世とは血のつながりがなかった。

この年の一月二十八日、加藤高明《たかあき》首相が病死し、憲政会総裁の若槻《わかつき》礼次郎が後継首班となった。そして暮れの十二月二十五日、大正天皇は崩御され、皇太子裕仁《ひろひと》親王が皇位を継承し、昭和が始まった。めぐりあわせというものであろうか。以来、登美子は歴史の節目の年に自身も変化のときを迎えることが多かった。

生母は娘義太夫一座にいて十代のときに妻子あるバクチ打ちの猛吾と深い関係になった。芸名を芳花《ほうか》とか利吉太夫《としきちたゆう》といい、三味線もうまく弾き語りをしていた。土佐では十指に入る義太夫語りだった。祝福されざる子は生まれるとすぐに生母から引き離され、緑町四丁目の父親の家に引き取られた。生母の実家は隣りの常盤町（現在の南宝永町）で小さな旅館を営んでいた。登美子はそこで生まれたのかもしれない。このとき猛吾は四十五歳、喜世は三十五歳であった。

登美子は引き取られた家で日陰者の子というみじめな扱いを受けることはなく、わがままいっぱいに育った。喜世はなさぬ仲の登美子をわが子のように可愛がった。浮き沈みの激しかった登美子だが、育ての母の愛情を一身に受けたのは人生最大の幸運であった。やさしい喜世に手をひかれ、彼女は四歳のとき、筑前琵琶《びわ》の師匠の家に通った。生母の資質を受け継いだのか、「赤垣源蔵徳利《とっくり》の別れ」を瞬《また》く間に覚えて歌った。

「母（喜世）は十四で父のところへお嫁に来ました。それで十五のときに長男を産み、年子《としご》で次男を産みました。それからしばらく子供がなかったんです。それで、三人目は女の子だった。その頃は家が貧乏だったので、母は栄養失調だったんですね。そのためひと月ほどお乳《ちち》が出なくて、長女はすぐ死んじゃったそうです。母にすれば、私を死んだ娘と思う気持ちもあったでしょうね」（登美子）

長男は明治四十（一九〇七）年生まれの光太郎といい、登美子がこの世に誕生したときは結核で寝込んでいて、昭和六（一九三一）年に二十三歳で帰らぬ人となった。次男の英太郎は旧制中学を中退し、家業を手伝っていた。宮尾作品に健太郎という名前で登場する次兄は登美子より十八歳上だった。

宮尾作品の重要人物、富田岩伍のモデルはいうまでもなく父親の猛吾である。青年団長、町内会長、消防団長をつとめ緑町界隈の顔役であった猛吾と、喜和の名前で出てくる喜世の二人のキャラクターと時代を知るのが、宮尾文学入門の第一歩といってもよい。

猛吾は明治十五（一八八二）年、高知市の材木商の七男として生まれた。高知で生まれ、高知で生涯を終えた猛吾は土佐を愛し、郷土と自分の祖先を誇りにした。父親は登美子に「もう系図はないのでこの由緒ある家を信用できないかもしれないが、墓所を見てくれ」とよく口にした。

「屋根つきのお墓で、四十基ぐらい、享保の頃からのがばっちりあるんです。最初は庄屋で、幕末は材木商ですけどね。で、父はこの家は享保の頃から他県人と結婚していないといって自慢していました。あの人もなかなかプライドがありました」。そういう登美子もまたプライドが高かった。猛吾は苦労人だった。七歳のとき、家が破産し、小学校へ二十七日しか通うことがなかった。そのため若い頃は満足に字が書けなかった。後年、父親は宮尾作品の貴重な資料となる膨大な日誌を残すが、読み書きはすべて独学で身につけた。

長く花柳界にいた猛吾だが、酒を一滴も飲まなかった。そのかわり食、なかでも魚にうるさかった。鮮度に神経質で、ついには自分で釣りを始めた。動力船を所有し、タイやスズキを獲っていた。他人が獲った魚を食えるかとタンカを切っていた手前、自分ではなかなか獲れないカツオやブリをめったに口にしなかった。ブリの身はまだしも皮までむしゃむしゃ食う人間を軽蔑し「ブリの皮を食うようなヤツと一緒になっちゃいかんぞ」と娘に何度となくいった。

幼い頃は「おトミちゃん」と呼ばれていた登美子のDNAには、鉄火場をくぐり抜けてきた父親の気質がきっちりと組み込まれていた。大胆な行動に走ったり、年下の土佐出身の作家らを舎弟のように可愛がったのも父親の遺伝子のせいにちがいない。舎弟にされたほうも彼女を姉御《あねご》と呼んでいた。

登美子は岸田家の一人娘と自負し、随筆や講演、自伝的小説でも折々にそのことを口にした。だが、冒頭でふれたように戸籍上は四女となっていた。これはバクチ打ちから芸妓娼妓紹介業へ転じた猛吾の商売とからんでいた。登美子が生まれる前、猛吾は身寄りのない女の子二人を

戦後に再建された高知市二葉町の土佐稲荷神社。神社の裏方に宮尾登美子が小学二年まで住んだ、この一帯では一軒しかなかった二階家があった。すっかり変わった周辺の町並みから登美子が遊んでいた幼少期の雰囲気を感じ取るのはもはやむずかしい

土佐稲荷神社の境内にあった鬼政親分のモデル、「鬼頭良之助」の名前が入った石柱

引き取って（買い取っていた可能性もある）籍に入れていた。したがって夭逝《ようせい》した長女、養女二人につづく登美子は四女ということになる。

その後も猛吾は入籍こそしなかったが、他人の子を引き取って育てた。これが喜世との夫婦関係をわるくする原因の一つとなった。つぎつぎと養女にしたのも猛吾のビジネスがらみであった。女の子を何年か養って、小学校を卒業すると置き屋などへ送り込むのだ。喜世にすれば、金持ちから金を巻き上げてくるバクチ打ちのほうがまだマシだった。こういう複雑な水商売の家で登美子は育ったのである。

家業への思い

宮尾作品を一読すれば、登美子の猛吾への強い思い入れがビリビリと伝わってくる。「私の人生でいちばん深く関わった男ですから仕方ないですね。もし父親があんな職業でなかったら、私はもうふつうの女の子です。小説なんて書いていません」と彼女はいった。猛吾が芸妓娼妓紹介業を営んでいた下《しも》の新地の花街は、戦前の土佐では有名な夜の遊び場で、後年、安岡章太郎はパーティーで登美子があいさつすると「や、シモの新地がきた」といって顔をほころばせた。安岡の父親は高知県香南市の出身で、上京してからも家では方言で通した。そのため東京育ちながら安岡は土佐弁が上手で「あんた、いま何をやりゆうぞね」と話しかけて、登美子を嬉しがらせた。

緑町四丁目の表通りは小ぎれいな商店が並んでいたが、一歩裏へ回ればうらぶれた長屋が密集していた。この極貧の一帯が猛吾の稼業を支えていた。いまでいう貧困ビジネスだが、裏稼業ではなく表通りに堂々と看板をかかげていた。芸妓娼妓紹介業は一種のハローワークのような機能を持って社会から認知されていたが、どうつくろったところで人身売買に変わりはなかった。

とはいえ「この看板ほど私の人生に呪わしい影を落としたものはない」と随筆で吐露したほどに登美子の本心は劣等感にさいなまれていなかった。むしろ彼女は、自分は富裕層に生まれたと思っていたし、父親の地元での影響力や財力を誇りにしていた。三味線や踊りを習ったが、すべてお嬢さん芸で、芸者見習いの女の子のきびしい稽古とは比較にならなかった。実家の使用人や継母らへの差別意識は、傍《はた》がハラハラするぐらいあからさまであった。

芸妓娼妓紹介業について「水商売に入ろうとする人を斡旋する仕事なんですね。ただ、この仕事にはこういうふうにやりなさいという方式はないんです。それに紹介人といってもピンからキリまでございましてね」と登美子はいった。そして「鑑札をもらって、きちんと組織を持って、たくさん人を雇って、事務所をひらいてやっていた紹介人のなかで、父は関西一といわれていました」とつけ加えた。やり手の猛吾は相撲や芝居の勧進元になることもあった。父親が地元で上方歌舞伎の興行を打ったときは、登美子も歌舞伎役者が顔づくりのさなかの楽屋をうろちょろした。芝居が始まれば、勧進元《ぜげん》のお嬢さんは一等席で観た。

鑑札を持たないモグリの紹介人は女衒と呼ばれ、女性をたぶらかして遊女屋などに売って銭を稼いでいた。この面妖《めんよう》な商売人は現代の闇社会でもしぶとく生き延びているが、彼らは貧乏人の家へ行って「娘を奉公させたらまとまったお金が入る」とそれとなくささやく。「そんなに金がほしいなら、娘を売ったらどうか」といったストレートな言い方はせず、親のほうから依頼されるように仕向ける。「頼む」といわれると「それじゃ、信用できる人に紹介しよう」と、猛吾のような紹介業者のところへ話を持ち込み、いくばくかの口銭《こうせん》を手にしていた。

「紹介業というのはきちんとした免許と、子供を食いものにしないような財産の保証があって初めてできた職業なんですね。父は誇りどころか、もうそれこそ義侠心満々でした。俺は貧乏人の手助けをしているって。紹介業は立派な仕事だと胸を張っていました。とにかくたくさんの税金を納めていた多額納税者でしたから。いまの世のなかではちょっと理解しにくいでしょうが、戦前には娘が身を売って困っている親を助けるのは当然という風潮が一部にあったんですね」

そう登美子は弁じたが、戦後、世間はそのようには見てくれなかった。「みなさん、ずいぶん誤解しています。私の家は（芸妓娼妓の）取引の場であって、男が遊んでいく場じゃないんですよね」。彼女は世間の誤解を悔しがったが、もう時代がちがっていた。それはともかく、一体、取引の場はどういうぐあいであったのだろう。

戦前のオーソドックスな紹介業は料亭や妓楼《ぎろう》（遊女屋）の経営者と仕事先を探す女性をつきあわせて交渉した。紹介人が真んなかにいて、女性の容姿や三味線の技量などから値を決めていく。だが、紹介人として相当のキャリアを積んでいた猛吾は、信用があったのでこういうめんどうくさい取引はほとんどなかった。妓楼オーナーへ写真を送ったり、電話で話したりして用が足りていた。

「電報とか使いの男衆とか、事務の書類とか、そういうもので仕事が進められていたんですよ。だから、ほんとにうちは堅い、堅い家でしたね。朝は近所でいちばん早かったし、夜も早くから戸を下ろしていました。三味線が鳴るような家ではなかったんです」。そう語る登美子に「イメージがちがいますね」というと、「家のなかでみだらなことをしているのを一度も目撃したことはないし、ひわいな言葉だってだれからも聞いた覚えはないですね。私は性的に非常にオクテでして、なんにも知らなかったんですよ。妓楼というのは、男が行って女の人と遊ぶところだと知ったのはずいぶんあとだと思います」と答えた。

そして「ただ、あれは不思議なことですけれど、本能的になにかを察知するんですね。小学校二年のときに引っ越ししました。近くに遊郭がありましたの。朝、通学のときにそこの裏手を通って行くんです。そうすると夏など戸があけてあって、赤いふとんに客がいるわけです。あ、こんなところはさわっちゃいけないんだと遠回りしたものです」とつづけた。土佐稲荷神社の近くにあった稲荷新地の遊郭のことだ。ただ、猛吾の家には艶《なま》めかしい雰囲気がまったくなかったかといえば、そうでもない。ときには娼妓が泊まることもあった。高知から満州へ行く女たちであった。

「何日から行くかがまだ決まらないとき、うちの二階に十日ぐらい居たりしました。彼女たちと私は他の人よりはずっと多く接触はしています。だけど、その人が遊ぶ場は知りません。映画など見ると、そういう人たちはいつも赤い長襦袢《ながじゅばん》を着て、だらしなくしていますが、そんなことはないんですよ。ふつうの格好でうちの炊事を手伝ったり、お掃除をしていました。ただ、その人たちはどことなく素人とはちがうんですね。うちにいたお手伝いともちがう。なんとなくいやだなという感じは持っていました」

登美子の語る遊里の世界は、どこかカラッとしたところがあった。凶作に見舞われた農家の娘が泣く泣く売られていく、そんな東北の情景とはあきらかにちがうのだ。「高知というのは南国ですから、全体に明るいんです。女性の職業は学校の教師とか、電話交換手とか、お手伝いさんとか、ほんとに数えるぐらいしか職種がなかった。だから女性が大金を取りたいと思えば、苦界《くがい》に身を沈めるよりほかなかったんですね。人身売買は人道にもとるといっても、国の福祉政策のない時代には、一家を飢えから救ういちばん手っ取り早い方法は身を売ることだったわけです」と彼女はいった。

「父が自分の職業を人助けと思っていたのも、当時の社会状況を考えると無理からぬところもあるんですね。戦前の日本というのは、いまよりもずっとお金万能の時代でした。それが身売りを容易にしたこともあるでしょう。もしいい旦那でも見つければ、親は一生左うちわで、娘のおかげで楽ができる。そうすると見上げた娘だということで、町内、近隣のほめられ者になる。そういう時代だったんですよ」。そう彼女は語ったが、親が平然と娘を売るという、そんな理不尽なことがまかり通っていた時代の、まさにそのただなかで登美子は育ったのである。

喜世の溺愛

登美子は生涯に母と呼ぶべき女性を五人持った。生みの母、育ての母、父親が再婚したときの継母《ままはは》、最初の結婚のときの姑《しゅうとめ》、そして宮尾姓となってからの義母だ。このなかで彼女が「私の母」といったときはだいたい育ての母、喜世を指す。母親としての存在感は圧倒的で、仏壇の位牌も喜世のものだった。登美子の喜世への思い入れは、血のつながる猛吾すら隅っこへおしのけてしまうほどに強かった。

いつ生母から引き離されたのか。「それがね、はっきりわからないんです。私が生まれた情景についてだれひとり話してくれたことはありません。母（喜世）は昭和二十四（一九四九）年に亡くなりますけど、最後まで秘密を守りました。ついに本当のことをあかさなかった。私にとっては死ぬまで本当のお母さんで、お互いにだましっこしていたわけです」（登美子）。父親も兄も生まれたときの様子を話すことは決してなかった。

喜世とのほんとうの関係を知ったのはいつ頃だったのか。「なんとなくおかしいなという感じ、あれは人間の本能でしょうかね。そういう感じを持ったのは小学校四、五年の頃かな。やっぱり周囲の人が隠そうとする雰囲気がありますでしょう。それがね、なんとなく。母が、私を変な目で見る人を追い払うんですね。私の秘密を守るために引っ越ししたんですけど、それもちょっとおかしいなという感じを持たせたり。でも、疑いはそれほど明確なものじゃないんです」と登美子はいった。

堅気の出の喜世は水商売の家に嫁いで苦労した。「まあ、気が利きませんでしたね、ひとことでいえば。父にすれば、もうちょっと気を利かせてくれればいいのだが……という思いはいつも持っていたでしょう。母は私と遊ぶのが大好きでした。家のなかがワイワイいって忙しくしていても、母は私と一緒にお人形ごっこなんかしている人でした」と登美子は笑った。喜世は病弱な娘を過剰なほど大事にし、かわいがって育てた。

「ただひたすら盲愛、溺愛《できあい》でした。私の奥歯は全然だめですけど、考えてみるとこれも母のせいですね。私が甘いものを食べたいといえば、たとえ寝床のなかにいてもヨウカンを持ってきてくれるんですから。何でもいう通りになる母では、私の歯もだめになりますわよ」（登美子）。ちょっとでも体調を崩すと、喜世はすぐ「寝なさい、寝なさい」と休ませた。後年、喜世の過保護ぶりとそれに甘える登美子を、黒柳徹子に「寒いとき、着なさい、着なさいといわれ、あまり着ぶくれしてランドセルがしょえなかったんですって」とテレビでからかわれた。

とはいえ、手元に引き取った当初から喜世が登美子を可愛がったとは思えない。自伝的小説の第一作『櫂《かい》』では岩伍が外で産ませた子の世話を喜和が拒否し「引き取り手がなかったら、子は殺したらええ」とドキリとするセリフを吐く。「たぶんそうだろうと思って小説には書いたんですけど。だってあの人もなかなか頑固な女ですからね。最初からハイ、ハイ承知しましたなどというはずはないと思います。だから何かのきっかけがあって、それから母はだんだんと私を生きがいとするようになっていったと思います」（登美子）。『櫂』では添い寝の乳母の不注意でみどり児があやうく圧死するところを喜和が発見する。これをきっかけに喜和は夫の愛人が産んだ赤ん坊へと目を向ける。実生活でも似たようなことがあったのだろう。

みどり児を引き取ると、喜世は乳母を雇った。安岡喜和という女性だった。喜和という名に注目したい。乳母が去ったあと、喜世は牛乳で赤ん坊を育てた。これが習慣となって登美子は長く牛乳と縁が切れなかった。戦前の高知では牛乳のニオイを嫌う人がいて牛乳を飲む人はすくなかったので、牛乳好きの登美子はずいぶんめずらしがられた。

「私がもの心ついたとき、乳母はまだ家に出入りしていました。彼女は私の家を出たあと、男の子を産みます。その子と私は乳兄弟になるというんですね。母がいうんですよ、この人にお乳を出すために、毎日、タイの焼きものとおモチを食べさせたのよって」(登美子)。乳母が生んだ男の子は芳徳といった。

昭和七(一九三二)年四月、登美子は田淵(現在の宝永町)の第一幼稚園に入った。当時、幼稚園へ行く子はそう多くなく、登美子と芳徳は一緒に幼稚園へ通った(後年、二人は再会し、旧交をあたためたが、芳徳は登美子より二か月ほど早くこの世を去った)。幼稚園へ入って一か月後、五・一五事件が起き、犬養毅《いぬかいつよし》首相は暗殺され、斎藤実《まこと》内閣となった。動乱の世が忍び足で近づいてきた。

昭和八(一九三三)年四月、登美子は小学校へ入った。「ハナ、ハト、マメ」の国語読本が「サイタ、サイタ」に変わった。下知《しもじ》小と第五小の二校が統合されて昭和小学校ができて二年目であった。「近代的でピンクの、とってもきれいな校舎でした。なかなかマンモス小学校でして千五百人の児童がおりました。この年の十二月二十三日、皇太子(今上天皇)ご誕生がありました。私は選ばれてみんなの前でステージに立ち、ご誕生をお祝いして踊りました。歌った歌も覚えております」。そう語った登美子は「♪可愛い　可愛い王子様　どこからおいでになりました　空からおいでになりました」と口ずさんだ。

十二月二十三日午前六時三十九分、良子《ながこ》皇后は待望の第一皇子、明仁《あきひと》親王を出産された。息せき切って駆けつけた湯浅倉平《くらへい》宮内大臣の報告に昭和天皇は「それはたしかか」と尋ねられた。ご結婚十年で四人の内親王（第二皇女は生後半年で逝去）がつづき、天皇家は強いプレッシャーをうけておられた。世継ぎは皇子でなければならず、重臣のなかには側室の必要を口にする者もいたのだ。全国津々浦々に皇太子誕生を告げるサイレンが鳴り響き、万歳の声がこだました。

登美子が在学していた頃の昭和小の校歌は「♪東《ひんがし》の空明けそめて」で始まるが、現在の校歌の出だしは「♪お城を西に遠く見て」である。登美子が小学生の頃はあたりに高い建物がなかったので山内一豊《やまのうちかずとよ》のつくった高知城がくっきりと見えた。新しい校歌から察して戦後もしばらくは東の下町からも西の高知城が眺められたのだろう。現在は高いビルへ上がらないかぎり、下町から城を望むことはできない。

関ケ原の合戦で活躍し、遠州掛川の五万石から土佐藩二十万石の大名に出世した一豊が大高坂山《おおたかさかやま》に城を築き始めたのは慶長六（一六〇一）年だった。南海一といわれる名城の優美な姿は土佐人のロマンを駆り立てた。東の下町に住む子供たちにとって西の方角は別世界で、少女時代の登美子もはりやま橋の向こうにそびえる天守閣を眺めながら自分を姫君になぞらえて空想にふけった。喜世に連れられて高知城のそば、追手筋の日曜市へ出かけるときは二人ともハレ

高知城の本丸には天守閣、本丸御殿、納戸蔵、廊下門などが残る。このように本丸が高知城のように完全な形で残っているところはどこにもない。別名を鷹城ともいったお城の天守閣に少女時代の宮尾登美子は魅了され、それは終生変わらなかった

の場へ向かうような気分で着飾った。いつかお城の近くに住みたい、夢多き少女は何度もそう思った。

高知市の西の優美さにくらべ、東のほうはなんともさえなかった。一帯には田園風景が広がり、肥溜めがいたるところにあった。ランドマークは焼却場の高い煙突で、自慢できるのは花街の芸者の数と下知ねぎくらいであった。

小学時代の登美子は相変わらず体が弱く、ときどき学校を休んだ。小学二年の頃から肩こり症でマッサージをとるようになった。これは一生、縁が切れなかった。病気になると喜世はつきっきりで看病し「蒸しずしが食べたい」といえば、すぐに出前をとってくれた。登美子が熱を出すと、喜世ははりやま橋を越えて追手筋の竹内病院へ連れていった。しょっちゅう入院する妹を「竹内病院は登美子の別荘だ」と兄の英太郎はからかった。

八月二日のお稲荷《いなり》さんの祭に登美子は長袖を着て出かけ、小遣いもたっぷりもらった。「祭のとき皆、半袖なのにおトミちゃんだけが長袖だった」と地元の古老は語ったが、まさに雀百まで踊り忘れぬで、彼女の祭好きや着道楽は生涯変わらなかった。

少女時代の好物はアイスクリームだった。子供たちはアイスクリームをアイスクリンといったが、登美子にとってアイスクリンといえば桂浜《かつらはま》だった。当時、高知市内の小学生たちの春の遠足は、浦戸の太平洋に臨む桂浜へ巡航船で行くことが多かった。桂浜には赤い布をはためかせたアイスクリン屋がいた。鉢巻に地下足袋のおじさんがディッシャー（器）にすくってくれるアイスクリンは三銭から五銭だった。子供たちは眺めるだけで買うことは許されなかった。

高知市浦戸の桂浜。よさこい節に♪月の名所は桂浜とあるが、宮尾登美子にとって桂浜は有名人になっても月よりもまずアイスクリームであった

後年、登美子は桂浜を訪れたとき、かならずアイスクリームを買った。ある年の真夏、坂本龍馬の銅像が見下ろすところで三つも食べて、同行者を驚かせた。素朴な味のアイスクリームは登美子の土佐自慢の一つであった。

緑町四丁目の裏の長屋にもアイスクリン屋がいた。毎朝、天秤棒をかついで出かけていくおじさんはカッコよく、子供たちにとってスターのような存在であった。緑町も桂浜も同じ格好で荷台も同じだった。製造、販売同じ組織だったのだろう。「買ってはいけない」とふだんは甘い喜世からも注意されていたが、登美子は高学年になると学校の帰りにこっそり買って食べた。

アイスクリームを禁じた喜世だったが、娘のために講談社発行の『少女倶楽部』をとっていた。毎月付録とともに届く『少女倶楽部』によって登美子はどんどん知識を広げた。クレオパトラを知ったのもこの雑誌であった。また、江戸時代の話にも興味を持つませた女の子であった。城の明け渡しに関心があって、それが長い歳月を経て長編『天璋院篤姫』へとつながった。

猛吾が相撲の興行に関係していたので相撲見物は小学生の頃から登美子の楽しみの一つだった。土佐の相撲熱を高めたのは地元出身の玉錦だった。高知県唯一の横綱で昭和小の前身、下知小の卒業生だった。昭和七年、第三十二代横綱となった玉錦は優勝回数が九回で、二所ノ関部屋の創設者だった。横綱は三十四歳で病死したが、高知で大相撲の巡業があったとき、力士たちはかならず香南市の国道沿いにある玉錦の墓に詣でた。登美子が小学四年のとき、玉錦は昭和小に土俵を寄贈し、その竣工式に弟子を引き連れて来校した。後年、登美子は大相撲に魅せられ、蔵前にあった頃から国技館に足を運んだ。

同級生に宮尾という少年がいた。同じ下町、母親同士も顔見知りだった。二年下のクラスに彼の弟がいた。登美子は宮尾少年に弟がいることを知っていた。縁は異なもの味なものというが、おしゃべりでお転婆の登美子と、無口でおとなしい同級生の弟が長い歳月を経て出会うことになる。

喜世の乳房を求める夜

「子供の頃の私のあだ名はウシの子なんです。朝から晩まで母のたもとにしっかりとぶらさがってついて歩いていました。母はずっと添い寝してくれていましたし、食事のときはわきにいて魚の小骨をとってくれていたんですよ」（登美子）。喜世にとって登美子は生きがいそのものであった。とはいえ、手放しで喜世を礼賛するわけでもなかった。

「母が非常にいい女であったか、いい女房であったかということを考えました場合には、やっぱりお点は辛《から》いですね。他人からの評判は父のほうがとてもいいんです。母については、十人が十人ほめてはいません。だけど、どこの家でも主婦はお金を締めるので嫌われますから、まあ母は世間並みなんでしょう」

そう語る登美子は夢見る少女で、宝塚へ行きたいと思っていた。喜世はそんな登美子に「お前は大きくなったらクィーン・エリザベス号に乗って、チラチラレースのついたお洋服を着て、いろんな国の王女様と一緒に踊りなさい」と夢を駆り立てた。登美子は王女様、女王様、お姫様ということばを聞くと、いつも心がウキウキしてくる感受性の強い女の子だった。

猛吾と喜世は寝室をべつにしていた。猛吾の枕元には、漢詩の書かれた六曲屏風《ろっきょくびょうぶ》が立てまわしてあった。喜世が寝ていた部屋にも、猛吾のものほど立派ではなかったが、すき風をふせぐ枕屏風があった。喜世は屏風に雑誌に載った美人画のカラー口絵を貼っていた。鏑木清方《かぶらぎきよかた》、伊《い》東《とう》深水《しんすい》、上村松園《うえむらしょうえん》らの絵だった。のちに上村をモデルに長編『序の舞』を書くことになるが、上村の絵は明治四十二（一九〇九）年に文展に出品して話題を呼んだ「長夜」だった。

喜世と同じふとんにくるまった登美子は、毎晩のように乳房を求めて体をすり寄せた。喜世の乳房にそっとふれ、まさぐった。そうしないと寝つけなかった。登美子が小学一年の夏、喜世は子宮筋腫で手術した。手術は長引き、麻酔はなかなかさめなかった。心配した近所の人々があちこちの神社に祈願してくれた。

喜世は健康を取り戻し、母親の不在で心細かった登美子を喜ばせた。喜世はまだ四十代の前半だったが、大病で自慢の黒髪がごっそりと抜けてしまった。だが、喜世はかつらをつけて決して登美子に髪の抜けた頭を見せなかった。登美子はまた喜世の乳房にふれ、なさぬ仲の母と娘のスキンシップが幼児期から小学二年までつづいた。

ある晩、猛吾がいきなり二人が寝ている部屋に入ってきた。登美子は猛吾が枕元に立っているとも知らず、喜世の乳房にさわっていた。「一体、なに、やっているか」と猛吾が怒鳴った。父親に叱られた登美子は「それからおっぱいをさわることはやめました。だけど、添い寝は

（小学）六年までしてもらった」と、同郷のよしみで親しかった嶋岡晨《しまおかしん》（詩人）が聞き手のインタビューで告白している（『すばる』昭和六十年四月号）。

また、喜世は登美子が寝つけないとき、枕をどけて自分の腕を貸した、首筋から伝わってくる喜世の心地よい体温を彼女は大人になってもときどき思い出した。後年、カンズメで一人ホテルに籠っているとき、知人に電話し「手枕してくれる人がほしい」といって相手をドキッとさせることがあった。喜世のやさしい手枕を思い出して、だれかに甘えたかったのだ。

そっと見守っていた生母

登美子が生母に寄せる感情はなかなか複雑だ。「私はね、私を産んだ母が懐かしいとも、会いたいとも、そんなことは思ったこともないんですよ」とあっさりした口調でいった。しかし、こういうクールな言い方を額面通りには受け取れない。人間の内面というのは、いつでも一様とはかぎらないのだ。『櫂』のなかで娘義太夫一座の巴吉太夫は美人で利発に描かれている。そのことにふれると「ちょっと美化してね。小説ですからね、あれは。まあ面白くしてありますけど、そんなにたいした人ではなかったと思います。知りませんけど、私は。ほとんど聞いたことがないんですもの」とやはり素っ気なかった。

そういいながらも登美子が生みの母と育ての母の間で揺れ動いてきたのもたしかだ。「私も保育所に勤めていたので心理学をかじっていますけど、環境が人間を設定するという有名なことばがありましてね。環境が重要なんですよ。でも、やっぱり血だなと思うこともありました。なんとなく母はほんとうの母ではないという感じ。ちょっとした違和感。この人には父と同じように接してはいけないという気持ち。この人をかばってあげなくちゃならないという思い。これは、はっきりした意識じゃないんですよ。なんの根拠もないんですよ。しかし、これは血にかかわることですね」。登美子は自分の屈折した感情を口にした。

「子供のときから私は非常に体が弱くて、たびたび病気をしました。そのとき遺伝性の問題になってくると、母は一歩下がるんですね。そうすると、やっぱり子供心に不思議だなと思うでしょう。ふつう、お母さんが貧血ぎみだからお前もそうなのよといった言い方をするけど、母はいえないんですよね。父は、それはちょっと俺の体質かなといったりしますけどね」（登美子）

生母は登美子についてかなり情報を得ていた。生母の一族のなかに岸田家に出入りしていた者がいたからだ。お灸の上手なおばさんもその一人だった。当時、高知の下町あたりでは健康法の一つとして子供にお灸をすえる習慣があった。ペナルティーを与えるとき「お灸をすえる」というくらいだから、背中の上で燃えるもぐさの熱さは子供にとってはつらかったが、そのあとのごほうびを期待して我慢した。

片足がすこし不自由な中年の女性は、灸治療と三味線を教えて暮らしていた。登美子は大人になってから、この女性が生母のすぐ下の妹であるのを知った。登美子にこの家を教えたのは父親だった。猛吾はかつての愛人の姉妹とずっと付き合っていたのだ。

生母にはもう一人、妹がいた。その妹の次女と登美子は小学校の同級生であった。二人は従《い》姉妹《とこ》になるが、そういう血縁関係を登美子に教える人はだれもいなかった。生母は長女で弟妹がほかにもいた。生母はじつの子を出産と同時に手放したが、同じ町内に住む妹らを介して登美子の成長をそっと見守っていたのだ。

　登美子は生母に一度会っていた。「手引きする人がいて、私が小学生のときに会っています。修学旅行で神戸へ行ったときです。港に船が停泊していたんです。その船のなかで休んでいたら、知らないおばさんが入ってきました。埠頭《ふとう》の喫茶室でココアをごちそうしてくれました。それが母だったんですね」（登美子）。強烈な印象かと思えば「非常に薄いんです。だって生母とは知りませんもの。知らないおばさんですもの。私の家にはたくさんのお客さんが出入りしていたので、人慣れしていたんですよ。べつに不思議にも思わず、手引きする人のいう通りにしたんでしょうね」。黒い羽織を着た、上品な女性だった。

　手引きしたのは同級生の従姉妹で、生母は三、四年生くらいの女の子を連れていた。異父妹だった。「本当は生母であったそのおばさんと話しているとき、私は自分の母の自慢話ばかりしていたのを覚えています。彼女がどんな気持ちで私の話を聞いたのかわかりませんけどね」と登美子はいったが、このときの母とはいうまでもなく喜世である。

第二章　思春期の陰影

得月楼で遊ぶ

昭和九年（一九三四）年三月末、猛吾は高知市緑町四丁目の家を次男夫婦に譲って、浦戸湾に臨む海岸通り二丁目へ引っ越した。登美子が昭和小学校の二年生になる春休みのときだった。引っ越したところは一階と二階あわせて十部屋もある大きな家だった。もとは船員相手の高知屋という旅館で中庭には築山があり、緑町の家とは比較にならないほどゆったりした屋敷であった。

自伝的小説で海岸通りは馴染みの深い町名だ。実際には三年後の町名変更で若松町となったが、作品ではずっと海岸通りで通している。浦戸湾には沿岸の人々の足となっていた巡航船が往来し、釣り舟や赤いちょうちんをつるした舟も多数浮かんでいた。そのなかに猛吾の釣り舟もあった。

猛吾の家は若松町の船着き場から東へ七、八軒目であった。四軒隣りには長編『陽暉楼《ようきろう》』など土佐の花街を描いた小説の重要な舞台となる料亭のモデル、得月楼《とくげつろう》本店が威容を誇っていた。夜ともなれば三味線の音が鳴り響き、酔客の高笑いで賑やかだった。猛吾が引っ越してまもなく帝人の株をめぐる疑獄事件があかるみに出た。これが政界をゆるがし、七月三日、斎藤実内閣は帝人事件の責任をとって総辞職し、八日、岡田啓介内閣ができた。この年は軍需産業が好況で、その恩恵を受け全国の花街は賑わっていた。得月楼もその一つだった。

商売繁盛の得月楼の主人、初代松岡寅八《とらはち》が稼げる芸妓を一人でも多く確保するために芸妓娼妓紹介業の猛吾を近くに呼び寄せたのだ。博徒だった猛吾に紹介業への転身をすすめたのも寅八だった。南海一を誇った得月楼はもともと陽暉楼という名だった。最初は下《しも》の新地ではなく、坂本龍馬が生まれたところからそう遠くない上《かみ》の新地にあった。

明治五（一八七二）年五月、玉水新地にあった芝居小屋の前で弁当を売って財を成した魚屋の寅八が料亭を建て、陽暉楼と名づけた。二十八歳のときに寅八は九歳年下の悦《えつ》と結婚し、苦労をともにしながら陽暉楼を大きくした。悦は跡継ぎを産んだあと病死したが、寅八は苦難を乗り越え、陽暉楼を板垣退助や植木枝盛らがひいきにする一流料亭に盛り立てた（土佐文雄著『得月楼今昔』、高知新聞社）。

土佐文雄によれば、陽暉楼が得月楼に変わった経緯はこうだ。明治十一（一八七八）年秋、陽暉楼で観月宴が盛大にひらかれた。主賓は前年の西南戦争の際、西郷隆盛の大軍に包囲されながら五十日間にわたって熊本籠城を敢行した熊本鎮台《ちんだい》司令長官の谷干城《たてき》だった。中秋名月の宴《うたげ》の席で参会者の一人が「陽暉楼は天下人のつどう楼になった。一つここらで心機一転、谷将軍に新しい名をつけてもらったらどうだ」と提案し、最初はしぶっていた谷も応じた。鏡川にゆれる満月を見つめていた谷が口にしたのは「近水楼台先得月」（水に近い楼台はまず月を得る）という宋の蘇麟《そりん》の詩だった。得月楼と名前を変えてからも徳富蘇峰《そほう》や大町桂月《けいげつ》といった文人が姿を見せ、大いに賑わった。

肌寒い日、板垣ら土佐の論客を思いながら高知市玉水町の鏡川べりを歩いた。玉水町から石立町にかかる新月橋から歩いてすぐのところに陽暉楼の跡地はあった。現在、往時をしのぶものはなにも残されていない。ゆったりと流れる鏡川で坂本龍馬が泳いだこともあった。訪れた日は小雨模様で川は澄んでいなかったが、鏡川というからには昔から鏡のようにきれいな清流だったのだろう。

アユやハゼ、エビ、アナゴ、スズキ、ボラなどが獲れ、猛吾もこの川で釣りを楽しんでいた。ときには登美子もお供した。以前ＮＨＫで放映されていたが、鏡川のアユ釣りの風景はいまも昔とそう変わらないという。陽暉楼があったところのちょうど前の土手に寒椿が咲いていた。おびただしい花びらがあたりに散らばり、宮尾文学の風情にぴったりの光景であった。

下の新地の大劇場、玉江座が明治二十三（一八九〇）年、売りに出され、それを寅八が買い取った。二年後の五月、二階の大広間が百三十二畳敷きという得月楼が若松町に完成した。寅八はそこを本店にしたうえ、その脇にひと棟《むね》つけて陽暉楼と名づけ、旧名を復活させた。若い頃、ともに汗を流し、大きな夢を語り合い、励まし合った亡妻への感謝の気持ちだった。本店と別邸をつなぐ地下道が有名だった。

また、浦戸町の豪邸が明治四十（一九〇七）年、売りに出された。石灰業で財をなした実業家の邸宅だった。屋敷を手に入れた寅八は庭を残し、建物を改築して得月楼中店《なかみせ》とした。たくさんの見事な梅鉢が店の自慢だった。この中店が南はりやま町一丁目にある現在の得月楼本店につながる。やがて寅八は若松町の本店を息子（二代目寅八）に任せ、はりやま橋のほうへ移った。得月楼は本店、中店あわせて最盛期には四百人前後の芸妓を抱えていた。そのスカウトに猛吾がひと役買ったのはいうまでもない。

「海岸通りに引っ越してからの数年が、少女時代でいちばん幸せだった」と登美子はいった。猛吾は仕事で県外へ出かけるときにしばしば登美子を連れていった。夫婦仲も悪くなかった。登美子は得月楼三代目の長女、弘子と仲良しだった。本店二階のだだっ広い座敷や地下道が彼女たちの遊び場であった。

じつは登美子と得月楼の縁は幼女の頃からあった。田淵の第一幼稚園に通っていた頃、得月楼一族の娘で、おみいちゃんという友だちがいた。彼女に誘われて中店で遊んだ登美子はお昼になって、赤いご飯を卵焼きでつつんだものをごちそうになった。のちに登美子は、これがオムライスだと知った。ココア、コロッケも中店で初めて食べた。舌が肥える素地は、幼少期から与えられていたといえよう。その頃、中店には県下で一台しかないフォードもあって登美子も乗せてもらった。

明治期、高知市玉水新地の陽暉楼は鏡川に面して左手にあった。その面影はどこにもないが、板垣退助が酒を酌み交わしていた頃も鏡川はゆったりと流れていたであろうし、寒い季節になれば寒椿が咲いていたにちがいない。前方に新月橋がある

高知市南はりやま町一丁目にある現在の得月楼の看板。幼少期から最晩年まで宮尾登美子と得月楼は切っても切れない縁で結ばれていた

仕込みっ子たちと両親の離婚

猛吾が部屋数の多い家に移ったのは、置き屋まがいの商売を始めようとしたからだ。料亭に芸者を差し向ける置き屋は許可を必要としたので、紹介業者の猛吾に芸妓を抱えて金儲けはできない。それでも猛吾が置き屋まがいのことに手を出したのは、まだ年端《としは》もいかない女の子を預かったからであろう。小学校低学年の娘を連れて金策に来た親の頼みをことわり切れず、それ相応の金で引き取ったと思われる。いずれにしても猛吾は女の子を小学校六年まで育て、卒業したら置き屋に預け、芸者見習いとして花街へ送り出すつもりだった。

置き屋には少女を引き取って芸妓に育てるという養成所的な機能があった。業界用語で彼女たちは仕込みっ子と呼ばれていた。四国などでは置き屋は子方屋《こかたや》といわれ、宮尾作品でも子方屋という用語が使われている。戦前、高知市内の大きな料亭の近くには子方屋が軒を連ねていた。ひとくちに子方屋といっても流儀はさまざまだった。ほとんどは芸者上がりの海千山千の女将《おかみ》が仕込みっ子をスパルタ教育で鍛えた。

器量がよく芸の上達も早い子は大切にされたので、仕込みっ子の皆が皆不幸になったわけではなかった。事実、猛吾の家の仕込みっ子の一人は社長夫人となった。だが、それは例外中の例外。パトロンがつけばいいほうで、多くは多額の借金を背負い、お披露目して稼ぎ始めた途端に容赦なく返済に追われる運命にあった。彼女たちの借金がふくらんだ理由は、極貧の親が娘を預けて子方屋から金を借りていたという事情もさることながら、仕込みっ子たちが気づかないうちに借金が雪だるま式にふえる仕組みになっていたからだ。

強欲な女将だと、女の子にかかった衣類代や稽古ごとの経費をことごとく帳簿につけていた。何年かの修業をつんでようやく座敷に出るようになった彼女たちは積もり積もったツケの返済に身を粉にして働かなければならなかった。芸者稼業ではとても手に負えなくなると遊女に身を落とした。

昭和九年から猛吾は四人の仕込みっ子を家で養った。いずれも小学校低学年で、登美子より一歳から四歳ほど年上であった。巷に格差が目に見えて広がり、軍需産業のおかげで潤っていたところがあった半面、どん底であえぐ人々がいた。冷害や風水害でコメの収穫が減少していたのだ。都市部の好況、農村の窮状という相反する図式は猛吾の家業ともろにつながっていた。金を手にした者は遊興に走り、貧農の娘は売られた。

長編『寒椿』は、岸田家の仕込みっ子四人の人生をオムニバス形式で描いた小説だ。彼女たちは学校から帰ると着替えて日傘をさして三味線の稽古に出かけた。仕込みっ子の家庭の事情など知らない登美子は彼女たちの外出姿がまぶしく見え、羨ましかった。

猛吾は四人の仕込みっ子と登美子を平等に扱い、自分の娘を特別扱いしなかった。登美子は彼女たちと同じように庭の掃除や廊下のぞうきんがけをさせられたが、喜世は「おまえは掃除など一緒にしなくていいよ」といった。仕込みっ子たちにハイカラな服を買ってあげる猛吾に喜世は不満だったし、彼女たちの世話は負担となっていた。紹介業が忙しくなって猛吾は数年で子方屋まがいの商売から手をひいた。

昭和十（一九三五）年十月一日、第四回国勢調査が実施され、内地が六千九百二十五万四千百四十八人、外地が二千八百四十四万三千四百七人で、総人口は九千七百六十九万七千五百五十五人とわかった（データなどは吉川弘文館の『日本史総合年表』ほか参照）。外地人口の増加は日本人の満州における活況の反映であった。この満州ブームに猛吾も抜け目なく便乗した。

昭和十一（一九三六）年から猛吾は満州の妓楼《ぎろう》と取引するようになった。大連、奉天、新京、吉林《きつりん》、ハルビンといった都市の花街はどこも芸妓や娼妓が不足し、猛吾のあらたな稼ぎ口となった。その頃、世間を震撼《しんかん》とさせる事件が起きた。二月二十六日、皇道派の青年将校が兵士千四百人あまりを率いて首相官邸などを襲撃した。岡田首相は使用人の部屋に隠れて難を逃れたが、高橋是清《これきよ》蔵相らが殺害された。二・二六事件の背景には農村の疲弊に対して手を打てない権力層への不満があった。二十八日、岡田内閣は総辞職し、三月九日、広田弘毅《こうき》内閣ができた。

内地も外地もますます刹那主義の風潮が蔓延し、それがいっそう花街に活況をもたらした。満州の楼主《ろうしゅ》たちのなかには、高知まで芸妓娼妓のスカウトにやってくる者もいた。もっとも半分は保養が目的だったが、登美子は満州の楼主の一人から養女にならないかといわれた。話は途中で立ち消えとなったが、時代が時代であり、ことと次第によってはその可能性も皆無ではなかった。

この時期、猛吾の羽振りがいちばんよかった。紹介料はそれぞれの芸妓らの借用可能額に応じて決まった。かりに千円を借りられた妓《こ》なら、紹介業者はその一割、すなわち百円を手にできた。俗に上玉《じょうだま》というが、若くて芸が上手で器量のいい妓なら二千円の借金も可能だった。こ

五台山の頂上からは高知市内を一望できる。行基が創建した竹林寺や宮尾登美子の父親、猛吾の墓地がこの山中にある

の場合、紹介人の取り分は二百円になる。一割の紹介料は楼主側が七〇％、芸妓や娼妓の側が三〇％を負担することになっていた。とはいっても、それぞれのケースによって紹介料がちがって、これは売れっ子になれると判断すれば、楼主は紹介料をはずんだ。

　金持ちになった猛吾は茶店でもひらくつもりだったのか、高知市郊外の五台山《ごだいさん》に小さな家を建てることを思いついた。ただ、水の便がよくなかった。喜世は反対だった。原因はこれだけではなかったが、猛吾と喜世の関係は修復不可能のところまできていた。得月楼の初代寅八が自分の居場所を海岸通りの本店からはりやま橋の中店へ移してからは、猛吾も事務所を中店の近くへ置いていた。

　猛吾はそのうちに海岸通りの本宅とはべつに朝倉町に住まいを構えて、二人の子連れの寡婦《かふ》と暮らすようになった。現在は高知市九反田《くたんだ》となっているが、もともとはその名で呼ばれていた。町名の由来は江戸初期までさかのぼる。湿地帯のため田んぼがわずか九反しかなかったからだ。その後掘割がすすめられ、町並みがととのえられた。のちに登美子は高知新聞に連載した小説の題名を「湿地帯」としたのも九反田から連想するものがあったのかもしれない。

猛吾は海岸通りには月に一度ほどしか帰ってこなくなった。喜世は一人もの思いに沈むようになり、それでなくも心配性の登美子を悲しませた。そんな折、五台山の別宅が放火に遭った。猛吾も喜世も警察の取り調べを受け、一晩留置された。さいわい無罪放免となったが、だだっ広い家に一人残された登美子は生きた心地がしなかった。その間、世の中もますますきな臭くなっていった。

昭和十二（一九三七）年一月二十三日、軍部と政友会の対立から広田内閣は総辞職し、二月二日、林銑十郎《せんじゅうろう》内閣ができた。だが、わずか四か月足らずの短命で、六月四日、第一次近衛文麿内閣となった。七月七日、北京郊外の盧溝橋《ろこうきょう》付近で日中両軍が衝突した。その後、泥沼となって日本を苦しめる日中戦争の発端であった。翌十三（一九三八）年四月一日、国家総動員法が公布された。十一月三日、近衛首相はのちの大東亜共栄圏構想の出発点となる東亜新秩序の建設を表明した。いずれも日本の運命に直結した動きであり、ひいては日本人一人ひとりの将来を左右した。

東亜新秩序の建設が喧伝されたこの月、三十年以上連れ添った猛吾と喜世は離婚した。離婚の話し合いでいちばんの問題は登美子の行き先だった。母親のところへ行くといって聞かない娘を父親は二階へ連れ出し、初めて出生の秘密を話した。だが、娘の気持ちは変わらず、喜世

高知市九反田の掘割。宮尾登美子が毎日のように眺めていた掘割に昔と同じようにいまも小舟がもやっていた。右端の建物はホテル日航高知旭ロイヤル

は登美子を連れて実家へ身を寄せた。小学六年の登美子、十二歳のときだった。

猛吾は高知市中の橋通りの食堂「八幡家《やはたや》」を居抜きで購入し、喜世への慰謝料とした。喜世は登美子とともに里を出て、小さな食堂で生活を始めた。狭い家で以前のように同じふとんにくるまって寝た。だが、馴れない商売を始めた喜世は、これまでのように登美子にかまっている暇はなかった。使用人にちやほやされて育ってきた登美子にとって喜世との二人暮らしはあまりにもさみしすぎた。

昭和十四（一九三九）年一月四日、第一次近衛内閣は日中間の和平工作に失敗して総辞職し、翌日に平沼騏一郎《きいちろう》内閣ができた。世間は政権交代にはあまり関心を示さなかったが、十五日、七十連勝を目前にした双葉山が安芸海《あきのうみ》に敗れたときは国民の大半が興奮した。登美子もその一人だったが、ラジオにかじりついている場合で

はなかった。高知県立第一高等女学校（現在の高知丸の内高校）の受験をひかえていたからだ。だが、受験勉強はすすまず、学校の成績も落ちた。娘の異変をいち早く察知したのは喜世ではなく、地獄耳の猛吾だった。

別居したあとも猛吾は娘の動静に目配りしていた。地元の顔役であった猛吾に学校も一目置いていたので、それなりの情報が得られた。受験生の住所は父方のほうがよいとアドバイスされた猛吾は自分の家へ登美子を引き取るしかないと思った。喜世にも登美子の受験勉強のために適切な環境づくりをしてあげられない負い目があった。二月一日、猛吾の強い勧めにしたがって登美子はハイヤーに荷物一式を乗せて朝倉町の父親のところへ引っ越し、喜世との生活はわずか二か月で終わった。

継母の連れ子にイジワル

登美子が引っ越した猛吾の家から百メートルも離れていないところにヤクザの大親分が屋敷を構えていた。派手な身なりをした眼つきの鋭い男が何人もの子分をつれ、それこそ肩で風を切って闊歩する姿を登美子は目撃し、身震いした。異様な光景だったのだろう、のちに「女子供はそれを見るなりさっと家に隠れ、しかし怖いもの見たさで障子の穴からのぞいていた」と登美子は回想している（『別冊文藝春秋』平成四年七月号）。冒頭でちょっとふれたが、用心棒からのし上がったこの人物は高知市の裏社会を仕切る一方、県内の経済界や労働界に食いこんでいた森田良吉という人物で、本名より通り名の鬼頭良之助《きとうりょうのすけ》で知られていた。「風土上侠客《きょうかく》は育たず、といわれる土佐で、あとにも先にも名を売ったのはこの鬼頭良之助ひとり」と登美子は評している。

だが、登美子がヤクザ一家の存在に気づいたのはずっとあとのこと。父親とその愛人、そして二人の連れ子という家庭に放り込まれ、新しい住まいの周辺を観察する余裕などなかった。自伝的小説の『春燈』では父親と同棲する女性は照、連れ子の兄妹は譲《ゆずる》と恒子という名で登場する（インタビューでも宮尾登美子は小説の名で語ったのでそのまま使うことにする）。

猛吾は商売柄、色気たっぷりの粋な女に囲まれていた。猛吾もいい男であったから、飛び切りの美人をパートナーにしたと思ったら「それがねえ、どうして父はこんな人を自分の家に引き入れたのかと思うぐらいブスだったんですよ。子供はきれいです、二人とも。譲は非常にハンサムでした」と登美子はいった。

「照という人の生涯はかわいそうでした。貧乏して子供二人連れて、夫に死なれたところを父に拾われたでしょう。それで父が陽暉楼の仲居に世話をしたんですけどね。田舎から出てきたばかりだから、そういう粋な場所でまめまめしく働けるほど気が利きませんわね。みんなにいじめられているのを見て、父が子供ごとうちの家を手伝わせていたんです」。いうまでもないが、登美子がいう陽暉楼とは得月楼のことだ。

譲は鬼頭の屋敷の並びにあった第一小学校（現在の南はりやま町二丁目にあった）に通う六年生。昭和小学校に通う同学年の登美子より半年ほど遅く生まれ、恒子は三歳下だった。譲が県立中学を目指し受験勉強に追われていると知ったとき、登美子は「えっ」と驚いた。使用人の子が旧制中学を受験するなど、お嬢さん気取りの少女には思いもよらないことだった。

照は登美子の評価とちがって実際は気の利く女だった。照は働き者で献身的に猛吾に尽くしたが、登美子は邪険に接した。「お母さん」とは口が裂けてもいうつもりはなかった。「照という人は、もう終わりまでお手伝いですもの。うちの使用人ですもの」と登美子がいうように、照もそのようにふるまった。

「照は終わりまで私をお嬢さまとして扱っていました。あの一家はかわいそうでね。もうむごくて。私はいい子でしたよ、彼女に対しては。大事にしてやってくれって父もいいますしね。照という人は父より二十も若かったし、なんでも一生懸命やっていました。そのうちに父に代わってコドモを満州へ連れて行くんですよ。えーと、ちょっと待ってね」と登美子はインタビューの途中、話を中断した。

そして速記者に向かって、コドモに漢字をあてはめるときは子供でなく妓供《こども》にしてほしいと注文し、「とても苦しい旅だったと思います。特急を乗り継いでも新京まで三泊四日はかかります。まあ、お金がたくさんあって、一等の寝台で行けば少しは楽でしょうが、座席の硬い三等に乗って行くんですよ。しかも、妓供たちをずっと監視していなければならない。大の男だっていやですわよ。彼女は父のために命じられるままに行きました」とつづけた。

後年、登美子は父親に尽くした継母の照を称えたが、少女時代の態度は傲慢《ごうまん》そのものだった。

「もういじめて、いじめて、たいへんなものですよ。綾子という人は、小さいときから使用人に育てられて、とても誇り高い人ですからね」。登美子は自伝的小説のヒロインに自分を置き換え、他人事のような口ぶりであった。兄の英太郎は比較的父親に従順だったが、照の入籍には猛反対した。そのため照が戸籍上、登美子の継母になるのはずっと先のことだった。

登美子は照の連れ子にも冷たかった。「譲とは同年であっても、私にとってはあくまでも使用人の子という感覚ですね。私はその子たちにはものもいわない。ツンツンして高ぶっているわけです。一緒に住むようになって間もなく私と譲は入学試験を受けることになります。私は高知県立第一高女で、彼は高知県立海南中学（現在の高知小津高校）を受けるわけです」と語ったが、彼女の高慢ちきもここまでだった。

三月二十三日、登美子と譲は午前五時半に起きた。二人の受験生の入試の日で登美子には照が、譲には猛吾が付き添った。前夜、猛吾は近くの神社へ参拝し、二人の合格を祈願した。結果は明と暗にわかれた。「私は落っこちて、譲が受かったんですね。このとき母は身の置きどころがないわけよね」。登美子のいう母は中の橋通りの喜世でなく、この場合は照である。

「それで兄はすごく私を怒るんです。お前がバカだからドジを踏むんだって。兄にすれば照の連れ子に負けて顔が丸つぶれという気持ちがあるんですね。それから家の職業で落ちたということで、父と大ゲンカするんです」。登美子はあっけらかんに語ったが、そのときの彼女の悔しさ、恥ずかしさ、身の置きどころのない絶望感は筆舌に尽くしがたいものであった。

登美子が不合格を家業のせいにしたとき、猛吾は「職業に上下貴賤の別はない。人のせいにするな！」と怒鳴った。玉水新地の妓楼オーナーの娘が第一高女に入っており、父親の職業で不合格になったとは、じつは登美子自身も思っていたわけではなかった。家業のせいにでもしなければ、自分の気持ちがおさまらないほどに落ち込んでいたのだ。

父親に内緒で女子大に願書

第一高女の入試に失敗した登美子は、高知県女子師範学校付属小学校高等科に入ることができた。一学年一学級、生徒数二十五人というこじんまりした学校だった。女子師範付属高等科は登美子の頭のなかに一度として浮かんだことのないコースで、猛吾のすすめだった。彼女は滑り止め対策などほとんど考えていなかったのだ。

後年、登美子は高知の女子教育への熱意のなさを嘆き「私の出た小学校は一クラス六十人というマンモス校でしたけど、女学校を受験するのは十人いませんでした。高知の女学校から御茶の水女高師（現在の御茶の水女子大学）や奈良女高師（現在の奈良女子大学）に合格したら、それはもう写真入りで新聞に出ました。それほど上級学校へ行く人はすくなかったのです」と振り返った。一般家庭の女子教育への無関心は高知にかぎらず、全国どこも似たようなものだった。

当時の教育システムをかんたんに見ておくと、義務教育は小学校尋常科の六年間だけであった。尋常小学校ともいうが、ここを出てから旧制中学や高等女学校へ進学する者はかぎられていた。上級学校へは行けないが、まだ学びたい者はわずかな授業料を払って小学校高等科へすすんだ。これを高等小学校ともいった。当時の高知市には尋常小学校が十校、高等小学校が一校あった。第一志望に落ちた受験生の多くはいったん高等小学校へ入って、翌年ふたたびチャレンジした。

第一志望合格に自信のない女子受験生の場合、入試日が異なる高等小学校や私立の女学校、高知市なら高坂《たかさか》高等女学校へ願書を出していた。高坂高女は五年制の第一高女とちがって四年制で、世間からレベルが低いと見られ、プライドの高い登美子の眼中になかった。創立時、高坂高女は高知城の近くにあった。高知城は大高坂山のうえに築かれているが、校名もこの山に由来する。高坂高女は昭和六（一九三一）年、相模町一丁目に移転した。

女子師範付属小学校高等科を志望する受験生の多くは、将来女子師範へすすみたいと思っていた。優秀だが、多くは家が貧しかった。女子師範を目指すことは教師になることであり、そういう意味で大半の受験生にぶれがなかった。その点、登美子には教師になる気などさらさらなかった。願書も出していなかった彼女が土壇場でなんとか受験できたのは、猛吾の工作のおかげだった。登美子同様、日本もまた主体性に欠けていた。八月二十三日、モスクワで独ソ不可侵条約が調印され、二十八日、平沼内閣は「欧州情勢は複雑怪奇」と言い残して総辞職し、三十日に阿部信行内閣ができた

昭和十五（一九四〇）年一月十六日、現在の日本人のほとんどが知らないこの内閣は五か月足らずの短命に終わり、米内《よない》光政内閣ができた。だが、海軍出身の米内と陸軍はそりが合わず、陸軍が陸相の後継をしぶって半年で総辞職に追い込まれた。七月二十二日、第二次近衛内閣が

できた。登美子もまた学校とそりが合わなかった。

昭和十六（一九四一）年四月、登美子は女子師範付属小学校高等科から私立高坂高女三年に編入学した。ここでも不満だらけの学校生活が待っていた。日米間の緊張関係もまた限界に近づいていた。七月二日、大本営は関東軍特種演習を決め、満州に七十万の兵力を動員した。八月一日、アメリカは日本への石油輸出を全面的にストップした。中国からの撤兵をめぐって陸軍の反対にあった近衛内閣は総辞職し、十月十八日、陸相だった東条英機が陸相兼務のまま首相となった。そして十二月八日の真珠湾攻撃を迎えることになる。

昭和十七（一九四二）年一月二日、日本軍はマニラを、二十三日にはラバウルを占拠した。南進した日本軍の華々しい戦果に沸く四月、登美子は進学組の四年生甲組に入った。勉強熱心の生徒が多かった。進学組にすすんだことは、父親には内緒だった。夏、体調を崩した登美子は肋膜炎《ろくまくえん》と診断された。医師の勧めで転地療養することになり、高知県香美《かみ》郡土佐山田町前行《ぜんぎょう》（現在の香美市）にしばらく滞在し、回復につとめた。

元気を取り戻した登美子は、「もう死ぬぐらい東京へ行きたくなっていました。とにかく東京の女子大を受けたいわけです」。問題はどう猛吾を説得するかだった。登美子が「兄さん、お父さんのところへ一緒に行ってくれる」と頼んだら、英太郎は即座に「いいよ」と応じた。

「兄にとって私は自慢の妹だったんです。学校の成績がよかったから。しかし父は価値観がちがうわけです。父の言い分はこうです。ただでさえお前は生意気だし、親には反抗する。それが大学へなど行ったらどうなるか。わしのいう通りにお茶とかお花とか盆景《ぼんけい》（お盆のうえに自然の景色をつくり鑑賞する）、鳴り物（太鼓とか笛とか）、琴、三味線など女の遊芸百般を身につけて、大学出のいいところへお嫁に行けばいい。空襲で危険な東京なんか行かないで、結婚するまでわしのそばにいろっていうわけね」（登美子）

英太郎は「この家から一人ぐらい大学を出た者がいてもいい。本人の望むほうにすすませてやったらどうですか」と猛吾を説得した。だが、猛吾は耳を貸さなかったばかりか、「譲を大学へやる」と言い出し、英太郎と登美子を唖然とさせた。

「兄はふだん感情を外に出さない人なのに、このときは顔を真っ赤にして怒りました」。英太郎の怒りには屈折した感情が入り混じっていた。「兄は秀才でした。それで県下の選り抜きが集まる高知県立第一中学校に入ったんですよ。しかし、やっぱり家の職業のせいなんですね。周りの楼主とかが遊びに引っ張り込んできますわね。結局、兄は誘惑に負けてしまった」と登美子はいった。

県庁所在地の旧制の名門中学を出た卒業生は、その地方ではエリート中のエリートだった。高知県立第一中は現在の高知追手前《おうてまえ》高校で、政治家の浜口雄幸《おさち》や物理学者の寺田寅彦《とらひこ》が学んだ。だが、英太郎は落伍し、三年生のときに退学となった。その後、得月楼の従業員を経て家業を手伝うようになった。

「兄もかわいそうなんですよ。兄にすれば使用人の子供を旧制中学にやっただけでもたいへんなことだと思っている。いま高校へ行くのは普通ですけど、そのころ旧制中学へすすむ者はすくなかった。それなのに父は大学までやるという。半面、血のつながる妹の進学を父は認めない。兄は、それなら譲の大学進学は認めないといい、私もそれに同調しようとするわけね」。そう登美子は語ったが、猛吾は妻の連れ子の才能を見抜いていたのだ。

血のつながりがどうのこうのという前に、才能を無駄にしてはいけないという気概が明治人の猛吾にはあった。父親と兄妹の激しいやりとりを譲は襖《ふすま》の外で聞いていた。「譲は戦火のなかをかいくぐって京都と東京へ出掛け、大学（予科）を受けに行きました。いっぱい受けたみたいですね。それでね、受けた大学を全部落っこちたわけ。兄はソーレ見ろというわけで、それこそ雨あられのごとく罵倒をふりかけるわけですよ、父親に。登美子をやらずに、あんなものをやったからだと」。登美子はそのあと、意外な事実をあかした。

「それから十年後に聞いた話ですけど、あのとき譲は一校も受けないで帰ってきたんですね。かわいそうな人生ですよ。母親と子供二人ね、小さくなってうちで暮らしていた。私は使用人だと思って彼たちをいじめたんですよ」。登美子は伏し目がちにいった。

昭和十八（一九四三）年二月一日、日本軍はガダルカナル島からの撤退を開始した。登美子もまた後退を迫られていた。それでも大学進学をあきらめられなかった登美子は、猛吾に内緒で東京女子大と日本女子大に願書を出した。受験料は喜世に出してもらった。「一校から書類選考の結果、第一次に合格したという通知がきました。二次の面接は岡山市でおこなうというんです。その頃は空襲も始まっていて、大学入試も簡単になっていたようです。でも、あきらめざるを得ませんでした」。一次に合格したのは日本女子大だったが、いまも悔しいのか、登美子の表情が曇った。

担任の先生も父親を説得した。担任は化学の先生だったが、大阪女子医専へすすませてはどうかと提案した。大阪ならいざというときすぐ高知に戻れるし、東京よりまだ危険が少ないこと、女医として将来が約束されることなどを挙げて説いたが、猛吾は首をたてに振らなかった。勝手な真似をしても学資は送らないと猛吾にいわれ、望みは断たれ、煩悶する登美子に「一緒に研究科へ行こう」と級友が声をかけてくれた。高坂高女には一年課程の家政研究科があった。

歳月経てもプライド高く

戦局の悪化で世の中は窮屈になるばかりであった。ジャズの演奏は禁じられ、ダブルの背広も不必要とされた。『中央公論』の谷崎潤一郎の「細雪」に掲載ストップがかかり、動物園の猛獣は殺された。空襲対策の一環だった。猛吾の一家もますます照にすがるようになった。猛吾の親戚は高知市内にかぎられていたので、農村出身の照が食料の買い出しに大活躍した。

「父の自慢の一つは親戚に田舎出が一人もいないことだったのです。父は在の人を軽蔑していました。そんなこと、自慢にもならないと思うんですけどね。東京で江戸っ子だと自慢するように、土佐の町っ子だということを誇りにしていました」。登美子はそう回想したが、町っ子があだになった。

「だって田舎に親戚が一軒もない人は、お芋一個だって手に入りませんのよ。彼女は若いので、リュックを背負って、うんと持ってくるのね。自分の親戚からお米とかお芋を。で、私たちに食べさせてくれたんです。それで彼女は家のなかで存在価値を認められるようになって、父もそのうちに照を入籍しました」。猛吾の妻となっても登美子に接する照の態度に変わりはなかった。

『春燈』には、ある夜、ヒロインの綾子がふと胸のあたりに圧迫感を感じて目を覚まし、左の乳房がじっとりと湿っていたのに気づくというくだりがある。だれかが忍び寄ってさわっていったのか。なんとなく同居する譲とのかかわりを連想させるような書き方だ。

「譲という人は健在ですか」と尋ねると「死にました。かわいそうに。結婚もしてね、五十二で亡くなりました。彼はその後、非常に励んで地方裁判所の書記官になって順々に上がっていったんです。妹の恒子は生きています。高知でね、一人で、お嫁にも行かないで。この人もかわいそうな人生を送りましてね」。登美子はそう語ったが、譲とはときどき会っていた。「死ぬ前、譲が高知の日赤病院に入院してからも恒子からたびたび電話がありました。お兄ちゃんは胃がんであんまり長いことないから帰ってきてほしいって。譲は私に会いたいといってるというんです」といったあと、インタビューでは筆者との間でつぎのようなやりとりがあった。

——飛んで行きましたか。

「そこが私の苦しいところでしてね。これはきっとみなさんにはご理解いただけないかと思うんですけど、私は使用人のためにわざわざ会いに行くということができないんですね。こんな年になっても」

――父親譲りでプライドが高い。

「戦後もずっと昔うちで雇っていた人たちが、お正月とかお盆にあいさつに見えるんです。そのとき兄は貧乏していていてポケットにお金がなくても、やっぱり（たばこ銭を）やるんです。そういうところが、私にもあるんですね。それと譲は私を好きでしたでしょう。そんなこともあって、わざわざ会いに行くということにちょっと気がとがめていました。それで仕事が忙しいからと逃げていたんです。それがちょうどいいことに、高知へ行く用事ができたんです。日本経済新聞の仕事をずっとそのときやっていまして（昭和五十八年二月二十五日から五十九年五月一日まで夕刊に長編『天璋院篤姫』を連載）。担当者が行きましょうというから、高知へ行って、入院している譲に会いました。彼はその二日後に亡くなりました」

――ほんとは、宮尾さんも譲が好きだったんでしょう。

「好きじゃないですね、私は」

――譲の片思いですか……？

「じゃないかと思うんですね」

――同じ屋根の下に住む譲は、何か特別な行動でも……。

「いや、それはありませんね。私はやっぱりあるじの娘ですもの。なにかへんなことでもしたら、私は譲を家から追い出します。綾子という人はプライドの高い人でして」

照は猛吾が亡くなったあとも長生きしたが、自分の母親に譲は冷たかった。「大人になっても譲は自分の母親を見なかったんです。譲は、自分が非常につらい人生を送ったのは、母親が私の家に入ったからだと思っていた。自分の生涯を母親がめちゃくちゃにしたと思っていた。だから照と譲は仲が悪くてね。私がずっと仕送りしていました。だけど、うちへ来なかったら三人は親子心中していたかもわかんない。事情を知らない人は、私が継母にどんなにかいじめられたと思っているようですが、そんなことは全然なかった。照という人はあくまで私の使用人でした。彼女は死ぬまで私を伏し拝んでいました」。そう語る宮尾登美子は、いつまでもお嬢さんのプライドを持ちつづけた。

第三章　仁淀川の清流

女学生の身で娼妓を引き連れる

昭和十八（一九四三）年三月、登美子は四年制の高坂《たかさか》高等女学校の本科を終え、修業年限一年の家政研究科へすすんだ。本科の卒業を前に登美子らは予餞《よせん》会（送別会）で歌舞伎の「勧進帳」を全校生徒の前で披露した。彼女は義経を演じたが、このときに新米の国語教師だった佐藤いづみを部活の顧問のように生徒たちは頼りにした。高知市の新市《しんいち》町に住んでいた佐藤の家には芝居の稽古で汗を流した登美子も寄っていた。ある夜、話し込んで遅くなった彼女を佐藤は家まで送ることになった（『宮尾登美子全集』第二巻月報2、朝日新聞社、佐藤いづみ「『春燈』のころ」。全集は全十五巻で平成四年〜六年発行）。

佐藤と登美子は新市町から紺屋町を通り、鉄砲町を南に歩き、電車道に出た。四つ橋を渡り、朝倉町の溝淵石油店の前にきた。石油店の南のうす暗がりの漆喰がための古風な家の前で登美子が「先生、ここが私のうち……」といったとき、佐藤はハッと息を呑んだ。「入口には大きな紙障子が二枚。その一つに紹介業と筆太に書かれている。夜目にもしるきその文字。淡くやや黄ばんでいたにせよ、また、声こそはあげ得なかったにせよ、それと認めたときの私の驚き、そうして何かそのときの恐ろしさは忘れようがない」と佐藤は回想する。

佐藤は登美子が家のなかへ入る後ろ姿を見届けるや、走った。わき目もふらず、自宅まで走りつづけた。うら若い女性教師が芸妓娼妓紹介業なるものをちゃんと理解していたわけではなかったが、直感的にその異様さがわかって不意打ちをくらったようにおびえたのだった。

職員会議で卒業生総代を決めるときの様子を佐藤は「岸田登美子の名は主任の先生から、また、一、二のかたから強い推薦と支持がなされた。成績抜群の点、友人間にも好かれ無類の世話好き、信望のあること、送別の辞などなんら指導なくして自力で作文はおろか、墨書もできることなど、賞賛に近いことばがあった。多芸多能、なんでも可能、伸びのある生徒、県立高女生に決してヒケをとらぬ、という声もある。が、ひとしきり、高まったあと、急にひそまり返った空気になったのはなぜだったろう」と書いている。

ひそひそ声になったあと、べつの生徒の名前が出て、登美子の名前は議題から消えた。家業のせいで総代候補からはずされたのか。学校側にすれば、あまりにも異質すぎたということか。佐藤ですら「ここが私のうち」といって家のなかへ入っていった「美少女岸田登美子の後ろ姿は終生消えようがない」と述べている。佐藤の文章は、功なり名をとげた宮尾登美子の昔話とはまったくちがうモノトーンの世界を浮かび上がらせ、これこそが原風景と思わせる。女性教師と紹介業の娘の絆は固く、生涯にわたって師弟の関係がつづいた。

家政研究科へすすんだあとも登美子は相変わらず猛吾とシャモのごとく激しい親子ゲンカを繰り広げた。だが、ふだんは父親に従順な孝行娘だった。これまでも猛吾は登美子に銀行への使い走りなど頼んでいたが、そのうちに大事な仕事も任せるようになった。

紹介業でいちばん神経を使ったのは、取引の成立した娼妓を買い手の妓楼へ引き渡す仕事であった。岸田の家では、猛吾夫婦か息子の英太郎、あるいは使用人のうちのだれか一人が、ときには十人を超える娼妓を連れて移動した。旅費は妓楼の負担だったが、足抜けされたら紹介業者の責任となった。足抜けとは娼妓が移動の途中で逃げ出すことで、猛吾のように満州まで取引を広げていた業者にとって足抜けのリスクはつねにあった。

登美子は家政研究科在学中、たった一人で大阪市西成区の飛田《とびた》遊郭まで娼妓二人を引率していったことがあった。およそ女学生らしからぬ行動は『春燈』と短編『夜汽車』で詳しく描かれている。自作のなかでときには家業への嫌悪感をあらわにした登美子が、人目につきやすい遊女を引き連れて遠出をしていたのは驚きだ。

その光景を佐藤いづみが目撃したなら、どういう反応を示したであろうか。のちに歌人として高知県では知られるようになる佐藤はすでに高坂高女から県立の高女へ移っていたが、おそらく紹介業の看板を見たとき以上の衝撃を受けたにちがいない。『春燈』に綾子が遊女の引率を買って出たのは「咄嗟にこの機会を利用して家出をしてやろうという企みが浮かんだためで、これなら誰にも怪しまれず、合理的に家からも学校からも離れられる、と考えたからであった」というくだりがある。

父親や学校に反発し、人生に煩悶する綾子の多感な気持ちに共鳴する読者には、すんなりと理解される文章である。しかし小説の主人公はいざ知らず、勝気で気性の激しい登美子の性格を考えれば、いったん家を飛び出すと決心したら、こんな手の込んだことなどしそうもない。人手が足りず困っていた父親の姿を見かねて、彼女のほうから声をかけたのであろう。生涯を通じていえるのだが、修羅場に尻込みせず、よかれと判断すれば勇《いさ》んで行動に出るという男勝《まさ》りのところが登美子にはあった。猛吾のほうも娼妓二人の性格がおとなしく足抜けの心配がなかったので娘に任せたと思われる。

十月二十一日、東条内閣打倒運動でマークされていた中野正剛《せいごう》が警視庁に身柄を拘束された。二十五日に釈放されたが、二十七日、自宅で割腹自殺した。この事件は登美子と無縁とはいえないところがあった。というのは中野と面識のあった猛吾が登美子を東京の中野の家へ行儀見習いに出そうと思ったときがあったからだ。その年の師走、登美子の運命はまったくちがう方向へ向きを変えた。

残っていたハンサム教員

十二月十四日、東京行きとくらべれば百八十度の転換といってよいが、登美子は突如として家政研究科に退学届けを出して、高知県境の池田町にある安居《やすい》国民学校（小学校）へ代用教員として赴任した。『春燈』では父親から離れるためという設定になっているし、随筆でもそう書いている。だが、事実は異なり、これも陰で猛吾が画策していた。

そもそも卒業目前の退学というのは、いかにも不自然である。どだい、つくり話にしてもムリがありすぎるのだ。登美子は女子師範付属小学校高等科に在学していたときも、教師という職業を心底から嫌っていた。途中で心変わりして教師という職業が好きになったというのなら、高坂高女研究科を退学することもない。翌年三月の卒業まで待てば、初級訓導の免状を取得できるのだ。

また、山奥への就職というのも日頃のこの親子の言動にそぐわない。登美子は父親同様、現在なら問題発言になりかねないほど田舎に対してはっきりした差別意識を持ち、それを公言していた。手のひらをかえしたように態度を変えて、僻地へ赴《おもむ》いた心変わりは矛盾だらけである。

真相は、猛吾のほうが県教育界の知合いを頼って代用教員の口を探し、卒業よりも就職を優先させて登美子を田舎の学校へ緊急避難させたのだ。田舎嫌いの猛吾はなぜ突拍子もない行動に出たかといえば、女学校の一クラスがまるごと遠方の軍需工場へ送られるかもしれないという情報が飛び交っていたからだ。ある程度の時代背景がわからないと、宮尾登美子の生涯もすんなりとは理解できないところがある。この時点でいえば、父親は一刻も早く娘を山奥へ疎開させるには代用教員がいちばんの良策と考えたのである。

代用教員になったのは、登美子の人生の大きな分岐点となった。それはまた四国山地から南下し、土佐湾の太平洋へ至る仁淀川《によどがわ》の清流と出会うきっかけになった。昭和十八年の秋に初めて接して以来、彼女の前半生に深くかかわった仁淀川は高知県の西部を流れる四万十川《しまんとがわ》ほどに

仁淀川は心をなごませてくれる川だ。岸辺にたたずんでこの川を眺めていると、次第に宮尾登美子がこの清流に心を奪われたわけがわかってくるような気になる

有名ではないが、川の透明度は一級河川のなかでトップだ。仁淀川は四国山脈の数限りない小さな流れを集めていた。流域面積は一五六〇キロ平方メートルで、その大半は山間部にあった。平野部は下流の五二キロ平方メートルとすくない。登美子は清浄無垢な山の川に魅せられた。

池田町（現在は仁淀川町）は高知県でもっとも人口の少ない町で、交通の便が悪かった。登美子は国鉄の高知駅から西行きの汽車に乗り、西佐川駅で降りた。佐川町には「司牡丹《つかさぼたん》」という銘酒があった。その後、彼女は白壁のこの造り酒屋の蔵を何度も目にすることになった。それはやがて日本の酒づくり文化への関心となり、新潟県の造り酒屋を舞台にした長編『蔵』の創作へつながった。西佐川駅前で乗った国鉄のバスは木炭で走り、四国山脈を横断して松山に向かうが、西佐川駅を出てから二時間ほどの大崎というひなびたところのバス停で登美子は降りた。町育ちの彼女にとっては、都落ちの心境であった。

仁淀川の支流が二またにわかれていた。一つはバスの道に沿った流れだが、登美子はそれとはちがうほうの川に沿って進んだ。大崎のバス停から目的地の池川町まで歩いて一時間半の距離だった。池川町には仁淀川の奥支流である小郷川、土居川、安居川、狩山川という四つの川が流れていた。安居国民学校は安居川に沿って池川町の中心からさらに六キロほど離れたところにあった。透き通るような清流の前にあった学校は六学級あって登美子の担任は一年生だったが、産休の女性教師のピンチヒッターなので安居の勤務は一か月半と短かった。

そのあと登美子は隣の狩山国民学校に移った。月給は二十四円だったが、池田町の山の上にある二軒長屋の一軒を家賃十七円で借りて自炊した。持ち主は地元の郵便局長だった。ときどき町の料亭の女将《おかみ》から差し入れがあった。女将は猛吾から頼まれていた。自立心に乏しかった彼女にとってすべて実家頼みだった。代用教員になった目的が自伝的小説や随筆のいうように父親から離れるのが目的だったら、休日になっても登美子はこの町で過ごしていたはずである。実際は寂しさに耐えられず、週末になると一目散に猛吾の家へ帰った。ホームシックの登美子は冬休みになると喜々として池田町を離れた。

昭和十九（一九四四）年の正月休みが終わる直前、登美子は重い腰をあげて高知市から池田町へ戻った。日直の当番があったからだが、池田町でたまたま長身の青年と出会い、あいさつを交わした。前田薫《かおる》といい、安居国民学校の代用教員だった。彼女が安居にいたとき、薫は研修のため長期出張中で、互いに名前は知っていたが、直接会うのは初めてだった。登美子は高原で四つ葉のクローバーを見つけたような心のときめきを感じた。美男子の薫に一目ぼれだったが、まだ十代の彼女は恥じらい多い乙女で、その後、会う機会があっても自分の気持ちは素振りにも見せなかった。

近づいてきたのは薫のほうだった。体操は得意だったが、音楽が不得手な彼は「ぼくのクラスで音楽を教えてくれませんか。その代わり、ぼくが体操をあなたのクラスで教えますから」と登美子に頼んだ。高知県吾川《あがわ》郡の農村で育った純情な薫は自分から登美子に交際を求めることもなく、しばらくして郵便局長を通じて縁談という形でプロポーズした。よしんばデートを望んだとしても、時代が時代であった。とてもロマンチックな気分になれる状況ではなかった。

戦局はどん詰まりにあった。一月七日、多数の犠牲者を出すことになったインパール作戦が始まり、二月二十一日、東条首相は陸相のほかに参謀総長まで兼務し、二月二十五日の閣議は決戦非常措置要綱を決めた。明るい材料など一つもなかった。そんなときに教員同士の逢引きなどできるわけもなかったし、嫁にしたいと決めたときは仲人を立てるのがその頃の流儀でもあった。登美子は郵便局長が持ちこんだ縁談を喜んだ。

良縁と思われたが、猛吾は反対した。「到底許すはずはありませんわね。相手の男性には学歴がないですから。検定試験を受けて教員になった人です。だから昔の高等小学校しか出ていませんわね。だけどね、すごいハンサムでした。私の知れるかぎりの男性のなかで、前の亭主がいちばん美男子でした。マルチェロ・マストロヤンニ（イタリアの俳優）にそっくりなんですよ」と登美子はいった。

若者がどんどん戦地へ赴いていたご時世に奇跡のような邂逅《かいこう》といってもよいが、一体、薫はどうして兵役を逃れていたのだろうか。「目が一つ弱視だったんです。それで銃が撃てなくて残っていたんです。私のお友だちにすれば、よくまあ見つかったわねえ、ということだけど、父は目の前が真っ暗なんです。父は私にこれだけの稽古ごとをつけて、いい娘に育てたと思っている。それで大学出の婿をもらって、できるなら養子にして……と思っている。それが学歴のない貧しい教師で、しかも家は農家と聞いて、ガックリですわね」と登美子はいうのである。

ブリの皮

すでに岸田家から去った喜世でさえ「あまりにも境遇がかけ離れている」といって真剣に反対した。「芸妓娼妓紹介業という耳慣れない家業について、先方で気にした様子はなかったのですか」と尋ねたら、登美子は「それがやっぱり金の世の中ですね。向こうは私に対してお金持ちのお嬢さんみたいな印象を持ってくれたんですね。だから、よくうちに来てくれたというふうに迎えてくれました」といった。

「ちょっと意外ですね」と口をはさむと、登美子は「昔の考え方というのは、全然、ちがう。たとえばうちの家業の一部分を見て映画なんかをつくるでしょう。それがちょっと悔しいですね。私はそれほどみんなにいじめられたわけじゃないのです。うちにお金のあることで、どれだけ得をしたかわかりませんもの」と不快感をあらわにした。

登美子の縁談をめぐって家族会議が何度もひらかれた。大学進学をあきらめきれなかった頃は味方になってくれた英太郎も、このときは猛吾以上に反対した。「兄も自慢の妹が、学歴のない人のところへお嫁に行くというのが耐えられなかったんですね」。そう語った登美子は兄にも、むろん父親にも一歩も引かなかった。

戦前のイエ中心の社会構造のなかで父親と兄の反対する結婚に踏み切るには相当のエネルギーを要する。だが、登美子は強かった。反対されると、ますます燃え上がった。負けん気が強くて男勝りの女性を土佐では「はちきん」といった。彼女は典型的なはちきんだった。はちきん、すなわち八つのタマ（四人の男性）を手玉にとる女というのだから、土佐弁は表現もあけっぴろげだ。

侃々諤々《かんかんがくがく》の末、いちばん先に折れたのはやはり娘に甘い猛吾だった。それでも父親の威厳を見せて「その男を連れて来い。わしが首実検する」といった。後日、薫が池川町から高知市へ出て来て、猛吾の前に座った。薫の靴下は破れていて、大きな穴があいていた。「私の家は粋どころの家でしょう。男も女も上から下までピシッとめかし込んでいる。私の家はそういう世界で、かりにもね、破れた足袋や靴下を履いた人間がうちへ出入りすることはなかったわけです」と登美子は笑いながらいった。靴下は破れていたけれど、猛吾は「あの男は見どころがある」と薫に及第点をつけた。

三月、登美子は薫と結婚した。猛吾は持参金を娘に渡した。登美子によれば、かなりの金額にもかかわらず薫の母親はそれほど驚きも、喜びもしなかった。農村では花嫁道具はタンスや長持ちと決まっていて、それを座敷に並べて近所の人たちに披露するのが慣例であった。町と村の文化のちがいが姑《しゅうとめ》と嫁の関係にのちのちまで影を落とした。家風のちがいもあった。

結婚式の翌日、登美子は薫がカリカリに焼いた魚の皮を食べているのを見た。それは披露宴の皿鉢《さわち》のさしみに使ったブリの残り皮だった。登美子はふいに父親が昔よく口にした「ブリの皮を食うようなヤツと一緒になっちゃいかんぞ」ということばを思い出した。

池田町で始まった甘い生活はそう長くつづかなかった。夏、妊娠していた登美子は心臓神経症をわずらい、実家に戻って病院で診察を受けた。新婚気分はたちまち消えてしまった。以後、彼女は長期にわたって神経症に苦しむことになった。さらに若夫婦にとって大きな転機がやってきた。登美子の留守中、薫が単身、高知県の満州開拓団が現地に開設した小学校へ赴任することになったのだ。薫の母親、百代《ももよ》（仮名。自伝的小説では「いち」という名で登場）は一人息子の満州行きに反対した。

しかし、薫の決意は変わらず、身重の登美子は仁淀川下流の吾川郡弘岡上ノ村《ひろおかかみ》（現在は高知市春日町）の彼の生家に残ることになった。ついにアメリカ空軍のＢ29爆撃機が日本本土に飛来するようになった。清冽《せいれつ》な仁淀川も台風が襲来すればたちまち濁流となるように、だれもが否応なく時勢に流される運命にあった。

なぜ満州を目指したのか

十月、薫は満州開拓団の小学校へ教頭として赴くことになり、開拓団の先発隊とともに海を渡った。県からの出向という形で、満州では在満学校組合に属した。現在の中国東北部にあたる満州は東三省（遼寧省、吉林省、黒竜江省）ともいわれ、当時は満州国として吉林省の新京市（現在は長春市）に首都を置いていた。県が組織した開拓団は大土佐開拓団と呼ばれ、吉林省九台《きゅうだい》県の飲馬河《いんばほう》一帯に入植していた。全国的に見れば、開拓団に関して高知県は後発で、その存続期間はきわめて短かった。そもそも開拓団全般の歩みは、わずか十三年と五か月あまりにすぎなかった満州国の歴史と表裏一体だった。

満州国は昭和七（一九三二）年三月一日に誕生した。総面積は約一一九万平方キロ。現在の日本は三七万平方キロだから、ざっとみて日本の三倍になる。王道楽土や五族協和を理念にかかげたが、十三年後にラストエンペラー溥儀《ふぎ》の退位宣言で消滅した。満州国建国後、第一次開拓団が送り出された。治安は安定しておらず、初期の開拓団は武装して現地に乗り込んだ。満州開拓は重要な国策となり、政府から都道府県へ割り当てられた。結局、開拓団は第十四次が最後になるが、大土佐開拓団はビリから二番目の第十三次にあたった。高知県下十か町村の集合組織であった開拓団に家族を含めて千六百七十人が参加した。

まだ十代の登美子にとって年代のかけ離れた大舅《しゅうと》や姑との単調な農村生活は耐えがたかった。孤独が大嫌いな登美子だったが、囲炉裏《いろり》で会話が盛り上がるような共通の話題もなかった。電気を節約するため母屋に電燈は一つしかなかった。夜なべする百代のそばで本を読むなど考えられなかった。夫を早くなくし、細腕で子供三人を育てた百代は働きものだった。裏表のない性格で嫁に遠慮がなかった。神経のかぼそい登美子にはそれがときにはイジワルに思えた。イライラがピークに達した彼女は川下の町の郵便局からこっそりと満州の夫へ電報を打ち、早く迎えに来てほしいと訴えた。狭い集落なので隠しごとは、その日のうちに百代の耳に入った。

昭和二十（一九四五）年一月十八日にひらかれた最高戦争指導会議では、本土決戦にどう対応するかが話し合われた。巷の片隅では日本の敗北に関する流言が飛び交い、悪質なうわさを流したと検挙される者が続出した。硫黄島がアメリカ軍の猛攻に見舞われていた二月、登美子は長女を出産した。食糧事情は悪くなるばかりで、孫の誕生を聞いた猛吾は日誌に「せめて子供が成人するまで登美子の生命長らえるを願う」と記した。

三月九日から十日にかけてB29による東京大空襲があったが、地方都市とその周辺も無差別攻撃の対象になっていた。戦乱のなか、学校の冬休みを利用して薫が登美子と生まれた子を満州へ迎えるため一時帰国した。なぜ日本の敗色が濃くなった時期に薫は満州へわざわざ飛び込んでいったのか。終戦前後の満州の歴史的な大混乱を知る現代人には理解しがたいであろう。

だが、この年の夏に突如として展開されるソ連軍の満州侵攻は、同時代人には想定外の出来事だった。なにしろ昭和二十年春までは「空襲のない満州」というスローガンが広く知れ渡っていて、満州のほうが日本国内より安全と思われていた。登美子も安全で物資も豊富だという満州へ逃れられると、ひそかに期待に胸をふくらませていた。実際、高知市はもとより弘岡上のような市街地から離れた農村地帯でも、だれもが空襲におびえていた。学校のグラウンドに防空壕が掘られ、校舎は迷彩色をほどこされて空襲にそなえた。そういう状況下であったから満州へ人々の関心が向けられていた。

満州からはさまざまな求人があった。教員募集もその一つだった。登美子によれば「もう戦争さなかですけどね、在満学校組合が各地方の教育機関、いまでいったら教育委員会ですけど、そこを通じて教師をどんどん招へいしたんです。満州開拓団の子女を教育するのに教師が足りないからと。当時は教育奉国ということばがあって、うちの主人も若かったものですから、教育に身を挺《てい》してお国のために尽くすということで応募した。で、主人たちは向こうに渡って大土佐開拓団の子弟のために小学校を開設したわけです」ということだった。

アメリカ軍が沖縄に上陸する前日の三月三十日、満州の勤務地へ戻る薫と、まだ生後五十日の長女をおんぶした登美子は弘岡上の家を出た。もともと満州行きに反対だった百代は泣いて見送った。「義母の涙には、私へのうらみがこもっていました」と登美子はいった。

猛吾一家は満州慣れしていたので、薫の渡満にだれも心配しなかった。むしろ猛吾は「これからの教育は、大陸の開拓地が理想だ」と喜んだ。満州を五族協和の王道楽土と思っている猛吾は、出産して間もない登美子が満州で生活することにほとんど不安を感じていなかった。

「ところが義母にしたら、満州というのは、それこそ十万億土の向こうだと思うわけです。それで満州へ行くのは、嫁さんにそそのかされたというふうに取ったんですね」と登美子は嘆いた。

満州に新天地を求めたのは薫自身だった。彼は一目置いていた先輩教師から「ボクが校長でキミが教頭になって、満州に一つの理想郷の教育を実現しようじゃないか」と誘われ、満州行きに応募した。薫の先輩教師は「ものすごく夢に燃えていました。まだ二十八歳で、薫より二歳しか年上じゃないんですよ。内地にいれば、とても校長にはなれませんけど」と登美子は語ったが、新天地ではこの若さでも夢がかなった。

満州へ行けば、地位だけでなく給料もはね上がった。二倍から三倍になることもあった。薫の場合、四十円そこその給料が百二十円になった。開拓団には国から支度金も支給されていたので、経済的にもずいぶん恵まれていた。また地位や給料のほかに、召集延期が目的で満州行きを志望する教師もいた。

希望者が年々減る一方の開拓民募集にしても裏へ回れば、割り当てられた国策のノルマ達成に四苦八苦する県や町村、関係団体の必死の勧誘があった。開拓民の応募がすくない自治体には補助金などで差がつけられた。アメとムチで開拓団は満州へ送り込まれたのであった。

出発当日、登美子は伊野駅へ向かう途中で仁淀川の清流を何度も眺めた。伊野駅には猛吾が見送りに来ていた。慌ただしい旅立ちだった。登美子は女学校に入学した際、猛吾から贈られたスイス製の高級時計を婚家の茶ダンスの上に置き忘れてしまった。気づいたときは地団太を踏みたいほどに悔やんだが、結果的にはそのほうがよかった。満州へ持っていったものはことごとく食糧と交換されたか、略奪に遭ったからだ。

第四章　満州の月

水に泣く

　昭和二十（一九四五）年四月五日、小磯国昭内閣は対中和平工作に失敗して総辞職し、翌々日、鈴木貫太郎内閣が成立した。まもなく終戦へのカウントダウンが始まろうとしていた。まるで火のなかへ飛び込むような時節に登美子は乳呑み児を抱いて高知県の農村から満州へ向かった。夫の薫がそばにいたとはいえ、空襲と背中あわせの危険な旅で満州国の首都、新京へ着くまでひと苦労だった。目的地の停車駅は吉林省九台《きゅうだい》県の飲馬河《いんばほう》。新京から吉林へ向かって三つめの駅で一時間半かかった。

　その間、荒涼とした車窓の風景がいっそう登美子の気持ちを憂うつにした。じつは、新京へ行く列車のなかで薫と口論となり、ずっと心が乱れていた。同郷の開拓団関係者や現地の一般乗客など衆人環視のなかで始まったいさかいだった。犬も食わない夫婦げんかもことと次第によっては致命傷になりかねないが、このとき彼女は深く傷ついてしまった。

その後、薫一家はわずか一年の間にソ連侵攻、満州国崩壊、敗戦、略奪、放浪、収容所生活、帰国と五年分くらいの出来事に遭遇した。矢継ぎ早に襲った状況の変化が、列車のなかの夫婦げんかでざっくりあいた登美子の傷口をふさいでくれた。だが、決して忘れていなかったことが、このときから二十年あまりのちの彼女の証言からわかる。

登美子は昭和四十一（一九六六）年一月に夜逃げ同然に上京するが、それから三か月後の四月に発売された光文社発行の『女性自身』別冊、『DELUXE 女性自身』（保存版 No.1Spring）に前田とみ子の筆名で「新人賞から四年　失敗者の記録」という告白手記を発表した（以下、手記といった場合、これを指す。将来、宮尾研究の一級資料となるにちがいない手記を本書では随所で参考にした）。

そのなかに「……新京へ向かっている汽車のなかで私は突然激しい後悔に襲われ、生まれたばかりの長女を抱いたまま、折り返し内地の父のもとへ帰ろうとしたことがあった。そのときの夫との口論の内容は覚えていないけれど、胸にありありと刻みつけられた夫への嫌悪《けんお》感だけは長い間、尾を引き続けた。しかし外地にいた私たちは世相の激動のなかで離婚の何のというといとまはなく、むしろ、夫婦という共同体の便宜さの上に乗っかってこの時期を過ごした」という一節があるのだ。

薫一家が住んだのは、地元の中国人が暮らしていた土の家だった。内地ではパラダイスと思われていた満州だが、飲馬河には電気もガスも水道もなかった。高知県の開拓民は広大な地域に散らばって住んでいた。

「その分布されている地域というのは、ちょっと想像がつかないぐらいの広さです。端から端まで、それこそ太陽が上がった頃から暮れる頃まで歩いてもたどり着かない。そのなかに飲馬河小学校の本校があるわけです。開拓団の子女が毎日通ってくるということは到底できません。そこで四年生から上を本校に集めて寄宿舎へ入れるわけです。で、三年生以下は地元の民家を借りて分校とし、教師一人がいて教えていました」（登美子）

寄宿する四年生以上の子供たちは、それぞれの開拓地から本校まで歩いてきた。家から寄宿舎まで三時間以上かかる子はザラにいた。

「まだ親と一緒に寝ていたい年齢ですね。そういう子が背にふとんを負い、両手に勉強道具と食器を提《さ》げてくる。もうけなげな子たちでね、小学生の頃の自分と比較して非常に感動しました。ご飯はお代わり自由ですけど、おかずは一品です。食卓はなくてアンペラ（アンペラという多年草でつくったムシロ）の上にじかに並べて食べるんです。居場所はオンドル（温突）の壁ぎわのちょっとしたスペースだけ。そこにふとんを巻いて置いとくわけね。それで土曜の授業が終わると、洗たくものを背負って遠くにある自分の家へ帰っていく。日曜の夕方にはまた寄宿舎に戻ってくるんです。西方の地平線に巨大な太陽が、ズシンズシンとまるで地響きをたてるように落ちていく。内地の夕日はゆるやかに落ちていくけれど、満州の夕日はあっという間に消えていく。とても荘厳なんですよ」

登美子は懐かしそうに振り返ったが、昭和二十年の満州生活の大半はロマンチックのかけらもなかった。便所は外に穴を掘って、縄でつるしたムシロで囲われていた。すき間だらけのなかで、あたりに気を配りながら用を足さなければならなかった。現地の住民のほとんどは紙を使わなかった。紙は貴重品。コーリャンの長い葉っぱで拭いて終わりだった。「日本人が中国人になりすまそうとしても、終わったあと、手を洗うので見破られてしまう」。そういって登美子は笑ったが、もっとも苦労したのは水だった。

「満州は非常に水の悪いところでした。私たちのいたところには井戸が二つしかなく、しかも露天掘りなんですよね。うっかりすると井戸に落ち込む危険があったし、ゴミなどがどんどん入っちゃう。ヤナギで編んだ籠で井戸から水を汲みあげるんですけど、真っ赤な赤土混じりの水なんです。最初は赤い水を煮沸《しゃふつ》して飲んでいましたけど、そのうちに開拓団全員がアミーバ赤痢にかかりました」（登美子）

飲馬河と呼ぶ地名と同じ川があった。「馬が飲んだ河」と読めば、いかにも滔々《とうとう》と流れる大河に思えるが、水量は極端にすくなかった。そのかわり六月になって雨季がやってくると、じわじわと川幅が広がり、赤い泥水が三か月以上もひかなかった。登美子は飲馬河を見るたびに仁淀川の清流を懐かしんだ。本流だけでなく、仁淀川の支流や奥支流も目に浮かんだ。畑仕事のとき、姑《しゅうとめ》は水筒の水をいつも「おいしい、おいしい」と飲んでいた。登美子はその姿を思い出し、百代が水筒に汲んでいた弘岡上の用水路の水、それはまぎれもなく仁淀川の水であったが、とてつもなく貴重でどれほど有難いものであったかを骨の髄《ずい》まで思い知った。

学校に届いた青酸カリ

悲しいまでに開拓団の医療施設は貧弱だった。「この開拓団全部合わせて診療所が一つ。その診療所のお医者さんというのはもと獣医さんで、ろくに人間の体を診《み》たことのない人なんです。薬といってもアスピリンしか置いてない。だから下痢しても薬がないわけです。下痢をガマンするしかない。それにしても人間の体というのは順応性があるんですね。その時期を通過すると、赤い水に慣れてくるんです。結局、アミーバ赤痢で死んだ人はいなかったですね」。そう語る登美子は人間の生命力の強靭さに舌を巻くのだった。

体が慣れてくれれば、飲馬河の水も怖くなかった。現地民が食べていたコーリャン、粟《あわ》、パイメン（白麺）なども口に合ってきた。「パイメンをもっともよく食べていました。水でこねて丸く平たくし、両面を焼くだけです。ふくらし粉も砂糖も塩も入れません。このホットケーキは、味はともかく携帯には便利なんですね」（登美子）。生活のペースもだんだんととのってきた。ただ、内地と決定的なちがいがあった。情報である。

満州の開拓地での生活は苦労の連続であったが、じつは故郷のほうがはるかに深刻な事態にあった。薫一家が高知を去ってから三か月後の六月二十六日、B29爆撃機が高知市に飛来し、一トン爆弾を落とし、多数の死傷者を出した。そして七月四日、高知市の中心部に焼夷弾がさく裂し、地獄絵さながらの光景となった。高知大空襲である。

登美子の母校、昭和小学校はアメリカ軍の無差別攻撃が始まると、すぐに対策を講じた。ま

現在の昭和小学校。宮尾登美子が学んだピンク色のモダンな校舎は戦後、取り壊され、新校舎が昭和57年12月5日に落成した。ただ、校門だけは戦前の創立時から変わらない

ず児童がすぐに避難できるようグラウンドに防空壕を掘った。そして校舎にペンキで迷彩をほどこし、攻撃目標にならないように工夫した。高知大空襲で昭和小周辺の田園に無数の焼夷弾が落ちたが、校舎は奇跡的に空襲を免れた。「そのため学校は一時的に罹災者や死傷者の収容所となり、負傷者のうめき声や肉親を失った家族の泣き声があふれ、また薬品の匂いが校舎のなかを漂いました。また教室や渡り廊下には死者が横たわっていたということです」と「昭和小学校五十年のあゆみ」は伝える。

だが、終戦さえすぐに届かなかった飲馬河の人々は故郷の惨状など知る由もなかった。「新聞もラジオもなく、私たちがニュースを知る方法といえば、一週間に一度ぐらい駅留めでくる郵便物と地元民

のうわさ話なんです。八月に入ると日本軍は敗色濃いとか、ソ連が参戦するらしいと彼らがささやいているわけですね。それをうちのクーリー（小間使い）が聞いてきて、教えてくれるんですけどね。正確なことはなんにもわからないんです」。登美子はそういったが、肝心な点は内地の国民も何も知らされていなかった。

歴史は密室で塗り替えられようとしていた。八月八日午後五時、佐藤尚武《なおたけ》駐ソ大使は約束の時間かっちりにモロトフ外相の部屋を訪ねた。モロトフはいった、「八月九日よりわが国は貴国と戦争状態に入る」と。「ならば八日は、まだ平和なのか」という佐藤にモロトフはうなずいた。このときモスクワと時差六時間の満州国境は夜の十一時すぎ。モロトフのことばから一時間も経たないうちに日ソ中立条約にそむいてソ連軍は満州になだれ込んだ。

飲馬河小学校の関係者が事態の急変を初めて知ったのは数日後、在満学校組合からの速達便によってだった。「それにソ連参戦のことが書いてありました。国境からソ連の大軍が押し寄せてくると。このとき一緒に小さな包みも届いて、そこには青酸カリが入っていました」と登美子は生々しい事実をあかした。青酸カリの分量は多かった。在満学校組合によって青酸カリはちゃんと量られていた。校長以下七、八人いた教職員とその家族、そして寄宿舎の児童も含む総数は約百人。届いた青酸カリはいざというとき、飲馬河小学校関係者全員の集団自決を可能にする量だった。

集団自決をすすめる在満学校組合の措置に疑問を抱く向きもあろう。ただ、青酸カリには意外な抑止効果があった。修羅場に際してリーダーが青酸カリの包みを見せて「いざというときは、皆いつでも死ねる。とにかく生きられるだけ、生き延びよう」と励まし、これで動揺していたメンバーの心が落ち着いたという実話がある。

集団自決で青酸カリが使われた例がなかったわけではないが、より悲惨な情景は銃器や刃物などによる発作的なものだった。不憫《ふびん》という思いにかられた母親のわが子殺しが満州の悲劇をいっそう耐えがたくした。殺さぬまでも手放すことを脳裏に浮かべた母親も多かった。やがて登美子自身も同じような心境になりかけるが、この時点ではまだ想像もつかないことだった。

連日、職員会議がひらかれた。学校の存続か、それとも閉鎖か。児童の扱いをどうするか。とぼしい情報のなかで話し合いがつづいた。登美子らは、児童が登校して静かになった寄宿舎で会議の結果を待った。「職員会議では、子供たちは一応、親もとへ戻すことに決めたんですね。本校へ集めておいて万一のときに、子供たちの始末ができなかったら困るという考えもあったようです。それでソ連参戦から二、三日後だと思いますが、学校を閉鎖したわけです」と登美子は振り返った。

日本政府に国民の生命、自由、財産を守る力などとっくになかった。いわんや学校になすすべはなく、遠く離れた親もとへ児童を付き添いもなく返すのは危険だったが、ほかに選択肢はなかった。あっという間に職場を失った教師とその家族にしても明日をも知れぬ運命で、去るも地獄、残るも地獄であった。

「学校閉鎖が決まると、まだ昼にもならない時間に子供たちが隊伍を組んで寄宿舎に戻ってきました。それから大掃除をして、荷物をまとめましてね。前庭にみんな集まったんですよ。ふとん、着がえ、学校道具を背にしょってね。遠いところはここから五時間も歩かなければならないの。とにかく痛々しいほどの荷物でした」（登美子）。寄宿舎の前庭に全児童が整列し、見送る登美子らも加わって全員で「海ゆかば」を歌った。♪海ゆかば　みづく屍　山ゆかば　草むす屍《かばね》……その場にいただれもが泣いた。

「子供たちを送るとき、私は滂沱《ぼうだ》たる涙ですよ。私は教師ではなかったけれども、子供たちが非常になつきましてね。奥さん、奥さんって。これで子供たちと会うこともない、これが最後だと思うと、せつなくて。子供たちを途中まで送って、もう子供たちがね、コーリャン畑のなかに見えなくなるまで手を振って、私も涙ながらに別れたんですよ」

当時の情景がよみがえったのだろう、ハンカチを手に登美子は涙ぐんだ。児童が引き揚げてがらんどうになった寄宿舎で、学校関係者は集団生活を始めた。ともかく在満学校組合からの通達を待つことにした。八月十五日になった。正午、昭和天皇の玉音放送があった。満州のあちこちの町で日本の降伏が知れわたると歓声があがった。興奮した群衆に押しかけられたところもあった。日本人の老女は荷物を渡すまいと必死で抵抗し、まさかりで頭を割られた。だが、情報砂漠の飲馬河では、この日、玉音放送はむろんのこと、敗戦を伝えるものは何一つなかった。

一個のまんじゅう欲しさに

情報がすこしずつ飲馬河にも伝わってきた。それでも事態の急変を飲み込めず、だれもがのんびりしていた。八月十八日午後、薫は飲馬河へ泳ぎに行き、登美子は寄宿舎の一隅で裁縫をしていた。ソ連参戦という情報は耳にしていたが、日本軍への信頼感が強く、このように気楽に過ごしていたのだ。

「私がとろとろと眠くなりかけたとき、主人が真っ青になって走って帰ってきて、日本が負けたと。飲馬河のつぎが九台という町で、そこは電気もあります。その九台に住む満州の人が知らせてくれたようです。なにしろ八月十五日の三日後でしょう、とても信じられないとみんながいったんですけどね。しかし九台ではたしかに天皇のラジオ放送をキャッチしたというんです」（登美子）

情報社会の現在では考えられない遅すぎた敗戦の知らせであった。日本軍の武装解除という事実は、飲馬河一帯の日本人に強い衝撃を与えた。

八月三十日、ダグラス・マッカーサー（連合国軍最高司令官）がコーン・パイプをくわえて厚木に降り立った。皇居お堀端の第一生命ビルにＧＨＱ（連合国軍最高司令官総司令部）が本拠を構え、マッカーサーの支配が始まった。めぐりあわせとは不思議なもので、この時点では日本に帰国できるかどうかもわからなかった登美子だが、戦後、このビルに通うことになるのだ。

それはずっと先の話で、この頃、開拓団や学校関係者がいちばん恐れたのは、ソ連兵より地域の暴民だった。ソ連軍がすぐにやってくるような場所ではなかったので、暴民による掠奪のうわさが恐怖を倍にした。

「私たちが考えたのは、もうここで死のうということでした。日本もめちゃくちゃになっているというでしょう。私は家中のふとんのシーツをといて、白装束《しろしょうぞく》を学校の先生方に縫って差しあげました。生きていくことなんて、そのときだれも考えていなかった。死を待つばかりでした」（登美子）。それでも彼らはしだいに落ち着きを取り戻し、自衛策を講じた。戸締まりをいっそう厳重にし、校長や教頭の薫のほかに二人いた男性教師が交代でこん棒をもって深夜も警戒に当たった。

生活費をどうするかが大問題であった。八月で給料袋と縁が切れ、収入がなくなってしまった。絶体絶命のピンチだったが、捨てる神があれば拾う神もあるもので、かろうじて当座の飢えはまぬがれた。「だれもお米を買い込むほどのお金は持ってませんの。いま持っているお米を少しでも食い延ばしていくだけの耐乏生活ですね。さいわい学校の周りのジャガイモ畑がちょうど収穫期に入ったんですよ。それを食べながら暮らしていました」（登美子）。

それにしてもジャガイモの威力は絶大だ。これほど食糧難にあえぐ人類を救った野菜はほかにない。アイルランドや北朝鮮はいうにおよばず、地球の隅々でジャガイモはいくたびとなく人間の命の恩人となった。終戦直後、東京の銀座でもジャガイモが植えられた。その点、栽培の苦労もしないですぐにジャガイモを食べられた登美子らは幸運だった。九月十六日、ついに飲馬河一帯は暴民に襲われ、多数の死傷者が出た。

「私は赤ん坊を抱いて、すぐ前の満州の人の家に飛び込んで、かまどの焚口《たきぐち》のなかに隠れて命拾いするんですよ。満州の人はかまどを清浄なものとしてあがめています。ほんとによく私のことを匿《かくま》ってくれたと思います。それで無一物のまま駅へたどり着き、営城子《えいじょうし》という炭鉱に逃

げます。主人はここで石炭掘りをして越冬するわけです」（登美子）
収容所生活が始まった。ないないづくしだった。水で苦労した飲馬河だったが、収容所にくらべればまだ天国で、転々とした収容所のどこにも顔を洗う水すら満足になかった。ましてや入浴などかなうべくもなかった。もっとも登美子が夢にまで見たのは、洗面所でも風呂場でもなく、きれいな川で思う存分洗たくをしている光景だった。
辛かったのは、やはり飢えとの闘いだった。支給されるのはあさと晩にコーリャンがゆ一杯か、一日一個のコーリャン飯の小さなおにぎりだけだった。「生きるにはあまりにすくなく、死ぬにはいささか多い量だったわね」（登美子）。彼女は空腹に耐えられず食べものを求めて街をさまよった。長女のためになんとしても母乳を出すために食べなければならなかった。だが、極限状態において母性本能は絶対的ではなく、登美子はわが子のためというより自分の空腹を満たすために、野良犬のようにうろついた。
「ちょっとしたすきをねらって他人の洗たくものを盗み、それを饅頭《マントウ》と交換しては一時の空腹を満たす経験はほとんどのひとが経験していた」と手記にある。垣根に干してあったオムツを二、三枚盗み、地元の住民を呼び止めてまんじゅう一個と交換したこともあった。「きたないまんじゅうは、だれにも分けなかった。垣根のかげや塀にかくれては、ひとりひっそりと食べるのだった」と手記にあるが、盗みを働いたのは一度や二度ではなかったはずだ。栄養失調で乳が出なくなるたびにおなかをすかした長女は泣き叫んだ。途方に暮れている登美子に相部屋の人妻が話しかけてきた。手記ではこんなやりとりが交わされている。

「奥さん、いいこと教えてあげましょうか。そんな荷やっかいな乳飲み子はだれかがすぐ買ってくれますよ。一人百円で」

「まあ、それを買ってどうするんですの？」

「育てて、自分の家で働かせるんですよ。だから、大きい子供ほどいい値で売れるんですって」

「まあ！　でも、子供を売るなんてひと、あるかしら」

　半信半疑の登美子だったが、しばらくしてうわさ通りのことがあった。長女をおんぶして歩いていたとき、現地の住民に声をかけられたのだ。住民は長女の太ももをぽんぽんとたたいて「子供を譲らないか」といった。乳も満足に出ないのに長女は太っていた。頑健な薫の血筋をひいて丈夫な子で、一度だけ体中に吹き出ものができて薫と登美子はあわてたが、それ以外に心配させたことはなかった。だが、登美子は長女の世話に疲れていた。手記には「育児の知識はもちろん、母親としての心がまえさえできていない私は、満州放浪のあいだS子をもてあまし、どんなにか自分の早い出産を悔やんだことだったろう」とつづられている（手記では長女をS子、次女をT子としている）。

「子供を譲らないか」ということばに登美子がふらふらとなりかけたのはまぎれもない事実だ。寸前で自制心を取り戻してことわったとはいえ、耐えがたい飢えに直面したとき、親子の関係より自分のおなかを満たしたいという欲望のほうが強いと、のちに登美子は告白している。ただ、こういう切羽詰まった感情が同じ境遇にあった人々に共通してあったわけではあるまい。

満州時代を描いた『朱夏』の書評で作家の吉田知子がこの作品の面白さはお嬢さん育ちのヒロイン綾子の性格にあると看破《かんぱ》し「貧しいなかで必死に生きている人がたいへんな目にあってそれを切り抜けるというのではない。真面目で潔癖なところはあるものの、無自覚、わがまま、派手好き、他人の心情に頓着しない、というような数々の欠点を持った女性が、餓死か盗みか物乞いかという極限状況におかれてどうなるかというその過程である」と述べている（『新潮』昭和六十年九月号）。それは作者である登美子自身の性格にほかならないのだ。

収容所の不思議

わが子をあやうく手放そうとした登美子とて人の子。満州放浪のあいだ、何度夜中にそっと起きて月を仰いだことか。ときには「早く日本へ帰りたい。早くお父さん、お母さんに会いたい」とぼろぼろ涙を流しながら満州の月に手を合わせ、また地に伏して祈った。

文字通り死と隣り合わせの毎日だった。手記には「満州における難民の収容所生活は、ひ弱い人間たちを死というかたちでどんどん淘汰していった。腸チフス、発疹チフス、天然痘、奔《ほん》馬《ば》性結核など、いったん患者が出ると、それは疾風のような速さで栄養失調の人間たちをなぎ倒していく」とある。奔馬性結核とは進行の早い結核で、病魔に取りつかれればきわめて死亡率が高かった。

一人、また一人と葬られていく日々。次第に収容所から会話が消えていった。仲間どころか、夫婦同士も話さなくなっていった。殺伐とした雰囲気のなかで飢えに苦しみ、病気におびえ、イライラが募るなかで登美子の唯一の救いは不眠症に無縁なことだった。ふとんにもぐればバタンキューと眠りに落ち、朝方まで熟睡できた。登美子はぐっすり眠れる自分が不思議であった。

不思議といえば、この世の地獄のように思われた収容所で時折、新しい命が誕生していくのも登美子にとっては不思議であった。校長の妻も妊娠した。夫婦が愛し合う場所は収容所の周辺にいくらでもあったし、避妊具などあるわけもない。だから妊娠する女性がいても驚くこともなかった。要するにそれほど登美子は性に関してはオクテだった。

後年、登美子は第一章でふれた嶋岡晨のインタビューで「みんな乞食生活同様のなかでも夫婦生活はちゃんとしていて、子供が生れたりしているんですね。だけれども、彼は私に一年半ふれなかったし、私も子供なもんだから。しかし夫婦生活が一年半なかったというのは、これも異常じゃないですかね」と語っている。

昭和二十一（一九四六）年四月十日、新選挙法による第二十二回衆議院総選挙がおこなわれ、鳩山一郎総裁の自由党が百四十一議席を獲得し第一党になった。二十二日、幣原内閣が総辞職。五月三日、極東国際軍事裁判が開廷した。四日、ＧＨＱは鳩山を追放し、二十二日、第一次吉田茂内閣が成立した。このような祖国の動きなど想像もつかなかった登美子だったが、それでもいくらか帰国の希望が見えてきた。

そのうちに九台へ移動させられ、関東軍のかまぼこ兵舎だった建物が収容所となった。行動

の自由がこれまでよりすこし広がった。近くに関東軍の食糧倉庫があり、そこにはわずかなが
ら食糧が残っていた。立ち入り禁止にもかかわらず、飢えをしのぐために難民の多くは倉庫に
忍び込んだ。薫もその一人だった。

九台では飲馬河の寄宿舎にいた少年たちとの再会が、くじけていた登美子に生きる希望を与
えた。そのうちの一人が「奥さん、何ぞして儲けなよ。何もせなんだらハラが減って死ぬから
ね」と商売をすすめた（『別冊婦人公論』平成四年冬号）。登美子は少年たちとはかりごとをめぐ
らし、彼らが倉庫から盗んできた大豆や塩、油で商売を始めた。登美子が大豆を油で揚げ、少
年たちが新聞や雑誌をちぎってつくった袋に入れて売った。三十数年後、登美子は商売をすす
めてくれた少年とNHKのご対面番組で再会した。彼は自衛隊音楽隊の指揮者になっていた。

「かまぼこ兵舎で二、三か月過ごしたかな。ようやく引き揚げの知らせが来てね、それで九台
で引き揚げ大隊を組んだわけです。九台から新京へ出て、コレラが出てしばらくとどめおかれ、
それから葫蘆島《ころとう》に行きました」。登美子がいう葫蘆島は遼寧省の南西部にあり、満州から日本
へ向かう引き揚げ船の出発地であった。乗船したのはアメリカ海軍が輸送船として急造したリ
バティ・シップだった。乳児は登美子の長女のほかは見当たらなかった。船底に押し込められ
た高齢の引き揚げ者のなかには日本を目前にしながら病死する人たちがいた。そのたびに水葬
礼がおこなわれた。

佐世保の婦人相談所

昭和二十一（一九四六）年九月、登美子らは佐世保に上陸し、一年半ぶりに日本の土を踏んだ。薫と登美子は手を取り合って帰国できたことを喜び「よくもまあ、無事で戻れたねえ、私たち」「もう命がない、と覚悟したのが五回、いや六回だったかな。それらをすべて、くぐりぬけられたのもわれわれの持つ運命というやつだろうな」とことばを交わした。

二人は仲のよい夫婦ではなかったが、けんかばかりしていたわけでもなかった。登美子が何度も薫に助けられたのは事実だった。佐世保での短い会話にしみじみとした夫婦の情愛が感じられるのも、長女を間に二人が手を携えて難局を突破してきた絆のゆえであった。

佐世保の引揚援護局は昭和二十年から二十五年五月までに百四十万人近くの帰国者を受け入れた。大半は満州からだった。当初、帰国者は裸にされ、殺虫剤を全身にかけられ、裸のまま遠く離れた援護局まで歩かなければならなかった。さすがに人権無視のやり方はまもなく改善され、登美子らは裸の行進を免れた。「親子三人、無傷で戻ってこられたのは、いま考えてもほんとに奇跡ですね」。そういったあと、登美子は帰国者でごった返す佐世保のエピソードをあかした。

「佐世保に着きましたら男と女に分けられました。女はね、小学校の教室のような場所で待たされましてね。そこにはカーテンで仕切ったコンパートメントが並んでいました。順番がきて小さな部屋に入ったら、たぶん矯風会《きょうふう》（キリスト教の婦人団体）の方じゃないかと思うんですけど、年配のおばあさんがいました」と登美子は語り出した。

婦人相談所の一室。登美子は目の前の女性相談員から低い声で「向こうで犯された経験がありますか。率直におっしゃって下さい。だれにもいいません。秘密を守ります」といわれた。さらに相談員は「いま、病気をお持ちですか。もし、うつされていたら佐世保で治療して差しあげます。こちらに入院して下されば、費用は全部持ってあげます」といった。

良家の子女であれ、区別なくおこなわれたレイプと性病リサーチは水際で病菌を食い止めるためだった。「どうして女だけが連れてこられたのか、これで納得しました。さいわい私は一度も。私はもう本当に幸せでね。だから書けるし、話せるんですね。かわいそうに私の知り合いは佐世保で病気を治して、一年後ぐらいにやっと家に戻ったんですよ」と登美子は涙声になった。そしてひと呼吸おいて、こうつづけた。

「じつに、たくさんの人が不幸に見舞われました。毎晩、毎晩、ソ連兵の兵舎へだれかを出さないと銃殺されるんです。それはもう、さまざまな危険がいっぱいでした。終戦後、進駐軍が日本に入ってきたとき、チョコレートが欲しくて体を投げだした女性がいましたね。それと同じで食料が欲しくてみずからソ連兵の兵舎へ行った人もいるし、中国兵のところへ行った人もいました」

登美子は幾度となく悲惨な場面を目撃したが、大半は文字にしていない。書くのを仕事としていても、書けないことはいっぱいあった。紙一重で自分も佐世保の一角に留め置かれた女性たちと同様の悲劇に遭ったかもしれない、そんなスレスレのところに彼女はいたのであった。

九月二十一日、長女をおんぶしたイガグリ頭の登美子は薫とともに高知県の国鉄伊野駅に着いた。道端で拾った麻袋を仕立てたボロ着という格好だった。満州帰りを迎える世間の目はどこかしらけていた。戦火の内地を逃れ、満州でいい思いをしてきたのだろう、というやっかみや誤解もあった。伊野駅前の引揚援護局出張所で帰国の手続きを済ませたあと、三人家族は薫の生家へ向かった。途中で仁淀川が見えてきた。川の土手に立った登美子のそのときの感動ぶりは自伝的小説『仁淀川』の冒頭であざやかに描かれている。

百代や大舅とぶじを喜びあった登美子は、薫と入れ替わりに待ちわびていた風呂に入った。風呂場は母屋から離れたところにあった。開拓団の共同風呂に入れたのはわずか一回だけで、収容所に浴室施設はなかった。一年ぶりの入浴だった。汚い衣類は庭の植え込みにかけ、五右衛門風呂の底の踏み板に乗っかってそっと体を沈めた。だが、夢にまで見た風呂というのに、ゆったりした気分になれなかった。

「いつまでたっても温《あたた》まりませんでした。水みたいな感じで、肌が風呂になじまないんですね。湯殿から目をあげると、破れた壁の間から宵月《よいづき》が見えるんです。ここは高知だと思うと涙があふれてきました。湯殿でお湯をかぶって、あかをこそげ落としてね。さぞかし臭かっただろうと思うんですけど」（登美子）

地球のどこにいようと月は月だが、日本の月が嬉しかった。もはや満州にいたときのように月に手をあわせる必要はなかった。近所のあいさつやかたづけが一段落すると、登美子は高知市へ駆けつけて猛吾や喜世と再会し、無事を喜びあった。猛吾は娘を迎えた食卓にウルメの皿を並べた。ウルメは体長二〇センチ近くのマイワシをうす塩にして天日で干したもので猛吾の好物であった。

「そのとき私は、いきなりウルメを頭からかじりついて全部食べたんですね。父はびっくりしました。私は子供の頃からウルメのたぐいは大嫌いでしたから。もし食べるにしても母か、お手伝いが小骨を取ってくれて、なかの身だけをそれこそお姫さまに差しあげるようにチョビチョビとお皿へ入れてくれる。私はそうしてもらわないと食べない子だったわけでしょう。それが、いちばん先にウルメにとびついて、世にこれほどおいしいものがあったかと、ボロボロと涙を流しながら食べたのですから、父は仰天しました」（登美子）

猛吾はウルメにかじりつく娘が不憫《ふびん》だったが、話を聞いているうちに満州の試練をくぐり抜けてひとまわり成長したように思われ、安心した。猛吾は「お前は失ったものも大きかったかもしれないけれど、得たものも大きかった。ほんとによかった」といったあと、婿殿の恩義を決して忘れるなと、薫への感謝を繰り返し口にした。じつは登美子も同じ気持ちだった。その後、薫と離婚したい衝動に駆り立てられるたびに父親の忠告を反芻《はんすう》し「夫は自分と娘の命の恩人」と思い直して踏みとどまった。

第五章　農家の嫁

死の病を宣告されて

昭和二十一（一九四六）年九月、長女をかかえて夫とともに満州から戻った登美子は、集落では「稲付《いなつけ》」という屋号で呼ばれていた薫の生家、前田家に落ち着いた。仁淀川の下流、高知県吾川《あがわ》郡弘岡上《ひろおかかみ》ノ村（以下、弘岡上）にある前田家は、田んぼが一反五畝《たんせ》、畑が二反ほどの小さな農家だった。もともとは石工が本業で、立派な石の門があるわら葺の家だった。薫の父親は早くに亡くなって母親の百代と八十歳をすぎて腰の曲がった祖父が細々と暮らしていた。

薫一家が帰国する直前、高知県は台風に遭い、農作物の収穫が大幅に減った。それでなくとも田畑のすくない前田家は周りとくらべて食糧事情に恵まれていなかった。二人暮らしならなんとかなったが、薫一家が加わって食卓のおかずも減りがちだった。もっとも満州体験で食べものの好き嫌いの激しかった登美子も粗食に耐えられる体質になり、どれもこれも美味しかった。なかでも薄味で煮た千ぎりが大好物となった。弘岡上は秋から冬にかけて西風が吹き、簀《す》にかけたたくさんの大根を西風がかわかし、特産物の千ぎりにしていた。

畑には綿《わた》が植えてあった。ボロを着る嫁を見かねた百代は綿をつむぎ、蔵からホコリだらけの機織《はたおり》り機を取り出して登美子に織り方を教えた。細く伸ばした木綿《もめん》糸を縦糸と横糸に根気よく織り上げていく単純作業に登美子は熱中し、素朴な織物に魅了された。育児に追われる彼女であったが、農家に身を寄せているかぎり農作業から逃れられず、慣れない手つきでクワやカマを持って汗を流した。登美子は仁淀川の中洲《なかす》で姑《しゅうとめ》と一緒に川原スイカをつくり、それをかついで売り歩いた。

「私は農家の嫁たらんと、一生懸命なりふり構わず働きました。田植えもしたし、かつぎ屋もしました」。そう語った登美子はたしかに農業を厭《いと》わなかったが、半面、チャンスがあればヨソで働きたい意欲を抱いていた。ご多聞にもれず嫁と姑の関係も微妙であった。わがままいっぱいに育った町っ子の十代の嫁と、夫亡きあとは家を切り盛りしてきた農村育ちの姑ではちがいが大きすぎた。世話好きの百代は集落では「稲付のおばさん」とか「稲付の大ねえさん」と呼ばれて慕われていた。

嫁姑のいさかいがうわさになっても、周囲は圧倒的に百代の味方だった。鷹揚でものわかりのよかった百代だが、ときには我慢ができず「うちの嫁はできが悪くて」ともらすこともあった。そういわれても仕方がないほど、登美子はしばしば農家の嫁のラインをはみ出して行動した。もっともこういう評価は立場によって異なってくる。彼女を知る人からすれば「あれだけ長い間、よくぞ農家の嫁で我慢した」ということにもなろう。

あるとき、登美子は高知市にある高知日報社が記者を募集し、女性も応募できるという求人広告を目にした。昭和二十一年の七月九日に創刊されたばかりの、二ページのタブロイド判のローカル紙だった。弘岡上は高知市から一〇キロと離れていなかったが、当時は交通の便がよくなかった。高知市の繁華街へ出るには、国鉄のほかに土佐電鉄（現在はとさでん交通）の路面電車と木炭を燃料とするバスがあった。国鉄や土電の場合、弘岡上の家から駅のある伊野町（現在はいの町）まで六キロ以上歩かなければならなかった。車だと十五分で着いたが、徒歩では一時間ほどかかった。伊野に着いても路面電車はのろのろと走り、終点のはりまや橋までさらに一時間かかった。

高知県吾川郡いの町のとさでん交通伊野線伊野駅。ここが始発で高知市はりやま橋の終点まで11. 2キロを結ぶ

木炭バスの場合は、家から一キロ先に百笑《どめき》というバス停（現在は新川通り）があり、そこから荒倉峠を越えて約五十分で高知市の中心部へ出られた。荒倉トンネルが出来てからは三十分に短縮されたが、時間がかかっても木炭バスよりも土電を利用する人が多かった。バスは一時間に一本しかなかったうえ、でこぼこ道にゆられて酔ってしまうのが嫌われた。

遠距離通勤、さらに一歳半の乳児を抱えた主婦というハンデがあったが、登美子は高知日報社へ願書を送った。書類選考が通り、彼女は戦災の傷跡も生々しい高知市へ入社試験を受けに行った。新聞社の印刷インクの匂いに感動し、是が非でも入りたいと思った登美子は、そのときの入社試験の様子を書きとめている（朝日新聞平成三年一月PR版）。

黒板にいつ、どこで、だれがといった要点だけが書かれた事件の概要を見て、それをすばやく記事にするのが筆記試験だった。面接では家庭環境に質問が集中した。結果は不採用で、登美子の落胆は大きかった。年の瀬の十二月二十一日早朝、マグニチュード八・一の南海大地震が発生し、犠牲者は千三百人を超えた。満州で体験した略奪の恐怖とはまたちがった自然災害の猛威に登美子は長女を抱きしめておびえた。

昭和二十二（一九四七）年二月七日、マッカーサーは吉田茂首相に総選挙をおこなうよう指示し、四月二十五日に第二十三回総選挙がおこなわれた。日本社会党（片山哲委員長）が百四十三議席を得て第一党となり、社会党・民主党・国民協同党の三党連立により六月一日、片山内閣ができた。土佐出身のワンマン吉田が退陣した頃、登美子も転機に直面した。

体調を崩し、寝込むようになった登美子は病院で診察をうけた。聴診器をあてた医師はラッセル音に驚き、レントゲンをとるまでもなく結核とわかった。まだパスもマイシンもなく、結核は死の病《やまい》と呼ばれていた。医師は強く入院をすすめたが、彼女はことわった。帰宅しても入院をすすめられた話は薫や百代に黙っていた。

沈黙の理由について登美子は「話したところで農家の嫁にのうのうと入院生活が許されるわ

けもなく、もし許されるとしたら、それは死の直前か、私の実家からでもたっぷり費用が仕送りされた場合にだけ、と限られていた」と手記に書いている。実際には嫁の発病に薫も百代も心配し、うろたえ、頭をかかえていたのだが、二十一歳になったばかりの登美子は自分と長女のことで頭がいっぱいだった。

立場が逆転した母と子

当時、結核の唯一の治療法はきれいな大気のなかで十分に栄養をとり、安静にしていることだった。前田家は以前、別棟の作業所の二階にカイコを飼っていたが、薫はカイコ部屋だった二階に畳を三枚敷いて登美子の病室にした。日中、彼女はそこで長女の世話をしながら体を休めた。風の強い日、梁《はり》に積もったホコリがせんべい布団にくるまった病人の顔にパラパラと落ちた。まわりがカタコトと音を立て、登美子には死の足音のように感じられた。

孤独のなかで登美子がいちばん頼りにしたのは、満州で一時期もてあました長女だった。

「病臥している私を慰めてくれるものといえば、やっと二歳になったばかりのS子だけだった。たどたどしい手つきで『お母さん、お水でちゅか』だの『お母さん、ご本でちゅか』だの、心づかいをみせてくれ、いいつければ、階下からこぼしこぼしして半分以下になった湯飲み茶碗の水を運んでくれたり、熱のある私の額のタオルを取りかえてくれたりする」と手記にある。

病める母と子の立場は逆転し、満州でさんざん世話を焼かせた長女が、あろうことか自分の看取《みと》り手になろうとしている。そう思った登美子は忍び寄る死の予感に遺言のつもりで文章を書く気になった。「長女に満州体験を書き残そうという思いもあったんですね。それで昭和二十二年の六月十八日からあり合わせのノートに日記ふうに書き始めたわけです」。登美子はそう語ったが、娘への手紙という形で書かれた病中ノートと日記は自伝的小説の四部作へつながるもので重要な意味を持つ。まだ四部作の構想もなかった頃に書かれた手記には当時の強い思いがしたためられている。

「死を覚悟していた日々、S子のいじらしさに涙を誘われるたび、私は次第にあるひとつの決心が胸のうちで固まりかけていた。もし近く、私が地上から永遠に消えてしまったとき、もの心もつかないS子は私という母親を何によって確かめ得るのだろうか。さいわいにして、S子の記憶に現在の私がかすかながらに残っていたとしても、それは単に病臥していた母、というごく一面的のイメージでしかない。

私はS子に、もっと私というものを知っておいてほしかった。生きていた間の私の全部を話しておいてやりたかった。成長したS子が、二十年かそこいらの生涯でしかなかった若い母親の生きた日を、自分に引き比べてひとつひとつ思い出せるよう、すべてを知らせておいてやりたかった。

それは、三人の女性をお母さんと呼ばねばならなかった私自身の不思議な生まれと育ち、そのための父親との長い間のあつれき、S子の父親である夫との出会いから、なぜこんな早い結婚をしてしまったかという細かないきさつ、とりわけ夫が出向命令をもらって渡満してから、生と死の境をいく度か彷徨《ほうこう》した終戦後の生活は、Ｓ子が生きていくためにぜひ必要な教えのひとつとも思われた」

　まさしくここに宮尾文学の原点がある。ノートは公開されていないが、日常生活をつづった日記は『宮尾登美子全集』第十五巻に収められている（以下、日記といった場合、全集収録の日記を指す）。現役としてまだ活躍中の公開であり、これはめずらしい。十五巻「月報」で文芸評論家の佐伯彰一は「生前における作家の『日記公開』は、かなりの勇気、思い切りを必要とする決断であり、宮尾さんのこうした勇断は、どうやら一貫して重く困難なテーマに挑み続けてこられた作家的道筋とぴったり結びつき重なり合うものだ」と述べている。

　登美子自身も「日記には貧乏の底を這った私の姿があります」と語っているが、すべての日記が収録されているわけではない。選別された部分だけで、一年のうちわずか五日間しか紹介されていない年もある。一部しか公開されていないのはプライバシーがらみのためだが、ほかに全集のスペースの都合もあったと思われる。いずれにしても公開された日記には彼女自身のいわば検閲があったことを承知して読むべきだが、それでも日記の資料的価値は低くない。

　登美子は半世紀をはるかに超える歳月にわたって驚くほど克明に日記を書きつづけた。「その日の自分の心境だけではなく睡眠時間や飲んだ薬はもちろん、排便や髪を洗ったときも記号でしるしています」。そう本人は語ったが、なるほど昭和四十三（一九六八）年四月二十四日には「晩、三カ月近くもなかったＭ始まる」とある。「パーティーなどに出たときの服装もちゃんと書いていますよ」ともいったが、これは本人にも大いに参考になったと思う。例会などで毎年、同じ時期に同じ人と会うのはよくあることだが、着物好きの登美子は前回の装いを確認し、着るものを選んでいたのだ。

日記に救われる

昭和二十二年の六月から七月にかけての日記をすこし紹介しよう。そこには、虚《うつ》ろなペシミズム、姑への抑えきれない感情、自己嫌悪、創作へのあくなき欲求、結婚生活への失望など、ときどきの出来事や心情が赤裸々につづられている。これら一言一句は幼い娘以外に話し相手のいなかった二十代前半の登美子の心の叫びともいえる。

「六月十九日　しばしば、厭世《えんせい》のジレンマに陥る。何もかもが厭《いや》だ。のびのびと手足を伸ばした自由さを吸収したいもの。胸を大きく広げて。来る日も、来る日も、私には病苦と、出口のない肉体労働が待っているばかり。こうしたとき、魂の故郷を求めたくなって、いろいろな顔を目に浮かべる。けれど結局は路傍の石」

「七月一日　私の神経は、なぜこうデリケートなのだろう。相手の言葉の節々、挙動のひとつひとつにも、相手の感情の動きが手に取るように感じられるのだ。いっさいを見ないで、いっさいを感じないでと決心する心の下から、もう眉は暗くなっている。そのためか、神経の過労のせいか、このごろの頭のなんという悪さ。つくづくとそれを意識させられるたびに忌《い》まわしくなる」
「七月四日　金の月が昇る。なんという荘重さ。私はいま、書きたい、書きたい、書きたい、書きたいばかり。しかし、目の前には繕《つくろ》いものが山積みしている。あきらめるべきか？　否、私は両方やる」
「七月十五日　しきたりの、因習のといわれる、病気の私に。あーあ、私はこんなばからしい結婚なんか破壊してしまいたい。さっさと家へ帰りたいのだ」

腹の立つことは相変わらず多かったが、それでも登美子はすこしずつ心の落ち着きを取り戻していた。もろもろのうっぷんを日記に書くことがカタルシスとなってイライラがやわらぐとともに気力や食欲がわいてきた。人間関係のわずらわしさにさして変化はなかったが、生活にメリハリがでてきた。

雨の日はトルストイの『復活』や志賀直哉の『夜の光』、石川達三の『心猿』をつぎつぎと読破し、晴れた日は弘岡上の澄んだ空気を存分に吸い込んだ。夜になると、登美子は待ちかねたように机に座ってノートを広げた。ペンを手にノートに向かうのが生きがいとなった。熱中するものがあれば、人間は退屈しない。「瀕死の病人でも目的を得ればこうも変わるものか、と自分でも驚くほど病状が軽くなり、死の影にあれほどおびえていたのに、ついそこに死が私をねらってうずくまっていると思う日があっても、私はもう決して恐れなかった」と手記にある。瀕死の彼女は日記によって救われたのだ。

結核を宣告した医師は一年後に再診したあと「不思議ですね。ほんとに、不思議ですね」と何度も首をかしげた。肺の空洞は、ほとんど石灰質に固まりつつあるというのだ。「この分では全快も近いでしょう」という医師のことばに「薬も飲まず、おいしいものも食べず、ただ寝て死を待つだけだった病人が全快するなど、医者でさえ予想できないことにちがいなかった」と手記に書いた登美子はまれに見る強運の持ち主であった。

手ぬぐいかぶって行商

すっかり元気になった登美子は、教職の場が見つからず農夫になっていた薫と畑仕事に出かけるまでに回復した。町育ちのプライドは胸の奥に引っ込めて農婦として自分なりに努力もした。手記では「人に笑われないために、肥《こ》え桶の容量を一柄杓《ひしゃく》ずつふやしては修練を積み、やがて満々と入れた肥え桶をやせた肩でもらくにになない上げられるようになり、専門技術とされている田植えさえも人に負けないだけの早さで植えられるようになった」と自賛している。

畑ではニンジン、大根、ほうれん草などをつくった。朝四時に起き、地下足袋をはき、手ぬぐいをかぶった登美子は収穫した野菜をリヤカーに積んで伊野町へ売りに行った。途中までは薫も一緒だった。長い坂にさしかかると薫がリヤカーを押し、坂の上にたどりつくと戻った。ときには女学校時代の旧友と出会ったが、行商姿を恥ずかしいとは思わなかった。母校の高坂高女は戦災で焼けたうえ、藤蔭高女と統合して校名も南海高等女学校となっていた（その後廃校となり、現在は跡地に高知市立愛宕中学校が建つ)。

いっぱしの農婦になった登美子だが、苦手《にがて》があった。ニワトリである。嫌いというより怖かった。鋭い目とくちばしにおそれをなし、一度もニワトリ小屋へ入らなかった。

前田家は、農業だけでは生活できなかった。登美子も農作業の合間に小銭稼ぎで走り回った。百代と芋アメを製造販売し、またコンニャクづくりにも励んだ。古着や地砂糖の売買に手を出し、おもちゃ屋や洋裁店のまねごともし、集落の若者に踊りを教えたりもした。あれもこれもと登美子ががむしゃらに手を出したのは働き者の百代の影響もあったが、これは時代の風潮でもあった。

昭和二十年代の日本社会では、すこしでも小銭を稼ごうと人々は鵜の目鷹の目であった。とはいえ三百六十五日、金の亡者《もうじゃ》になっていたわけではなかった。筆者は新潟県北端の農村に生まれたが、かすかながらこの時期の記憶が残っている。娯楽などほとんどなかったが、農閑期や冬期にはさまざまな行事があった。おとなは句会を催し百人一首に興じ、演芸を楽しんだ。集落の青年たちによる素人芝居が生家でひらかれたのを覚えている。

高知県の弘岡上でも晩秋のひととき、おとなたちの演芸会がひらかれた。麦の苗が育つ間に催される村芝居だが、ある年、思い切って歌舞伎に挑戦しようという話になり、村きっての歌舞伎通を指南役に集落あげて稽古が始まった。登美子には「妹背山婦女庭訓《いもせやまおんなていきん》」のお三輪《みわ》という大役が与えられた。当日、白粉《おしろい》を塗った町娘が登場すると、この日最高の拍手とやんやの喝采が沸き起こり、登美子は高坂高女で「勧進帳」の義経を演じて以来の陶酔感にひたった。

農婦から保母へ

芝居の幕はおり、ふたたび多忙な毎日となった。汗だくで走り回っても稼ぎ高はたかが知れ、疲労がたまった。「このままでいいのであろうか」と思っていた矢先、登美子は高坂高女時代の恩師、佐藤いづみから手紙をもらった。佐藤は高坂にはそう長くは在職せず、県立の高女へ移っていた。「もう小説を書くのはやめたのですか」という佐藤の文面に図星をさされた思いであった。

登美子は文学修業を一から始めようと、小説雑誌の広告で知った同人雑誌『文芸首都』の月ぎめ購読者となった。これとても一大決心を必要とした。近くに本屋はなかったし、情報網といえば、配達人がとぼとぼと歩いて届ける新聞とラジオくらいだった。

東京で発行されていた『文芸首都』は読売新聞記者などを経て著述活動に入った保高《やすたか》徳蔵が妻のみさ子とともに昭和八（一九三三）年に創刊し、四十四（一九六九）年に廃刊となるまで北杜夫《もりお》らの新人発掘に大いに貢献した名の知られた同人誌であった。

小銭稼ぎは相変わらずだったが、一念発起した登美子はわずかでも自分の時間を見つけると小説の構想を練り、机に座ってペンを走らせた。何週間もかけて一遍の作品を書き上げると、添削券《てんさく》とともに『文芸首都』編集部へ郵送した。しばらく経つと編集部から作品についての感想や文章表現についての注意が返送されてきた。ほめられたときは一日中、喜びがこみあげてきた。けなされたときはがっかりしたが、一喜一憂するなかで登美子は創作の魅力にとりつかれていった。

「小説を書いていて、いちばん楽しいのはどういうときですか」と聞いたことがある。「物語が展開していくところが非常に面白く、それが醍醐味ですね。この人は何年に生まれて、何年に育ったなんて説明文みたいなところを書くのは面白くない。その人間がだれかと会話のやりとりをしながら筋が展開していくところがとても面白いですね」というのが登美子の返事だった。

昭和二十二年九月二十一日の日記には「私は今日までに五篇の短篇を仕上げて、次の構想を考えている」とある。だが、出版界は用紙事情の悪化で四苦八苦していた。雑誌の休刊が相次ぎ、発表の場は狭くなるばかりであった。それでも毎晩、机に向かった。筋立てを考え、ペンを走らせるのが面白くなってきたのだ。

昭和二十三（一九四八）年二月十日、片山内閣は十か月足らずで総辞職し、三月十日、芦田均内閣ができた。十月七日、昭電疑獄で芦田内閣は総辞職し、十九日、第二次吉田内閣ができた。この頃、登美子は「村芝居」という短編を『文芸首都』に投稿した。「村芝居」は弘岡上の素人歌舞伎を題材にしたもので、活字にはならなかったが、これが実質的な彼女の処女作であった。

ぼつぼつと地域の文学仲間もできてきた。だれもがプロの作家を夢見ていた。その多くは作家志望者のギルドのような特定の同人誌に属し、なかには文学上の師をもつ人もいた。根が一匹オオカミの登美子は師匠を求めず、同人誌のメンバーになることもなかった。

「私の場合は正真正銘の独学独習です。習う師などあろうはずもございません」。登美子はそういったが、その修業法は画家の模写同様、幸田露伴《こうだろはん》の『五重塔』や泉鏡花《いずみきょうか》の『高野聖《こうやひじり》』などをひたすら原稿用紙に書き写すことだった。ペンを走らせながら導入部のすすめ方や展開の仕方をつかもうとした。だが、一体、職業としての作家の修業期間がいつまでつづくのか、登美子には皆目見当がつかなかった。ゴールの指標がはっきりしない五里霧中の日々は羅針盤のない航海のようだったし、農婦や主婦としての日常生活の忙しさは相変わらずだった。

「書く、といっても病弱の私が激しい野良仕事のあとでは、その量は知れていた。一枚でも書くことのできた日は幸せで、たいていは原稿用紙の上で眠りこけてしまったり、育児や家事に時間をとられて夜がふけ、むなしく断念せざるをえなかったりした」と手記にある。農作業から逃れるため「ヨソで働きたい」と切り出した登美子に、薫と百代は「子供を連れて行けるところなら」と条件つきで承諾した。

だが、子連れの女性を雇ってくれるところは近隣になく、そのうちに薫は教職に復帰することになった。農業の働き手が抜けて登美子の願いは棚上げとなった。そのかわり薫の月給は家計を楽にし、登美子は小銭稼ぎに追われる日々から解放された。家の雰囲気も変わった。けんかの絶えない夫婦関係にさほどの変化はなかったが、それでも二人の間に笑い声も聞かれるようになった。

昭和二十四（一九四九）年一月、登美子は次女を出産した。この頃の登美子は赤ん坊の育児、長女の教育、家の経済問題で頭がいっぱいだった。下山事件、三鷹事件、松川事件がつづき世情も混沌としていた。この間、登美子も健康不安がぶり返していた。

それでも夢多き人妻は雨が降った七月二十日の日記に「私はどんなに年月かかっても、自分の生活を自分の手で建設したい。ああ、書きたい。うまくなりたい。お金がほしい。静かな思索の生活が欲しい。こんな雨の降る日は、透明なガラス戸の前に、紫檀《したん》の机を据えて、真っ白な原稿紙をのべる。そこに向かっている私は、きちんと上布《じょうふ》の単衣《ひとえ》を着て、帯を結び。これが私の将来の姿でありたい。部屋は掃除が行き届いて、埃《ほこり》ひとつとめず、美しく、規則正しい中流の家庭の建設。娘は学校へ行き、よく磨いた茶箪笥は茶の間に。お茶菓子はいつもそろえて。本を読む。白磁の火桶に手をかざして……と想像は果てなく広がる」と書いた。

現実は理想とほど遠く、登美子は育児や家事に追われる日々で、病気の再発におののきながら帰宅の遅い夫に苛《いら》立っていた。いっときは平穏に見えた夫婦関係もほころびが目立つようになって、腹にすえかねた登美子はしばしば実家に帰った。泣きながら「別れたい」と訴える娘に、猛吾は沈痛な表情で「お前の忍耐が足りない」と弘岡上へ帰るようさとした。また、薫のほうも祖父に説得されて登美子を迎えに行くのだった。祖父はひ孫が可愛くて、孫夫婦の離婚を食い止めようとやっきになった。

登美子には離婚に踏み切れない事情があった。子供の問題で、別れ話が出た際、百代は登美子に向かって「帰りたければ帰っていい。けれど子供は、家の子供だから渡せない」と強い口調で言い放った。「そのことばに私はショックを受けたんですよ。とても子供を手放してまで離婚することは考えられません」。そう語った登美子は、猛吾と喜世の離婚で受けた少女時代のトラウマを決して忘れていなかった。自分の子供に同じ思いをさせるのが忍び難かったのだ。彼女を支えたのは二人の娘であり、心を癒したのは読書だった。谷崎潤一郎の『細雪』三冊本をむさぼり読んだのもこの頃だった。

喜世と猛吾の死

昭和二十五（一九五〇）年六月二十五日、北朝鮮軍が三十八度線を越えて韓国に侵攻し、朝鮮戦争が始まった。日本が朝鮮戦争の特需景気でわいていた年の暮れ、喜世が急死した。突然の訃報に登美子は立ちすくんだ。幼時の頃も、結核で伏せっていたときも、健康を取り戻してても、いつなんどきも登美子の体調を心配していた喜世であった。登美子は喪失感にうちのめされた。

そういえば、あの日はしんしんと冷えた夜であったと登美子が振り返った十二月七日、喜世は食堂を早仕舞いして近所の懇意にしている家にもらい風呂に行った。浴槽に入ったときに心臓発作で倒れた。医師を呼ぶ間もなく喜世はすでにこときれていた。五十八歳であった。

昭和二十六（一九五一）年一月三日、ＮＨＫは第一回紅白歌合戦を放送したが、喜世を亡くした寂しさは消えず登美子はラジオにかじりつく気にはならなかった。それでも時間の経過とともに落ち着きを取り戻したが、しばらくしてあらたな心配事が生じた。六十代の半ばをすぎた猛吾が結核になり、病床に伏すようになったのだ。

また、登美子自身にも転機が訪れようとしていた。仁淀川の堤防工事のおかげで、はからずも農作業から解放されることになったのだ。堤防工事で前田家の農地はつぶされ、春から働き手は必要なかった。また、家から三百メートルほどのところに村立の保育所が開設されることになった。保育所だから子連れ通勤も可能だったので、登美子は勇んで応募した。

四月十一日、トルーマン大統領によってマッカーサーが解任され、メディアは大騒ぎになったが、登美子の関心事は目前の保母試験であった。二十八日、彼女は試験の準備で高知県立図書館へ行った際、猛吾の容態がわるいと聞いて、勉強を中断して実家へ駆けつけた。病床で苦しむ父親。衰えていくばかりの姿に居たたまれず、そっと部屋を出て嗚咽した。

五月一日、登美子は実家に泊まり、翌日に帰ったが、三日も午後七時半の最終バスで高知市へ向かった。次女をおんぶし、スイカを手に父親の家に駆け込むと、兄夫婦が来ていた。胸の痛みを訴える猛吾の手を登美子と継母がずっと握りつづけた。午前零時の時報が鳴って登美子は猛吾の寝顔をたしかめて床に入った。これが別れであった。

「朝、もう帰ろうと思い、五時半ごろ病室に入っていったら、父はもう冷たくなっていた。なんの苦痛の表情もなく、微動もした跡がない。やすらかに逝《い》ったらしく思われる。朝、一番のバスでひとまず家へ帰り、喪服やらいろいろ用意をし、ふたりの子供を連れて、十時のバスでまた家に行ったら、父はもうちゃんと納棺されていた」

そう日記にあるが、お通夜にはかつて仕込みっ子として岸田家で育った女性たちも訪れ、懐旧談に花が咲いた。猛吾、享年六十八歳。翌日、葬儀。「泣くまいと思えども、涙果てなし。会葬者少ないこと、やっぱりさびしい。昔の父ならば、もっと賑やかな葬式ができたろうに」と日記に書いた登美子は、筆者とのインタビューで猛吾の戦後をつぎのように振り返った。

「終戦後、世のなかが少しずつ落ち着いてくると、また昔のモグリのように女衒《ぜげん》が暗躍するわけです。もちろん戦後は人身売買など許されませんから鑑札など下りません。だけど昔とった杵《きね》づかで、たいていの人がもとの職業に戻っていましたの、看板なしで。そういう昔の仲間や手下の者が父のところへきて、もう一度始めないかと誘うわけです。しかし父は頑として彼らの誘いに乗らなかった。もとの職業には戻らなかった。で、蓄えたお金でチビチビと延命していました」

猛吾は高知市の五台山の中腹、竹林寺参道脇にある岸田家の墓域に埋葬された。墓域はけっこう広い。大小二十基以上の暮石のいちばん古いのは宝暦四年没とあり、なかには屋根付きの墓石もあった。「屋根付きというのは、商人であっても苗字帯刀を許されていたのだ」と、猛吾は生前墓自慢を登美子に何度も語った。

葬儀が終わったあと、登美子は猛吾の部屋の押し入れから父親の日誌（登美子の日記と区別するため、日誌と表記）、紹介業時代の営業日誌、人名簿を見つけた。猛吾は昭和十三（一九三八）年から亡くなる直前まで日誌をつけていた。

「最初は、なんだ、こんなものと思ったんですよ。父の形見として、みんなの了解を得てなんとなく持ち帰ったんです。当時、私は二十五歳で、小説をぼつぼつ書いてはいましたけれど、まだ本気で職業作家を目指していたわけじゃないんです。その小説だって自分の生家のことは意識的に避けていていました」。そう登美子は回想したが、日誌の価値に気づくのはまだ先のことになる。

保母試験の結果、六人が採用され、そのなかに登美子も入った。「保母になったのは毎日の農作業から逃れたかったからですね。やっぱり私のような育ちをした人間はつづかないんですよ。農業はどんなに頑張ったって、気力だけではだめなんです」。そう語った登美子は折にふれ、農家の嫁として暮らした二十年間を恨んだ。これだけの歳月があれば、青春を存分に謳歌し、どれだけ創作に打ち込めたことか。とてつもない損失と思うと、失われた日々へのうらみつらみが募った。

農村生活が自分にとってかけがえのない貴重な体験であったと認識するようになるのは、ずっとあとのことであった。登美子は生涯を終える五年前に高知市でひらかれた講演会で「いろいろあったけれど、やはり弘岡上がいちばん懐かしい」と述べたが、心底そういえるまでは長い歳月が必要だった。

なお、彼女が書き残した『櫂』『春燈』『朱夏』『仁淀川』の自伝的な小説の四部作はヒロインの父親の死で終わりとなる。これからは、いわば宮尾登美子が小説に書くことのなかった実録「綾子その後」ということになる。

第六章　火宅の人々

フランス文学に傾倒

父親の死で寂寥感《せきりょうかん》を味わった登美子だが、就職した弘岡上《ひろおかかみ》ノ村の保育所は目が回るほど忙しく、それもたちまち吹き飛んでしまった。幼児を預かる責任感はずっしりと重く、かすり傷一つもさせてはいけないので神経をすり減らす毎日だった。一日中、声をからして世話をし、合間にどろんこになった子供たちの下着や服の洗濯に追われた。通勤距離はわずかだったが、家へ戻ればぐったりし、しばらく横になることもあった。

家事や農作業の手伝いから解放されたわけでもなかった。これではとても小説を書ける状態ではなく、同人雑誌『文芸首都』への投稿も途絶えていた。さいわい保育所では同僚に恵まれ、日一日と保母の仕事が面白くなってきた。子連れ出勤のできる就職口はほとんどないこともあって、結局、登美子は村の保育所に七年も勤めることになる。その間、相変わらず突っ張り合っている前田家の人間模様が昭和二十六（一九五一）年後半の日記からうかがえる。

「十一月四日（日曜日）朝のうち、障子十一枚を洗い、洗濯する。午後に、その障子を張っていると、浜口さん来て、ビニール製の靴を見せてくれたので、三百円出してそれを買う。そこへ彼が戻り、自分に相談なしに買ったというので、腹立たしく、張りかけの障子を全部破いてしまった。おいおい泣く。くやしい。腹立たしい。私は子供たち二人と寝る。彼ともおばあさんとも口をきかぬ」

「十一月六日（火曜日）しばらくペンをとっていないので、書きたい、書きたいと思いつつ、ちっともその暇がなくて苦しむ。保育所から早く帰ってくると、食事の用意もなんにもしてないので、それから疲れたからだを鞭打って、風呂も沸かさねばならぬ。私もしょっちゅう、夫とも姑とも衝突してるから。しかし老人がいなければ、どんなにせいせいするだろうかと一瞬思う。夜、夜なべして寝る」

「十二月十四日（金曜日）砂糖をしめた朝は、ひとりでてんてこ舞わなくてはならぬ。まああの出来。一日大過もなく終え、夜、保育所から戻って、砂糖小屋へ行って後始末し、みなと家へ戻る。明日、高知で文学座の『女の一生』の公演があるので、行きたいと言うと、おばあさんも彼も機嫌が悪い。しかし私は断然行く」

　薫と百代に苛立つ家のなかの登美子はゴヤの絵のように暗いが、保育所へ颯爽と出勤する彼女の姿は際立ってハイカラに見えたにちがいない。本人の弁によれば「日傘がとても好きだった」というから、カラフルな日傘をかざして保育所へ通じる幹線道路を歩く登美子は、印象派のクロード・モネが描く絵のように村の若者たちの目にまぶしく映ったと思われる。

　仕事に追われる登美子にも息抜きがあった。安月給とはいえ念願の定期収入を得るようになって、高知市でショッピングや映画を楽しみ、憂さを晴らした。生活のペースが定まり、読書意欲がよみがえった。

　昭和二十七（一九五二）年四月十日、ＮＨＫで「君の名は」が始まると世間はこのラジオドラマの話題で持ち切りだった。登美子も真知子と春樹の恋の成り行きにハラハラしていた一人だったが、もっと熱中していたのはフランス文学だった。アンドレ・ジイドやオノレ・ド・バルザックの翻訳を片っ端から読破し、そのことを仲間に吹聴した。

　それがまわりまわって京都大学を退官し、同じ村の石ケ谷地区に居を構えた著名な東洋学者、小島祐馬《おじますけま》の耳に届いた。四十代の教授時代にフランスに留学していた小島から人を介して「その気があるならフランス語を教えましょう」といわれ、登美子は思いがけない申し出に感激し、すぐに学ぶことになった。小島は河盛好蔵《かわもりよしぞう》のフランス語入門の本をもとに教えたが、保母と家事の合い間を縫っての語学勉強にはムリがあって長つづきせず、せっかくチャンスを与えられた登美子のフランス語もモノにならなかった。

中学生が見た登美子像

登美子が暮らした高知市の弘岡上はどんなところなのか。筆者は某日、JR高知駅から土讃線に乗り、紙の町で知られる伊野駅に下車した。タクシーを呼んで「作家の宮尾登美子さんがいた弘岡上の家へ行きたいのですが……」と伝えると「ああ、『仁淀川』、読みましたよ」と運転手が声をはずませた。これはありがたいと乗り込んだが、運転手は目的の家を知っているわけではなかった。

途中で運転手は車を停め、初老の農夫に「三好先生の家はどのあたりですか」と尋ねた。あたりの風景に見とれていた筆者はあわてて首をかしげる農夫のもとへ駆けつけた。三好要は、『仁淀川』の登場人物だ。読者にとっては、小説のほうが馴染み深いのだ。本名を伝えると「あ、わかった。ここをまっすぐ行けば、園芸店があるけど、そのそばだよ」と教えてくれた。いの（伊野）町からつづく幹線道路をまっすぐ走ると、まもなく左手に園芸店が見えてきた（いの町に伊野駅。町名がひらがなに変わってややこしい）。温室で作業中の人に「前田さんの家はお隣りですか」と尋ねた。「宮尾登美子さんがいた家ですね。いまはべつの人が入っています」と仕事を中断して話してくれた。園芸店を営む見元健夫で登美子より十二歳年下だった。「ここから左のほうに三〇〇メートルほど離れた田んぼのほうに保育所がありました。登美子さんは背が高くて、きれいな人でした」と見元がいった。見元が弘岡中学に在学中のときで、登美子が二十代後半の頃の印象だ。「私が子供の頃、登美子さんの姑だった人が小さな店をひらいて、菱形にした芋アメを売っていました」と見元がいったとき、筆者は思わず「やっぱり芋アメですか」とうなずいた。百代のつくった芋アメをかついで行商していたという話を本人から聞いていたからだ。

見元も『仁淀川』を読んでいた。「長い間、ここを離れていましたので、弘岡上にいた頃の情景を一つ一つ思い浮かべて書いたと思います。あんまりつくりごとは書いていないな、というのが私の読後感でした」といって後ろのほうを振り返り、「前田さんの家はこっちに蔵や二階建ての納屋があり、母屋は藁ぶきでした。半農でしたけれど、蔵があるのだから、それなりの家だったのでしょう」といった。

蔵といえば、登美子も「私の姑になった人は立派な人です。嫁入ってみますとね、農業ですから私の実家ほどお金はなかったですけど、古い家でございましてね。庭にまだ蔵がありまして、三代前までの女の長持ちがありました。そういう古い家で過ごしてきた姑から学ぶものはたくさんありました」と語った。見元が結婚する前に前田家はこの地を去っていた。だが、彼の結婚式に百代は引っ越し先から手伝いに駆けつけた。集落を離れても彼女の律儀さに変わりはなかった。

『朱夏』や『仁淀川』に登場する姑のいちは辛辣に描かれている。日記でも百代に対して言いたい放題の悪口をつづっている。半面、登美子が心のなかで百代の生き方に共鳴し、尊敬の念をいだいていたのはたしかだ。筆者が登美子から姑に対するほめことばを聞いたとき、百代はまだ健在だった。だが、単なるリップサービスとは思えなかった。登美子はあけすけに話すタイプで人の悪口も平気で口にしたが、お世辞のいえない性分だった。

大通りを見ると、道路の向こう側に幅の広い用水路があった。豊かな水量だ。女優の檀ふみは新潮文庫『仁淀川』巻末の「終わりの始まり」で「満州から命からがら引き揚げてきて、夫の実家の前を流れる仁淀川のほとりに立つところから、この物語は始まる」と書いている。ヒロインが仁淀川の土手に立つところから小説が始まるのはその通りだが、それは本流のこと。本流は登美子の婚家から南に一キロほど離れていて、幹線道路を挟んで婚家の前を流れているのは、仁淀川から引いた灌漑《かんがい》用水である。

田園をうるおす農業用水路とはいえ、滔々《とうとう》と流れ、水もきれいだ。川辺にはネコヤナギがゆれていた。この水の流れを登美子は満州で何度も思い浮かべた。用水路で農具はもちろんナベやカマ、野菜を洗い、洗たくをした。満州で水のありがたさが骨身にしみた登美子は帰国後、用水路の洗い場に水神様をまつった。

見元が登美子についていちばん思い出があるのは、川を堰き止めたときの魚獲りの情景だという。いの町方面へ向けて四キロほど行くと八田堰《はたせき》がある。土佐藩家老の野中兼山《けんざん》が仁淀川を八田村で堰き止め、荒れ地にすぎなかった吾南《あなん》平野へ灌漑用水を引き、実り豊かな田園風景に変えた。一帯の生命線に等しい用水路は大切に管理され、十二月頃にメンテナンスをおこなうため堰を閉めた。この補修期間を地元では替え干しとか、替えんぼと呼んでいた。

見元は用水路を眺めながら「その頃、この川はいまのようにコンクリートではなくて、コイとかフナ、ナマズ、エビ、ゴリなど川魚がたくさんおったんですよ。冬場になると、登美子さ

仁淀川の八田堰。「おかげで吾南平野はデンマークのような田園地帯になりました」と宮尾登美子は土佐藩家老の野中兼山を称えた

弘岡上の前田家は道路の右手にあった。仁淀川からひいた用水路は農家の嫁であった頃の宮尾登美子にとって水神様をまつるほどに大切なところであった。この幹線道路を真っすぐ行けば、いの町に至る

んのところとウチともう一軒で魚獲りをするんです。水たまりに山の柴で魚の隠れ場をつくって、魚が集まるようにするんです」といった。

三軒の前のあたりの用水路はやや曲線になっていて、替え干しの際は魚獲りの絶好の場となった。三軒だけが獲る権利を持っていたところへ共同で魚の隠れ場をつくって、替え干しのときを待った。前田家の裏山に大きな椎《しい》の木があった。その大枝を伐《き》って板にくくりつけ、石の重《おも》しをして川の深みに沈めておくのだ。

「赤いコイが泳いでいるのをみつけると、ああ、あのコイはどこへ入るのかなあ、といってみんなで楽しみにしていました。川の水が引くと、みんなが裸足《はだし》で入り、魚をつかまえます。獲った魚は登美子さんの家の庭で大きさをそろえ、三つの盛りにし、竹串でくじ引きをして分配しました。大きい魚は煮て、フナなどは竹串に刺し、火にあぶり、味噌をつけて食べました。冬場、水のすくない川底が凍りました。登美子さんが、氷を足で踏んでウナギとエビを獲ったと目を輝かせて語ったことがありました」

そう語った見元によれば、料理上手だった登美子は獲った川魚をたくみに調理して隣近所に振る舞ったという。「登美子さんがつくったナマズの料理の味は、いまも忘れられないほどおいしかった」という人もいた。じつは、登美子は川魚が大の苦手だった。だが、そういう素振りは見せずに近所の人たちとまじわっていた。

登美子はいつの間にか村の保育所の保母たちのリーダー格になっていた。「草の実」という雑誌の編集にもたずさわったが、天性の姉御肌がいかんなく発揮され、ときには保母たちの待遇改善を求めて村長に直談判することもあった。保母の組合に関係するようになると、彼女の活動範囲は次第に村外へと広がっていった。

されど離婚もできず

保母時代の登美子は傍目《はため》には元気そうに見えたが、相変わらず健康不安におびえていた。とくに暑さに弱く、夏になると疲れやすかった。ビタミン剤を大量に飲んでしのぎ、まわりには気づかれないようつとめて元気にふるまった。心臓神経症に苦しめられていたのもこれまでと変わらなかった。

昭和二十八（一九五三）年三月十四日、衆議院で吉田内閣不信任案が可決され、解散となった。いわゆるバカヤロー解散だが、日記によれば、その頃に二か月ほど高知市で生活している。病気治療のためだったのか、仕事関係か、それとも別居だったのか。長期滞在の理由はわからないが、体調の悪さを訴えている一方で、それほど好きでもない酒を飲んでいた。四畳半の一人住まい、不眠、ノーシン、読書、薬瓶にホコリが積もっていく日々。記述は煩悶《はんもん》に満ちている。

「四月四日　人間になど、望みをつないではいないのだ。自分でさえ頼みにならぬのに、まして他人なぞどうして信じていられるものか。私がいままでいちばん魅力を感じさせられた本は、

『第二芸術論』か。もう一度、読みたい。

赤いお酒。ほてった頬。

花見に行って、折った桜。

何度考えても、堂々巡り。

春の町を歩いて、赤いぶどう酒とグラスを買い、鏡川を歩いて帰る。

赤い夕日の照る坂を、ころがせころがせビール樽。

刹那主義。なおせ。

田舎が嫌い。好きになれ。

彼とはいっしょに暮らすことができない。そんなことはない。

おばあさんは鬼門だ。そう思うが悪い。

『異邦人』を読む」

「四月九日　日記なんて、小娘の書くものだと軽蔑していても、やはりときどきは何か書いてみたくなるのが本音らしい。長い間の結婚生活で、ひとりでものを考えられぬ習慣など、ひとにはあっても、私にはないことだと思っていたが、このごろになって、考え込んでいる。ゆうべは眠れなかった。

早く健康になりたい。ノーシンの覚めかけは恐怖がとりつき、ひどく不気味で、ひとりでは耐えられない。それが私にいろいろな怪しい手紙を書かせる。ゆうべなんど、思ってもみなかったのに。まったく疲れた。ひとりで病むことのつらさ」

「四月十三日　今日は私の誕生日。生まれて二十七年。夜、子供たちふたりが焼け死んだ夢を見て、すごい動悸だった。子供のことは、思い出すと切ないので無理に思い出さないようにしているが、私の潜在意識のなかに悲しく染みついているものは、やはり母たるの自覚なのだろうか」

「五月十五日　物憂いほど。あと十日もすれば、二か月間にわたる高知の生活をたたんで、家に帰ろうか。考えるのも億劫だ。ビール飲み、飲めもしない日本酒あおり、後頭部が痺《しび》れ、疲れ果て、映画見、攪拌《かくはん》されて、そして明日は亭主どのに久久のお目見え。『ラ・ロンド』の台詞じゃないが、まわる、まわる、舞台はまわる。すくいがたい性格」


現代俳句を痛烈に批判した桑原武夫（京大教授）の『第二芸術論』に魅かれた登美子がのちに祇園で桑原と酒席をともにするのだが、それはずっと先の話。その後、彼女の恐れていた結核が再発した。こんどは自宅療養というわけにはいかず、登美子の入院生活は半年以上に及んだ。退院したあと、離婚問題が再燃した。猛吾が死んでから登美子は一段と強硬になり、二人の娘の引き渡しを強く求めた。薫と百代は、どんなに譲っても一人しか渡せないといった。登美子は弁護士に相談したり、知人に仲介を頼んだりした。

裁判に訴えるという方法もあったが、保母の安月給では娘二人の養育の目途が立たず、裁判に勝ち目はなかった。さりとて双方一人ずつという夫の妥協案に同意する気はまったくなかった。「小学校四年のS子と、まだ保育所のT子とどちらを私が手放すことなんぞできるだろうか。姉妹でありながら離れて暮らすことになる二人にも親として申し訳もない。私は夫との離婚にほとんど絶望を抱いて、また元のように戻っていくほかしようもなかった」と手記にある。この年の十二月三十一日、ＮＨＫは紅白歌合戦を日劇から初めてテレビ放映したが、登美子の心境は紅白どころではなかった。

社会党に入党

昭和二十九（一九五四）年になると、ワンマン吉田茂の政治力に陰りが目立ち、その一方でベースアップを求める労働側の攻勢が激化した。四月二十五日、私鉄総連は賃上げを要求し、二十四時間のストライキを断行。二十九日にも第二波ストを打った。十一月二十四日、反吉田新党の日本民主党が結成され、鳩山一郎が総裁に選出された。二十八日、自由党の議員総会は吉田総裁の勇退、その後任に緒方竹虎の推薦を決議した。十二月七日、吉田内閣総辞職。十日、鳩山内閣が成立した。

家庭の不協和音から逃れたい一念もあって、登美子はますます組合活動にのめり込んでいった。安い給料の改善を求めて立ち上がった保母たちのリーダーとして彼女は村長との団交には先頭に立ち、激しくやり合った。労使のとげとげしい対立は全国いたるところで展開されていた。

昭和三十（一九五五）年一月二十八日、私鉄や炭労など民間の六つの組合が春季賃上げ共闘会議を立ち上げ、総決起大会をひらいた。これが春闘の始まりとなった。やがて高知県下の保母連合の中心的な活動家となった登美子は一歩踏み込んで反権力運動にエネルギーをそそいだ。

登美子はなにごとも熱中するタイプであったが、活動一本やりのぎすぎすした女闘士だったわけではない。組合活動の一環で上京したときは時間をやりくりして東銀座の歌舞伎座に飛んでいき、三階の立ち見席で九代目市川海老蔵（のちの十一代目市川團十郎。現海老蔵の祖父）の舞台に見とれた。

弘岡上に戻ったある日、登美子はふと手にした雑誌をパラパラとめくって海老蔵一家のグラビア記事に目がくぎづけになった。それはスーパースター海老さまの写真ではなく、家族のなにげないスナップだった。ランドセルを背負った小学校低学年の長男、夏雄（のちの十二代目團十郎）の学帽をしゃがみこんで直している海老蔵夫人、堀越千代の姿に登美子は衝撃を受けた。梨園随一の名門である市川宗家の奥様とは思えない地味な絣《かすり》の着物、ひっつめ髪はまるで成田屋の使用人のように登美子には見えた。このときの強い印象が契機となってのちに長編『きのね』となって結実する。

この年の十月十三日、右派社会党と左派社会党が統一大会をひらき、委員長に鈴木茂三郎《もさぶろう》、書記長に浅沼稲次郎《いねじろう》を選んだ。よりを戻した日本社会党は衆参両院とも第二党となったが、のちに登美子はこの党とかかわりを持つことになる。もう一つ、日本の戦後政治史上に特筆される出来事があった。日本民主党と自由党の保守合同で十一月十五日、自由民主党が誕生した。ときは一九五五年、その後の日本を長くリードするいわゆる五五年体制といわれるものの出発点であった。

昭和三十一（一九五六）年一月二十三日、石原慎太郎の『太陽の季節』が第三十四回芥川賞と決まった。二月十九日、週刊新潮が創刊された。出版界に週刊誌ブームが到来し新人のもの書きにもチャンスがめぐってきたが、登美子の創作意欲はいっこうにわかなかった。ただ、組合活動のおかげで人脈が広がった。その一人に社会福祉法人高知慈善協会長の大野武夫がいた。大野は若い頃、桂浜に坂本龍馬の銅像を建てた一人として知られていた。小学校しか出ていなかったが、高知日報社の社長をつとめ、また社会党県本部長でもあった。

二十七歳年上の大野の影響で登美子が政治に関心を持ち始めた頃、政局が動き出そうとしていた。鳩山首相は十月十九日の日ソ共同宣言を花道に政権の座から降りることになり、自民党は初の総裁選挙をおこなうことになった。十二月十四日、石橋湛山が岸信介を破り、総裁となった。だが、石橋首相は病気に倒れ、わずか二か月で総辞職し、昭和三十二（一九五七）年二月二十五日、岸内閣が成立した。十一月二十七日、皇室会議は正田英三郎（日清製粉社長）の長女、美智子を皇太子妃に決定し、発表した。

振り返ってみれば、このビッグ・ニュースは登美子にとっても大きな関わりをもたらすことになる慶事であった。というのは、のちに香道を通じて美智子妃の母堂、正田富美子と知り合い、親しく語り合う間柄になるからだ。

世にミッチーブームがわき起こった頃、登美子は大野と面会中、ふと会長室の本棚に目をやり、ジャン・コクトーの『恐るべき子供たち』があるのに気づいた。学歴がないと聞いていいた人が、フランスの天才詩人の作品を読んでいたのに登美子は感動し、帰り際にコクトーの本を借りた。これを機縁に大野と話す機会がふえ、そのうち高知市にある県の社会福祉協議会（社協）に入らないかと誘われた。村長とけんかし、村の保育所に居づらくなっていた登美子は、保母関係の仕事だが事務と聞いて心が動いた。事務なら比較的楽だし、仕事を終えたあと小説を書く時間がとれるかもしれないと転職に踏み切った。三十一歳の決断だった。

昭和三十三（一九五八）年四月、登美子は高知市帯屋町に事務局をおく社会福祉協議会に入った。社協に籍を置き、主に高知県保母会事務局の仕事に携わった。予想とちがってけっこう多忙だった。高知県の主婦は働き者が多かったうえ、交付金もあって市町村がこぞって保育所を設けたので、その数は全国的にも上位にあった。それだけに活気があった。登美子は保母の生活白書を出版したり、保母の県大会を開催するために奔走した。忙しいときは事務局に寝泊りした。

一家は弘岡上から高知市へ引っ越すことになり、鴨部にある県営アパートの入居を申し込んだ。一階のほかに二階の部屋も使えるアパートが抽選で当たった。薫の祖父はすでに亡くなっており、弘岡上には百代が一人残った。数年後、百代もまたべつのところへ引っ越した。

昭和三十四（一九五九）年四月十日、皇太子ご成婚のパレードがテレビ中継され、テレビ時代の幕開けとなった。岩戸景気で浮かれる一方、九月二十六日の伊勢湾台風では五千四十一人の犠牲者が出た。十一月二十七日、安保条約改定阻止国民会議のデモには約二万人が国会構内に入って座り込んだ。安保闘争で日本列島が騒がしくなり始めた頃、すっかり大野に心酔した登美子は社会党に入党した。社会主義団体のフェビアン協会の会員にもなり、これまで以上に広範な社会運動にかかわった。それは登美子にかぎらず、左翼かぶれの激増は時代の熱病のような現象でもあった。

火宅の仮面夫婦

活動家となってから登美子の妻としての役目、また母親としてのそれはいっそうおろそかになった。冷えた夫婦関係のなかで薫もまたストレスがたまっていた。そのことを自覚していた登美子は手記に「私も不幸だったけれど、夫もそれ以上に不幸な人だった。お互いに満たされぬ思いをいっぱい抱いたまま世間体を考え、相手を弾《はじ》き合って暮らしている夫婦。妻たる私は決して従順ではなく、心はいつも外に向かって開かれていた。小説を書くことに情熱を傾け、時に男たちと愛の手紙などをひそかにやりとりしてはわずかな慰めとしている妻」と正直に書いた。

この文面で登美子に恋人がいたのがわかる。不倫であるが、「男たち」と複数形にしてあるところからみて、自由気ままに恋愛ごっこを楽しんでいたようだ。「けっこう失恋もして泥沼でのたうち回った経験もないとはいえない」（随筆『地に伏して花咲く』）と告白しているから、なかには灼熱《しゃくねつ》の恋もあったのだろう。

登美子によれば、薫もまた学校からまっすぐ帰宅する日はマレだった。「夫は夫で一年三百六十五日、家族と夕食をともにしたことはただの一度もなく」と手記にあるが、いくらなんでも一度もないは言い過ぎだろう。味気ない家庭。夜遊びでうさを晴らし、日曜日もパチンコや映画で時間をつぶしていた薫のやるせない気持ちに同情したくなる。

薫は外泊することもあった。ある日、薫が勤務する学校の校長から登美子に「前田先生はご病気でしょうか」と電話があった。登美子は耳を疑った。毎日、出勤しているとばかり思っていた薫が、三日も無断欠勤しているというのだ。女と一緒だったのか、それともぶらりと孤独の一人旅でもしていたのか。薫はしばしば出張だといって外泊した。登美子は薫が言い残した出張先へ何度か電話したが、不在のほうが多かった。薫が帰宅すると、登美子はだれと会っていたか、検事のように問い詰めた。

以上の記述は登美子の手記にもとづいているが、薫には薫の言い分があったはずだ。彼女の言動を子細にみれば、夫の寂しさに思いを馳せる妻のやさしさはみじんもなかった。登美子もそのことに後ろめたさを感じていた。火宅という仏教用語がある。限りなく煩悩に満ちたこの世を、火炎に包まれた家にたとえた。そこから崩壊寸前の家庭を指し、使用例として愛人の女優との同棲生活を描いた檀一雄の『火宅の人』がよく知られている。高知の片隅のこの住まいも典型的な火宅であった。それでも同じ屋根の下に住む夫婦は、かろうじて共通の話題で会話をつづけた。

「私の夫への不信は、同時に夫からも私への不信感になっていたことだろう。不貞な妻だった。夫をいたわろうとしないのだった。心が引き裂《さ》けてしまったまま、またそらぞらしい年月が重なり、アパートへ移ってから私たちは離婚話を日常茶飯事のように笑い合っては話した」と手記はつづる。夜、娘たちが二階へ上がると、茶の間に残った仮面の夫婦は「もうすこしね。子供が大きくなったら別れられるから、私、とても楽しみ！」「オレは年とったら一人で果樹づくりをやりたいよ。お前から離れて、気楽にね」と他愛もなくやり合った。

「お互いにすっきりと離婚できる日を思い描くのがこの夫婦の唯一の楽しみとなっているのだった」とはわびしい。手記によれば、長女は両親の離婚に大賛成で「あんた、お父さんとは早く別れたらどう？　このままだとお互いに不幸でしょう」といった。長女から「あんた」と呼ばれていた登美子と娘の年の差は十八で、世間にはこれくらいの年齢差の姉妹はめずらしくもない。二人は姉妹のような気安さで遠慮なくロゲンカをやり合っていた。このしっかり者の長女が家事を受け持ち、火宅は燃え尽きずになんとか維持されていた。

昭和三十五（一九六〇）年一月十六日、新安保条約調印に臨む岸信介首相ら全権団が羽田空港からアメリカへ出発した。羽田には約七百人の全学連主流派の学生が座り込み、警官隊ともみ合った。二月二十三日、皇太子妃は宮内庁病院で浩宮徳仁《なるひと》親王を出産された。五月二十日、自民党は衆議院本会議で新安保条約を単独可決、政局は大混乱となった。六月十五日、全学連主流派の学生が国会構内に突入し、警官隊と激突。東大生の樺《かんば》美智子が死亡した。七月十五日、岸内閣総辞職。十九日、池田勇人《はやと》内閣成立。十二月二十七日、池田政権は所得倍増を閣議決定し、高度成長への歩みが始まった。その頃、保母の待遇改善に取り組む登美子も上京し、鉢巻をしめて霞が関の関係官庁の前に座り込んだ。

保母のカンパで旅費などをまかなっていたが、持ち出しもすくなくなかった。くたくたになって娘たちのもとに帰ってくるのは、たいてい大みそかの晩だった。子供を犠牲にしたうえ自腹を切って走り回ったところで、期待した成果が得られるわけでもなかった。昭和三十五年の日本全体の平均給与は一万九千六百円（社員三十人以上の企業）だったが、登美子の月給はその半分にもならなかった。

いつしか登美子は運動自体にむなしさを感じるようになり、社会党も離党した。挫折感と極度の人間不信に陥っていた頃、貧困者への救援物資を扱う福祉関係者が自分の欲しい物品を無断で抜き取っているのを目撃した。以来、登美子は街頭募金などに過敏とも思えるほどに用心深くなり、それは生涯変わらなかった。ただ、社会運動に没頭したこと自体は決してムダではなかった。とくに上京するたびに東京の地理や文化に慣れていったのはのちのち大いに役立った。登美子は永田町や霞が関周辺だけをウロチョロして帰るような時間の使い方はしなかった。寸暇を惜しんで自分の行きたいところへ出かけた。

社会活動から身をひいた登美子はようやく小説を書くことに本腰を入れ始め、だんだん創作のペースを身につけてきた。水を得た魚のように気力がみなぎり、これまでになく心身ともにすこやかであった。「嘘を吐き、きれいごとを並べられる」作業にはなんともいえない満足感があり、夜、机に向かうのが待ち遠しくなってきた。小説の構想を練り、何度も書き直しながらなんとか一本にまとめるところまできた。とはいっても、ようやくアマチュアの中級ほどの段階に達したところで、プロの道へと踏み入れるのは並大抵のことではなかった。

作家の夢を優先

小説を書いて生活していけるのは、ごくわずかの選ばれた人だけである。なにしろ文芸誌の読者より作家志望者のほうが多いといわれる世界だ。競争が激しいうえ、登竜門は極端に狭い。同人誌から作家デビューするのは至難の業であり、文壇への近道というなら文芸誌や婦人誌などの新人賞を受賞するか、懸賞小説に入選するか、編集者をうならせる傑作をものにするか、とにかくヒットを放つしかない。

登美子が「オール讀物新人賞」に応募したのは昭和三十三年のことだった。予選は通過したが、最終候補作には入ることができなかった。この年の上半期の応募総数は九百五十編で最終候補作は八編、下半期は応募総数九百七十二編で最終候補作は同じく八編と気の遠くなるような倍率だった。

料理が食材で決まるように、創作も素材が大切だ。登美子はずっと真珠に魅せられていた。けっこう出張が多く、比較的自由に行動できる時間があった。自分の時間をひねり出すのは得意だった。それをフルに利用し、アコヤ貝から取り出された真珠の神秘性はもとより真珠産業や真珠市場、養殖真珠、真珠をつなぐ技術などを徹底的に取材した。たくさんの情報を頭にストックし、そのなかから自由な発想で物語を紡《つむ》ぐのが彼女の手法であった。

昭和三十六（一九六一）年二月一日、『中央公論』掲載の深沢七郎の「風流夢譚《ふうりゅうむたん》」に憤《いきどお》った大日本愛国党員を名乗る十七歳の少年（正式の党員ではなかった）が新宿区市ヶ谷にある中央公論社社長、嶋中鵬二《しまなかほうじ》の自宅を襲った。社長は不在だったが、登山ナイフで家政婦が刺されて死亡、雅子夫人が重傷を負った。登美子は小倉謙警視総監も辞任に追い込まれたこの事件に強い衝撃を受けたが、のちに強いつながりを持つことになる中央公論社も嶋中もまだ遠い存在だった。

その頃、登美子はＮＨＫ高知放送局がラジオドラマの脚本を募集することを知り、「真珠の家」という題の原稿を高知放送局に送った。翌年一月、「真珠の家」が佳作一席となった。そのあとＮＨＫ大阪放送局からテレビドラマの脚本の依頼があった。登美子はもの書きとして自立できそうな手応えを感じた。「いつまでも一職員であくせくしていいのか。もう自分は若くない。筆一本でいこう」という思いが強まる一方、不安もわいた。手記にはゆれる心がつづられている。

「事務仕事だと聞いていたのに、この職場は県下の保母に対する指導的な立場もかねていて、忙しさは保母の現場以上で、私は社会事業に身を挺《てい》する小さな自己満足と、お話にならぬほどの安月給との間を毎日、振り子のように行き来しては苦しんだ。この泥沼のような忙しさから、いま足を抜かなければ、私はもう生涯、小説は書けなくなってしまうというあせりが、寝た間も私の意識の底でゆれ動く。いつの間にか私はもう三十歳も半ばを越していた。気力も体力も若い日のようではなく、背丈も意欲も娘たちに先を越され、何かにつけて衰えを意識するのだった」

その頃の登美子は社協の保母を担当する保育係長であり、また保母会の事務局長を兼ねていた。登美子は土佐の高知が心底、好きだった。この地で娘たちが大きくなっていくのを見守りながら、たとえ給料はすくなくとも県下の千三百人の保母たちと交流を深めながら過ごすのも幸せな人生ではないかと、いく度となく自分に言い聞かせた。現実的な問題もあった。長女は大学受験をひかえており、定期収入の道を閉ざすのは経済的にもリスクが大きかった。その一方で、「もっと時間があれば、もっといいものが書ける」という思いは強まるばかりであった。考え抜いた末、登美子は作家の夢を優先した。

昭和三十七（一九六二）年一月一日、ラジオ高知が社名を変更して高知放送となった。高知新聞グループであった。のちの登美子にとってNHK高知放送局と高知放送は頼みの綱となる。三月末、登美子はちょうど四年間勤めた社協を退職した。これが正しかったのかどうか、辞めたあとも吹っ切れず、登美子は巫女に尋ねた。以下は、高知新聞文化部（のちに学芸部）にいた英保迪恵《みちえ》の証言である。取材を通して知り合った二人は、親しい間柄であった。英保は社協を辞めてまもない登美子から帯屋町の神社へ誘われた（『宮尾登美子全集』第十五巻月報15、英保迪恵「高知時代の宮尾さん」）。

「薄暗い部屋で小さな机を挟んで宮尾さんは巫女と向き合って座った。私はその斜め後ろに控えた。『仕事を辞めようかと思うのですが……』と神妙に彼女は相談する。神意を伺うのかしばらく沈思黙考の末、巫女は『辞めるのはよくない。それにいまの仕事はあなたに向いている』とご託宣。外へ出るなり、二人は大笑いした。『もう辞めちゅうにねえ。やっぱりわからんがや』と笑っては、しばらく占い談議を楽しんだ」

本当は「さっさと辞めなさい」という巫女のことばがほしかった登美子は、たしかに多忙な日々からは解放されたが、あらたな悩みもふえた。収入減もさることながら、心配症の登美子はベストの環境を与えられながら世に認められる作品を書けなかったらどうしようと不安にとりつかれたのだ。

背水の陣を引き、まなじりを決して机にしがみついた頃の心境を手記に「家計の問題にも増して恐ろしいのは、小説を書けるいい生活条件のなかにいて、いい小説を書けなかった場合、必ず襲って来るに違いない自分自身への絶望感だった。死を宣告され、暗い思いで病臥していたあの日から数えると、私はもう十七年の長い間、小説を書きたい、小説を書きたい、といい暮らし、そのくせ何ひとついい作品は生んでいないことになる。今度、ものにならなければ私の半生を貫いてきた文学への悲願は反故も同然になってしまう」とつづった。

それだけに必死だった。登美子は二つの出版社が主催する新人賞に応募するため、平行して執筆をすすめていた。講談社の「群像新人賞」と中央公論社の「婦人公論女流新人賞」だった。「オール讀物新人賞」でふれたように、予選を通過するのもたいへんである。最終候補作に残るのは、それだけでもお見事と称賛してよいほどの難関だ。登美子の「群像新人賞」応募も予選こそ通過したが、最終候補作には残れなかった。

「女流新人賞」の応募作で彼女が選んだテーマはやはり真珠がらみだった。登美子は真珠のトリコになっていた。前田とみ子のペンネームで東京の中央公論社へ郵送された「連《れん》」という題の小説は、三宮で真珠店を経営する六十歳の女主人が、二十年以上同居した年下の女との生活を回想する物語。四百字詰め原稿用紙で約百枚の短編だった。死んだ女は真珠をつなぐ連の技術者、つまりネックレスづくりの名人で、入浴中も真珠を離さなかった。もっとも文中にネックレスとか、レズビアンといったような用語は一切出てこない。構成と語句に徹底的にこだわり、十回も書き直して女と女の複雑な葛藤を仕上げた。

女流作家への登竜門だった女流新人賞の対象は女性だけなので、ほかの新人賞より応募作品がすくなかった。それでも昭和三十七年の第五回になるこの賞へ四百三十二編が寄せられた。「婦人公論」編集部員らによる予選審査の結果、登美子の「連」は最終候補作の十四編に入った。候補作がコピーされて、三人の選考委員の手元に届けられたのは初夏の頃だった。東京でどのようにして選考作業がすすんでいるかを、土佐でやきもきしていた登美子は知る由もない。

第七章　快晴のち豪雨

女流新人賞選考の裏側

昭和三十七（一九六二）年八月十二日、西宮を出港した堀江謙一のマーメイド号がぶじにサンフランシスコに到着し、日本人初の小型ヨットによる単独太平洋横断に成功した。堀江の快挙とは比べようもないけれど、登美子にも朗報が訪れようとしていた。堀江の成功から二週間ほど経った日の午後、彼女は高知市の職業安定所で失業保険をもらったあと、強い日差しに閉口しながら帰宅を急いだ。

この日はあいにく日傘を持っておらず、それでなくとも汗っかきだった登美子のハンカチはぐしょぐしょになった。ようやく着いた県営アパート一階の玄関のドアをあけると、何かがポトリと落ちる音がした。郵便受けからこぼれた一通の速達だった。急いで拾って裏返すと、待ちわびた東京の中央公論社からだった。

登美子はふるえる手で開封した。期待と不安で動揺し、封書は幼児がいたずらして引き裂いたような不格好な切り方になってしまった。レターペーパーをひろげた目に「本社の第五回婦人公論女流新人賞に応募されましたあなたの作品『連』が、現在最終候補に残っていますのでお知らせいたします」という文面が飛び込んだ。途端に、まるで受賞決定の知らせのように登美子の胸は高まった。手紙には、経歴を至急送ってほしいとか、入選したときのために電話番号も知らせてほしいといった主催者側からの用件がつづくのだが、もはや上の空の目にはとまらなかった。

登美子は大声で階段下から上にむかって娘たちの名前を呼んだ。二階から返事はなく、そうかまだ放課後にもなっていない時間かと気がついた彼女は手記によれば「ああ、ああ、ああ」と動物的な吐息をもらしながら訳もなく茶の間をぐるぐる歩き回った。まだ最終候補作になった段階にもかかわらず、登美子は速達をしっかりと胸に抱き締めながら泣きじゃくった。

文学賞にかぎらず世にあまたあるコンクールはそれぞれの優劣で入選、落選が決まることになっている。当たり前の話だが、実際はだれが見ても入選というのはそう多くなく、だいたいは紙一重である。選考委員の顔ぶれとか、主催者側の事情で明暗をわける例はすくなくない。第五回女流新人賞の選者は丹羽文雄、伊藤整《せい》、曽野綾子の三人だった。主催者側は「選考委員三氏の厳正、綿密な審査の結果」(『婦人公論』昭和三十七年十一月号)当選作が決まったというが、これは事実と異なる。

曽野は肝心の登美子の作品を読んでいなかった。同誌上で曽野は「私は八月初旬にヨーロッパ旅行に立ったので十四編中、十二編しか読むことができませんでした。当選作『連』については丹羽、伊藤両先生のご詮衡《せんこう》にまかせ、私は他の作品について感想を述べます」と書いている。読まなかった二編に「連」が入っていた。曽野は几帳面な性格であり、読む時間がなかったというのは意外だ。なにか、ほかに理由でもあったのだろうか。

伊藤が第一に推したのは、静岡県の天地登世子の「八十八の唄」だった。曽野は選評で『八十八の唄』は療養所ものと養老院ものの二つがあわさったものでテーマとしてはべつに新しいものはないのですが、不思議と読ませる力をもっています」と述べている。選考の席に曽野がいれば、伊藤に同調したかもしれない。そういう意味で曽野の棄権は、結果として登美子にラッキーだった。

強力なライバルだった「八十八の唄」が丹羽に嫌われたのも登美子にさいわいした。丹羽の選評には「私のものに『嫌がらせの年齢』と『ふき溜りの人生』というのがある。それを二つ合わせたのがこの小説であり、そのため私の採点は辛かった」とある。

伊藤は「一般に選者の作風に近い作品は損をするものだ。にもかかわらず、私はやっぱりこの作家はよく見てよく描いていて立派だと思う」と佳作になった天地に同情した。丹羽は「連」を第一にあげ、「ロマンチックで無難な作」と評し、伊藤を説得して当選作に持ち込んだ。登美子にとって丹羽は救い主であった。世間は狭いもので、登美子はのちに東京で伊藤と因縁の深い出版社に就職することになる。

このような最終選考の経緯など予想もつかなかった登美子は、じりじりしながら連絡を待った。自分の部屋に電話はなく、アパートの呼び出し電話を取り次ぐ声が聞こえるたびに何度となく立ち上がって落ち着かなかった。速達を受け取ってから一週間後、待ちに待った「前田さん、電話ですよ」という呼び出しがあった。中央公論社から電話で受賞決定を知らされた登美子はよろよろと部屋へ戻るとへたり込んだ。手記には「私の両頬からは、とめどもなく涙が伝わり落ちているのだった」とある。

長編『東福門院和子《まさこ》の涙』に「お覚悟が定りますまでのあいだにはどのお方であれ、涙は雨後のせせらぎの如く、とめどなく流されたのではござりますまいか」という一節がある。大仰《おおぎょう》な表現だが、号泣することの多かった登美子にはそう感じられたのだろう。このときの涙も感覚的には雨後のせせらぎに近かったはずだ。

話題の人に

中央で名をあげれば、地方には倍になって反響する。登美子は入れ代わり立ち代わりやってくる地元メディアの取材を受けた。苦節十年にして念願の受賞という記事は派手な見出しをつけて大々的に報じられた。一夜で環境が一変した。アパートの呼び出し電話がひっきりなしにかかり、急にふえた郵便が郵便受けからはみ出した。街を歩けば「新聞に出ていた女流作家よ」とささやかれた。

まだ授賞式も済んでいないのに、高知では県の有力者が発起人になって早々と祝賀会がひらかれた。会には二百人も集まった。ほかにいくつかのグループが席をもうけて登美子を祝福した。女学校の同級生や保母仲間からは「有名になったからといって、私たちのことを忘れないでね」といわれ、登美子はご満悦だった。

メディア関係者との接触も格段にふえた。社協在籍のときから何人かの地元記者と顔見知りだったが、受賞を機に高知新聞の学芸部や社会部の記者と折にふれて会った。喫茶店でおしゃべりし、ときには自宅に招くこともあった。そういうグループに学芸部の宮尾雅夫や社会部の岩井寿夫らがいた。のちに社長となる岩井はまだ社会部遊軍の駆け出し記者だったが、「竹を割ったような性格」の登美子と気が合い、同僚のカメラマンらと一緒に「帯屋町近辺の喫茶店などでよくコーヒーを飲みました。そこで文学談義というよりも、世間話ばかりしていました」と高知新聞社で筆者に語った。

岩井は安保騒動が沸騰した昭和三十五（一九六〇）年の入社で、「私が入ったとき、宮尾雅夫さんは学芸部のデスクで副部長でした。文化・芸術・芸能に詳しく、とくに美術を得意にしていました」とも話した。雅夫の兄と昭和小学校で同級だった登美子は、雅夫が独身で母親と二人で市内に住んでいることは知っていた。だが、彼女にすれば雅夫は高知新聞の記者グループの一人にすぎず、その後の展開は神のみぞ知るであった。

夢にまで見た大金

受章後の火宅の住人たちだが、長女と次女は登美子とともに喜びをわかちあった。しかし薫の気持ちは複雑だった。「受賞以来、にわかに目まぐるしくなった私の生活を、夫はそばからどういうふうに見ていただろうか」と登美子は手記に書いている。有名人になった妻。円満な夫婦ならともかく、とっくに愛の冷めた夫の屈折した感情にはいわく言い難いものがあった。

薫の言動を登美子は冷静に観察していた。「受賞の知らせがあった晩も夫はいつものように泥酔して帰り、『そう』と聞いただけで、一見何の感想も示さなかった。そのくせ、世間には平和な家庭に突如、訪れた吉報、と見せかけるための自己欺瞞を強いられ、夫自身も苦しい思いにはまり込んで、さぞかしあがいたことだろう」と述べたあと、家のなかでの出来事をつづった。

酔っ払って帰宅した薫が、登美子に聞こえよがしに大声でわめいた。「バーのマダムが小生意気にもいいやがるんだ。新人賞をもらった前田とみ子さんのご主人なら、そんな国産ものを飲んでどうなりますか。これこれ、といいながらジョニ黒なんぞ出してきたりして」と。薫の複雑な気持ちがこもったわめき声を、登美子は二階でふとんにくるまって「遠い人の声のように」聞いていた。

昭和三十七年九月七日、吉川英治が七十歳で死去した。後年、登美子は長編『序の舞』でこの国民的作家を記念した文学賞を受賞するが、吉川が亡くなる前日、登美子は皇居前の東京会館でひらかれる女流新人賞の授賞式に出席するため国鉄高知駅から東京へ向かった。見送りにきた友人から「あなたはもうれっきとした女流作家なんだから、式では落ち着いてね」と励まされた登美子は、急行「瀬戸」の一等寝台であいさつの練習をしているうちしだいに気分が高揚し、自分がいまフットライトを浴びて舞台に立っているような錯覚に陥った。

　列車が闇夜を突っ走っていたとき、ＮＨＫ大阪放送局から初めて書いたテレビドラマ「女流」（原題「書家の群れ」）が全国放映されていた。「今夜のテレビドラマ、あなたの名前が出た瞬間、写真に撮っておいてあげる」と高知駅で友人がいったのを登美子は思い出した。ドラマは放送局で試写し、出来栄えはわかっていたが、本番の視聴者の反応はやはり気がかりだった。

　東京へ着いた登美子は京橋の中央公論社へあいさつに訪れた。東京駅から歩いて十分ほどのところにあった中央公論社は青年社長の嶋中鵬二が六年前に建てた自慢の自社ビルだった。まだピカピカの建物、活気あふれる編集室。彼女にはなにもかもが眩《まぶ》しかった。翌日、真珠のネックレスにドレス姿で東京会館にあらわれた登美子の胸に主催者側はピンクのバラをつけた。

この夜の授賞式の様子を登美子は手記にこうつづった。

「地方人の私など、写真でしかお目にかかれない文壇の先生方、知的で上品な会話をかわす参会の方、こちらが恐縮するほど丁重にもてなしてくださる雑誌社の方、これらの人々がかもし出す会場の雰囲気はこのうえもなく優雅で華やぎ、一体、これはだれのためのパーティーなのかと私は自分が主役なのも忘れて、ときどきあたりをそっと眺め回した」

　赤いじゅうたんの会場で登美子は友人のことばを思い出し「あわててはいけない。落ち着いて」と何度も自分に言い聞かせていた。ピンクの大輪の菊の花束、そして十万円の賞金。文筆で自立を目指す登美子にとって、夢にまで見た大金であった。つつがなく行事が終わったあと、彼女は飛行機で高知へ帰った。航空券は主催者側が用意してくれた。

受賞作「連」が掲載された『婦人公論』十一月号の表紙には、前田とみ子の名前が大きく刷り込まれていた。本文で受賞者は「昭和二年生まれ」と紹介された。ちゃっかり二年サバを読んでいたが、それは愛嬌として新人賞受賞者の名前が表紙に載るのは破格の扱いであった。

「連」はテレビでドラマ化された。『婦人公論』十一月号は売れ行きがよく、中央公論社は社員や外部の関係者に「大入り」と書いた祝儀袋を配った。

登美子も編集者から「縁起《えんぎ》ものですから」と祝儀袋をもらった。袋を振ると、なかに硬貨が入っているようでカタコトと音がした。高知市の県営アパートに戻った彼女は、持ち帰った袋を無造作に本棚にビョウで止めた。本棚は二階三畳間の狭い自室のかなりの部分を占拠していた。

仕事は順調で『小説中央公論』編集部から依頼されていた短編「水の城」が同誌十二月号に掲載された。文藝春秋の『オール讀物』編集部から声がかかった。待ち望んでいた中央公論社以外の大手出版社からのアプローチに登美子は天にも昇る気持ちだった。だが、新人賞効果もこのへんまでで、所詮は線香花火のようなつかの間の輝きでしかなかった。原稿の注文も講演の依頼もだんだんすくなくなって、収入は減る一方だった。

それなのに付き合いばかりがふえた。だれかれとなく「お茶でも飲みましょう」と声がかかれば、登美子はお気に入りの黒いモヘアのコートを着ていそいそと外出した。すっかり地元の名士にされてからは、喫茶店やレストランの勘定も自分で持つことが多く、いつしか新人賞の賞金も底をついていた。見栄っ張りの妻の浪費に業を煮やした薫は登美子から財布を取り上げ、食費や光熱費など家計に必要な額しか渡さなくなった。人間の運命は変わりやすいのだ。

変わりやすいのは人間だけではなく、建物もそうだ。筆者は谷崎潤一郎の作品など数々の名作を世に送った中央公論社ビルに何度か立ち寄ったことがある。惜しいことに働き盛りで亡くなったが、同社の有能な編集者とも親しくしていた。何年か前、京橋を通りかかった際、かつての中公ビルが九階建ての賃貸オフィスビルに変わっているのを目の当たりにしてときの流れを痛感した。同社は平成十一（一九九九）年に読売新聞グループの傘下に入って中央公論新社となり、現在は大手町の読売本社ビル内に移転している。

この冬、南国の高知に寒波が襲来した。気候の異変に登美子は体調を崩した。胸がチクチクと痛み、痰が出た。寒い朝、起き上がるのもしんどい日がつづいた。呼吸するだけで胸が苦しくなるときもあり、そのたびに彼女は結核の再発ではないかと背筋を寒くした。

宮尾登美子が初めて訪れてから37年後、論壇や文壇をリードすることもあった中央公論社の自社ビルは経営不振で読売新聞社に城を明け渡し、建て替えられて読売中公ビル（中央の建物）となった

明暗くっきり、アップダウンの激しい数か月だった。キラキラと輝いた日

々はうたかたのごとく消え去った。快晴の南国土佐が、突然、豪雨に転じたような様変わりだった。登美子は健康面でも、金銭面でも一転して暗澹たる状況に突き落とされて年は暮れた。

ドメスティック・ヴァイオレンス

昭和三十八（一九六三）年の正月、登美子は床に臥《ふ》していた。数日後、なんとか起きられるようになり、階下でテレビの深夜劇場を見ていた。薫はどこかで飲んでいるのか、まだ帰っていなかった。ドラマが終わり、登美子はテレビを消して二階へ上がろうとした。そこへ酔っ払った夫が帰ってきた。登美子は薫をなじった。薫がキレた。「もういっぺんいってみろ！」と大声をあげ、思わず手をあげた。

いきなり薫の太い手で思い切りビンタをくらって登美子はのけぞった。手記には「逃げようとする私を階段まで追いかけて来て引きずりおろし、打って打って打ちすえた。夫が何に怒っているのか、私には全くわからなかった。恐らく疎外感と劣等感が積み重なり、ふくれ上がっていたものへ、私のことばが触発したものだろうけれど、私にはそれを思いやる余裕はなかった」とある。

殴られた痛みと夫に対する憎しみで胸が張り裂けるほどに興奮した登美子は、肋間《ろっかん》神経症の発作で、大きな息もできないまま自室にうずくまって泣いた。ドメスティック・ヴァイオレンスの修羅場。飛び交う両親の怒声や嗚咽を高校三年生の長女と中学一年の次女は、どんな気持ちで聞いていたのか。

翌朝、登美子の顔は腫れ上がっていた。あちこちぶたれたせいで、それでなくとも気になっていた両胸はこわばって、息を吸うと激しい痛みが走った。そのたびに夫への憎悪が体内をかけめぐった。学校へ行く準備であわただしい朝の時刻だったが、心配した長女が顔を見せた。頼りになる娘だった。登美子は十六年近く前の弘岡上での光景を思い出した。あのときも作業所二階の畳三枚に敷いたふとんに臥していた。長女はまだ二歳だったが、熱っぽい自分の額のタオルを取りかえてくれた。いま、すっかり成長した娘はまたタオルを取りかえ、自分をいたわってくれている。

登美子は涙ぐみながら長女を見上げ、弱々しい声で「お母さん、この家、出ていい？」といった。母親を上から覗き込みながら長女は「そうしなさいよ。あとはなんとかやっていけるから」と同志のような口ぶりでいった。

階下へ降りた長女は、ほどなくして妹とともに玄関のドアをあけて外へ出た。薫も出ていった。通勤、通学で家族があわただしく外出する物音を登美子はぼんやりとふとんのなかで聞いていた。こんどは自分がこの家を出る番だった。娘たちも夫もまたこの家に戻ってくるが、自分は二度と敷居をまたぐことはあるまいと思った。ただ、家出が無謀な行動であるのは登美子自身いちばんよくわかっていた。病状もさることながら、肝心のお金がなかった。

思い切って登美子は上半身を起こした。ふとんの上にはモヘアのコートがだらしなく重なっていた。もぞもぞとコートをたぐり寄せ、ポケットに手を突っ込んだ。ポケットにお金がないのはわかっていても、手のほうが動いて探していた。やはり一円玉一つなかった。薫からもらう家計費はすでにすっからかんになっていたが、ここ数日寝込んだためにもらいそこねていた。これではパン一個買えない。絶望的な状況だったが、計画を決行するために腰をあげた。怨念から噴《ふ》き出す魔力のようなものが、病身の彼女を激しく突き動かした。

百円硬貨を握りしめて

登美子は自問する。自分には胸の痛みのほかに心臓病、慢性胃病、座骨神経症といった持病がある。家を出た途端に動けなくなるかもしれない。よしんば動けたとしても、食べものはどうするのか。一円もないのだから、もの乞いするしかない。それでは世間の笑いものになるだろう。いや、そうなっても、暴力を振う夫のもとから離れられるなら本望ではないか。このままでは相手に対する憎悪がますます強まり、しまいには自分の感情を制御できなくなるかもしれない。一分一秒でも早いほうがよいと。

登美子はよろけながらも壁に手をつき、なんとか立ち上がった。わずか畳三枚の狭い部屋なので、すぐ目の前に支えてくれる壁面があった。寝間着を脱ぎ、セーターに着替え、スカートをはいて窓から外を見ると粉雪だった。思わずブルルと寒さで身震いした登美子は、南国に生まれながら不思議に雪女であった。人生の重大な局面でなぜか雪が降った。

肌を刺すような寒気のうえ、粉雪を目にして登美子はひるんだ。野垂れ死にという思いがよぎり、恐怖心に襲われた。だが、コートを着ようとする手を休めなかった。そのとき目の前の本棚にビョウで止めてあった「大入り」と書かれた袋に気がついた。「あ、これを忘れていた」と急いで封を切り、逆さにした祝儀袋から硬貨が一つコロコロと転がり落ちた。

袋の中身はたぶん十円玉だろうと思っていたが、高知ではまだめずらしかった百円硬貨だった。昭和三十年代に発行された百円硬貨は銀の含有量が多く現在はコインマニアの人気の的だが、その百円硬貨をかがんで拾う登美子の両目がたちまちうるんだ。

百円あれば、野宿して三日は食いつなげる。ふらふらと二階の部屋を出るとき登美子は貴重な百円硬貨をコートのポケットへ仕舞わず、右手に握りしめた。その手で痛む胸をいたわりながら、もう一方の手で壁を伝わって階段をゆっくりと降り、玄関ドアをあけた。外は相変わらず粉雪が舞っていた。傘もささずに家を出た登美子はこのとき三十六歳で、その後、薫と顔を合わせることは二度となかった。

かつて登美子は易者から「すすんで凶、ひいて凶。同じ凶ならすすみなさい」といわれたことがあった。易者にいわれなくとも、彼女に引き返す気はまったくなかった。片道二十円のバスから降りると、高知市の繁華街に向かった。行き先のあてなどなかった。雪で白くなった歩道に靴の跡をつけながら彷徨《さまよ》い歩いた末、喫茶店へ入った。暖房の効いた店内で五十円の温かいコーヒーを飲みながら、登美子は自分の身の振り方を思案した。バッグから取り出した手帳には友人、知人らの住所や電話番号がメモされていた。手帳は命の綱だった。さしあたって今夜、泊めてもらえるところを探さねばならなかった。古い友人の顔が浮かんだ。夫を亡くしていた彼女は旅館の女将《おかみ》だった。

押しも押されもしない女流作家として仲間からうらやまれていた自分が、あれよあれよという間にホームレスになってしまった。プライドの高い登美子には、わが身の突然の零落《れいらく》を旧友に説明するのは耐えがたかった。だが、体面などにかまけている場合ではなかった。コーヒー代を払えば、残金は三十円。切羽詰まっても計画性がみじんもない金の使い方は登美子らしいが、そこから十円硬貨を使って電話した。「わかったわよ。すぐうちへ来なさい」と詳しい事情も聞かずに応じた電話の声に登美子は安堵した。

古人は「友にまじわるにはすべからく三分の侠気《きょうき》をおぶべし」といったが、女将にはそれがあった。義侠心《ぎきょうしん》に富んだ彼女は一週間、登美子を泊め、その間、病院へ連れていき、医師の診察を受けさせた。入院する必要はないとわかると、市内の山のふもとにある小さな家を見つけて、そこを失意の人の住まいに定めた。借家の権利金から当座の生活費まで女将がめんどうをみた。

「これくらいのことにめげちゃだめよ。新人賞までもらったんだから、頑張るのよ」と女将から励まされ、登美子は「うん、うん」とうなずいた。友情の有難さ、その友へ応えるすべのない自分の惨めさ、それらが感情を高ぶらせ、しばらく身をふるわせてうずくまった。

乞食小屋同然の家で

登美子は長女に電話で居場所を知らせ、その後も連絡を取り合った。借家生活を始めるにはある程度の家財道具が必要だ。万事に気の利く長女から「学校を休んで引っ越しを手伝うから、お父さんが出かけたあとの十時頃、家に来なさいよ」といわれた。長女と日時を打ち合せ、登美子は車を雇って県営アパートへ向かった。

この日も雪が降った。家を出てからわずか一週間しか経っていないのに、部屋のどこにも自分の匂いがなかった。そのことに登美子は衝撃を受けた。人間の感情はかくもうつろいやすいものか。四年以上も暮らした住まいというのに、まるでヨソの家に迷い込んだような違和感があった。

のちに登美子は「この住み慣れたアパートの部屋から私の魂はとっくに飛び去っていました」と述懐している。登美子が置き手紙一つ書かずに飛び出したあとも、残された家族は朝になれば、顔を洗い、歯をみがき、それぞれのペースにしたがってふだんのようにあたふたと出かけていた。自分が居なくなっても、これまでと同じような日常生活が繰り返されていた。それは想像するだけでも嫌な気分にさせられることだった。

女流新人賞を祝って贈られた品々が所せましと並べられた部屋へ入ったときも、登美子はなんの感慨もわかなかった。そこには最新の電気スタンドもあれば、ピカピカの三面鏡もあった。保母仲間たちは自分たちの出世頭が夜、暖かい部屋で心置きなく執筆できるようにと丸型のストーブをプレゼントした。だが、これも登美子の眼中になかった。信じがたいことだが、車に積み込まれたのはふとん一組と座り机だけで、引っ越し作業はかんたんに終わった。

持ち出しのすくなさに長女がびっくりし「たったそれだけ？　せめて、これ持っていったら」と、電気掃除機を車のシートに押し込んだ。ナベやカマ、食器の一つも持っていかず、寒風吹きすさぶ頃というのにせっかく贈られたストーブも置いていったのは、どういう了見だったのだろう。登美子は夫婦げんかのあと実家へ帰ることがあった。いってみれば、常習的な家出人のようなところがあって、出ては戻るというパターンを何度か繰り返していた。今度も夫への憎悪だけが突出した、思慮の浅い無鉄砲な行動だったのか。

車に同乗し借家へついてきた長女は、しきりに「ああ、いやだ」「もう、いやだ」とつぶやいた。この数か月、母親は女流作家として世間の注目を集め、たくさんの人たちから祝福されていた。長女は母親が着飾っていそいそと外出する分、家事手伝いの時間がふえたと思うが、キラキラと輝く母親は娘の誇りでもあったはずだ。

それもつかの間、両親の壮絶なけんかで一挙に暗転し、家を飛び出した母親は殺風景な部屋でウロウロしている。雪が降っているというのに、「乞食小屋同然のこの家」（登美子の表現）には部屋を暖めるストーブもなかった。やっと探したところをそういわれては権利金まで払ってあげた女将の立つ瀬はないが、たぶん長女の目にもひどいボロ家に映ったのだろう。彼女にはとても長居のできるところではなかったようで、明日、妹と一緒にまた来ると約束し「ねずみにひかれないようにね」といってそそくさと帰っていった。一人取り残された登美子にとって、娘たちの来訪が唯一の生きる希望であった。

建てつけがわるく隙き間風が入ってきた。ふとんにもぐるしかない登美子は突然、心臓神経痛の激しい痛みに襲われた。この神経痛には長い間悩まされていたが、このところ症状がなかった。登美子は「骨をひしぐほどの強さで襲いかかってくる」痛みに顔をゆがめた。耐えがたいほどの寒気がおとなしくしていた神経痛をゆすってしまったようだ。

翌日になっても痛みは消えず、登美子は顔まで掛けぶとんを覆ってじっと娘たちを待った。食べものはなに一つなく、さりとて買いものに出かけられる状態ではなかった。陽が落ちてあたりが薄暗くなっても娘たちはあらわれなかった。コトリともの音がするたびに登美子は全神経を集中して玄関の戸がひらくのを待った。約束を破るような長女ではなく、なにか事故でもあったのか。考えることはわるいほうへと傾くばかりだった。登美子は娘たちの安否と神経痛の痛みに苛《さいな》まれながら、まんじりともしないで一夜をあかした。

翌日も娘たちは来なかった。翌々日も姿をあらわさなかった。登美子は悶々とし、生きた心地もしなかった。公衆電話から彼女たちの住むアパートの呼び出し電話に連絡すれば安否はわかるのだが、痛みの消えない登美子は外へ出る気力もなく、もしかして最悪の情報を聞かされるおそれもあって、ふとんのなかでひたすら二人の訪れを待った。結局、登美子は三日間、食事を我慢して臥せっていた。四日目に這うように外へ出て、やっと食べものを口にした。

娘たちがやってきたのは、引っ越しから一週間後だった。玄関先にもの音がしたときは顔中をほころばせて喜んだのに、二人の姿を見ると「遅いじゃないの！　なにしていたのよ」「あんたたちが来ないので、お母さん、三日間、なにも食べなかったのよ」とウラミツラミをまくしたてた。口うるさい母親は、こんどは一転して子供のようにしゃくりあげた。子供じみた意地を張る性格ゆえに、素直に「学校が忙しいのに遠くから来てくれて、ありがとう」といえないのだ。

ただ、さすがもの書きというべきか、登美子はこのとき自分を客観視するもう一人の自分を意識していた。彼女は自分を責めた。「あなたは一人になりたくて、死ぬ覚悟までして家を出たのでしょう。娘たちを残して。それなのに神経痛くらいで子供の世話になろうなんて、あなたはまだまだ甘い」と。

母親にこっぴどくなじられた長女と次女の胸中は複雑だったにちがいない。おとなしい性格の次女はともかく母親同様、気性の激しい長女は言いたいことがいっぱいあったはずだ。登美子もまた、甘ったれの母親に辟易《へきえき》している娘たちの本心を察していた。「二人の娘に共通しているのは、苦しいことを苦にしない淡白なところで、それはいまの場合、私が甘えかかろうとするにはあまりにかけ離れすぎて手が届かないもののようだった」と手記にある。

登美子は否応なく母と子の間に立ちはだかる見えざる壁を意識せざるを得なかった。それは登美子にとって「もう二度とあの家には戻らない」から、「もう決して戻れない」という気持ちの変質を意味していた。寂寥感《せきりょうかん》に襲われた登美子は娘たちの去った部屋で泣きべそをかいたが、現金なもので夫への感情を思うと本宅へのこだわりはあっけなく消えた。

気を取り直すと、こんどは悔しさがこみあげてきた。根が子供のように無邪気な登美子は引っ越しの日を思い出し「もっと家財を持ってくるべきだった」と後悔した。せめて保母仲間から贈られた丸型ストーブを車に積んでおけば寒さをしのげたと思うと、残念で居ても立ってもいられなくなった。

さりとていまさら長女に電話して「あのストーブ持ってきて頂戴」と頼むのはいくら厚かましい登美子でもできなかった。小説ならこのあたりで白馬の騎士を登場させてもいいところだが、ノンフィクションの世界にそんな好都合の筋書きを期待するのは競馬で万馬券を当てるようなものだ。ただ、現実世界にもまれに奇跡は起こるもので、雪がぱらついていた日の午後、突然、登美子のもとに思いがけない男性がやってきた。

第八章　運命の扉

ジープの騎士

昭和三十八（一九六三）年一月、夫と娘二人を残して家から飛び出した登美子が一人暮らしする山のふもとのあばら家に来客の気配がした。暖房もないひんやりとした部屋から登美子はビッコをひき、玄関へ向かった。ひどい神経痛のため、まともに歩けなかった。憔悴《しょうすい》した表情で玄関の戸をあけると、高知新聞の社旗をつけたジープが停まっていて、学芸部デスクの宮尾雅夫が立っていた。

人が恋しくなっていた登美子は、顔見知りの記者の来訪を喜んだ。ただ、落魄《らくはく》の身をさらす恥ずかしさは、なんとも表現のしようがなかった。雅夫は一瞥《いちべつ》して輝ける女流新人賞受賞者の激変と惨めな境遇を察知し、かなり衝撃をうけたはずだ。だが、それはおくびにも見せず、訪問の目的を述べた。

雅夫がぼそぼそというには、学芸欄に載せる随筆を依頼しようとアパートへ何度も呼び出し電話をかけたが、いつも留守だった。やっと今日、上のお嬢さんと電話で話ができ、引っ越し先を聞いて駆けつけてきたと。

将来の展望がひらけず寒さにふるえながら気が滅入っていた登美子は、随筆の依頼を受けて谷底から救い出されたような思いだった。雅夫は彼女の突然の転居のいきさつを聞くこともなく、用件が済むとさっさと帰った。愛想のない記者とわかっていたので登美子は気にもせず、雅夫と向き合っている間ずっとすましていた顔の表情をゆるめ、足の痛さも忘れて部屋中を飛び跳ねた。振り返ってみれば、この日、何の前触れもなく突然あらわれた朴訥《ぼくとつ》な新聞記者が、まさしく運命の扉をあけてくれたのだった。

雅夫はわび住まいの登美子に慰めのことば一つかけなかったが、決して野暮な男ではなく、うらぶれた境遇にあえてふれないのが相手への思いやりという気配りの持ち主だった。翌日、雅夫は市内の販売店で反射式の石油ストーブを購入し、登美子のもとへ配達する手配をした（雅夫の性格からして別便で灯油も発送したと思われるが、もはや確認する手段はない）。

登美子は届けられた商品と送り主の名前を見て狼狽し、前日同様、羞恥心が全身をかけめぐり、そのため配達人に「ご苦労さま」と声をかけるのを忘れてしまった。「嬉しさより恥ずかしさが先にあった」からだという。その理由がいかにも意地っ張りの彼女らしい。

手記によれば、これまで自分はだれからも哀れみをかけられたことなどなかった。自分は決して貧しい家に生まれたのではないと。本当は金欠病に何度も泣き、他人に世話をかけてきたくせに、いつも突っ張ったもの言いをし、肩ひじ張って生きていた。本人も「そういう意固地な自分が嫌になることもあった」と告白しているが、なかなか性格を変えるのはむずかしく、自身もどうしようもない性分に引きずられて我を通していた。

　それでもこのとき、登美子は自分でも驚くほど素早く雅夫のやさしい心遣いをすなおに受け入れる気になった。地方紙の記者の給料などしれたもの、彼にとってストーブは高い買いものだったはず、月賦でムリしたのかしら、これに使ったお金で一緒に暮らすお母さんの欲しいものをプレゼントできたのに……と思った登美子は急いで公衆電話のあるところへ向かった。白馬の騎士ならぬジープの騎士に一刻も早く「ありがとうございました」のひとことを伝えたかったのだ。

　雅夫からプレゼントされた石油ストーブのおかげで、寒風にさらされていたあばら家も春のような雰囲気になった。適度の暖かさが登美子をよみがえらせ、もう一日中、ふとんにもぐっている必要もなく、仕事への意欲を取り戻した。当面の生活費は「連」がテレビやラジオで取り上げられ、その原作料でしのげた。

　高知市にある二つの放送局からの仕事の依頼が頼みの綱だった。企業の広報誌に寄稿したり、あちこちでモニターになったり、たまには講演もあって一息つけた。講演は後半の質疑も入れると三時間以上も拘束されて謝礼はたったの千円というときもあったが、それでも自立するだけの収入はなんとか確保できた。ドラマの脚本料が入ったときは友人を通してまとまったお金を薫に渡し、娘たちが世話になっていることへのお礼をこめて毎月いくばくか仕送りすることもできるようになった。

この時期、登美子を悩ませたのはさながら燎原《りょうげん》の火のごとく広まったうわさだった。街を闊歩していた黒いコートの女流作家が、まるで人が変わったようにげっそりとした姿で足を引きずりながら歩いていれば、話のタネにならないほうがおかしかった。笑い飛ばせるものもあったが、グサリと胸に突き刺さるものもあった。

登美子にとってつらかったのは、事情をわかってくれる人があまりいなかったことだ。世間からは、たかが女流新人賞をもらったくらいで舞い上がり、二十年近く連れ添った夫と傷つきやすい思春期の娘二人を放り出し、自分勝手に一人暮らしを始めたと曲解されてしまった。夫婦間の事情などまったく知らない人たちは登美子を傲慢《ごうまん》と見た。せめてもの慰めは「連」が第四十八回直木賞候補作に入ったことだった。

東京にも登美子の変調に気づいた文学青年がいた。まだ作家として世に出ていなかった吉村昭で登美子と面識はなかったが、『婦人公論』に掲載された「連」に強い印象を受けた一人だった。吉村は「すでに自己のゆるぎない小説世界を持っていて、対象を鋭く見つめる小説家の眼を感じた。新人と言うには程遠い、骨格の逞《たくま》しい作家が突然現われたような驚きをおぼえ、これから旺盛な作家活動を繰りひろげるだろう」と思った（『宮尾登美子全集』第十三巻月報13）。

「その受賞後、『連』の作者はどこにも作品を発表せず、不思議な思いであった。女性であるだけに、なにか私生活の上で創作を激しくさまたげるものがあって、『連』の作者はそれにふりまわされているのか、と思ったりした」と吉村は述べているが、まさしく予想通りであった。

昭和三十八年一月二十二日は直木賞の発表がある日だった。登美子にとって直木賞の発表は自分の運命を左右するほどの重大事であった。直木賞は女流新人賞より数段格上であり、作家として自立するためにはぜひとも手にしたい文壇へのパスポートであった。「つぎは直木賞ですね」とまわりからいわれ、登美子もだんだんその気になっていた。

結果は落選で、登美子は夜更けの高知市内を一人ほっつき歩いた。空いちめんに星が輝いていた。満州で月を見つめたときのように、この夜も涙がこぼれた。しんみりした望郷の切なさとはちがった、負けず嫌いの登美子の悔し涙だった。

このときの受賞作品は山口瞳《ひとみ》の『江分利満氏の優雅な生活』と杉本苑子《そのこ》の『孤愁の岸』であった。「どちらも東京にいて編集者と親しいから受賞したのだろう」と登美子はいっとき邪推し、その後も山口と杉本の華々しい活躍を見るたびにうらやんだ。高知随一の女流作家といったところで東京の出版社ではほとんどタダの人に等しく、原稿を送ってもボツにされ、登美子は何度も無名の悲哀を味わった。

三月、登美子は女学校時代の友だちを介して薫と話し合いをつづけ、ようやく協議離婚にこぎつけた。次女は父親のもとに残った。のちに登美子は、その間、一度も薫と会おうとしなかった、かたくなだった自分の態度を反省した。姑との関係も最後までよくなかったが、年月を経て自分のいたらなさに目を向けるようになった。後年、登美子は九十三歳まで生きた百代をあたかも罪滅ぼしのようにほめたたえた。だが、当時は自分のことで精いっぱいだった（その後、早い時期に登美子は次女を引き取った）。

連載と恋愛の同時進行

ボツといえば、登美子が終生忘れなかったのは『オール讀物』編集部からもらった一通の手紙だった。歯ぎしりするほどの屈辱的な文面だった。そのイキサツを登美子は三十年後、当の『オール讀物』平成四年二月号であかしている。わざわざ辱《はずかし》めを受けた雑誌で公開するところに彼女の脂《あぶら》っこい性質がうかがえる。

それによれば、「連」が直木賞候補になったあと、『オール讀物』編集部の女性編集者から短編の依頼があった。そのときの嬉しさを登美子は「東京の、かの有名な、文藝春秋の、皆々よくご存じの『オール讀物』から、あなたの小説を載せてあげますという手紙を見て、私がいかにキリキリ舞いして喜んだか、ご想像いただけるだろうか」と述べている。ところが『オール讀物』編集部へ送った原稿は送り返されてきた。自分のほうからの売り込みならともかく、依頼された原稿のボツは書き手にとってショックだ。

登美子は同封されていた編集者の手紙にうちのめされた。「編集部一同で読みましたが、箸にも棒にもかからぬものなのでお返しします」という意味の文面に、「大きな玄能《げんのう》で脳天をやられたほどの打撃だった」と告白している。

東京では疎外されたが、地元はありがたいもので、仕事がぽつんぽつんと入った。生活のメドが立つようになった登美子は、まだ石油ストーブが手放せない時期に恋をした。相手はいうも野暮だが、ストーブの贈り主である。彼女のほうが年上であったが、同じ下町に育って、同じ小学校へ通った雅夫に会うたび、登美子は愚痴のありったけをぶちまけた。彼女が世間の批判や屈辱に耐えられたのは雅夫のおかげだった。

昭和三十八年の真夏、登美子は八か月ほど住んだ家を出て新しい借家へ移った。雅夫が相談に乗っていた。そこは山のふもとから一キロほど離れた閑静な住宅地で八畳、六畳、三畳、それに台所と浴室、庭もあって一人暮らしにはもったいない広さであった。手記には「新しい家に移るとまもなく、地元のK新聞が私の小説を連載する企画を立ててくれ、稿料も他の作家なみに支払ってくれるという嬉しい話を聞いた」というくだりがある。

K新聞とは高知新聞のことだが、そんな棚からボタモチのような話が本当に転がり込んできたのだろうか。当時、新聞の連載小説は、現在とは比較にならないほど読者の関心が高かった。どういう作家の作品を掲載するかは、新聞購読の増減に影響するので地方紙もこぞっていわゆる全国区の有名作家を中心に選考した。

名の知れた作家の原稿料は高い。それでも地方紙が掲載できたのは、共同通信や時事通信がニュースを配信するように、学芸通信社のように小説などを配信するところがあったからだ。そこで何社かの地方紙が部数に応じて分担金を払って、掲載権を得ていた。販売地域が異なる地方紙は互いに競合しないので、一社それぞれリーズナブルな稿料にするのが可能だった。

このような有名作家の登板を可能にする便利な方法が地方紙にあるので、地元作家にチャンスが回ってくることはめったになかった。いくら書き手のほうから売り込んだところで、経営トップに郷土の作家を育てようという強い意向がなければ出番はなかった。

企画検討段階までは学芸部長が主導し、連載決定後は雅夫が担当デスクとなった。登美子と雅夫は打ち合わせを兼ねて逢瀬を楽しんだ。雅夫は公私混同といわれるのが嫌で、細心の注意を払って行動した。おかげで二人の関係は社内でずっと知られずに済んだ。彼女は水商売の業界用語である「玄人の底惚れ」ということばが好きだった。相手の過去はすべてわかったうえで、とことん愛し合う大人の恋だ。登美子が終始リードした。

登美子の創作プランは高知県を舞台としたミステリーと恋愛という、のちの宮尾作品には見られない構想だった。本来、登美子にミステリーは似合わない。彼女のミステリー企画は、新聞社への迎合という意味合いがあったと思われる。当時の日本列島はミステリーブームにわき、松本清張の社会派ミステリーが圧倒的な人気を呼んでいた。新聞社もことのほかブームに敏感で、登美子のプランに魅力を感じたにちがいない。彼女の参謀役をかっていた雅夫の入れ知恵だったのかもしれない。

高知新聞社は登美子に連載開始までに準備期間として六か月を与えた。連載準備と恋愛の同時進行だった。二十坪ほどの庭に登美子は花を植えながら雅夫との結婚生活を夢見ていた。手記によれば「この静かな家で朝々、夫のためにパンを焼き、コーヒーを沸かす。夫は妻の私がよくブラッシングした背広を着、心をこめてみがいた靴をはいて出勤する。やがて定刻になれば戻ってきて妻が手づくりの料理を並べた食卓の前に座り、決して騒がしくない程度ににぎやかな会話を交わしながら楽しい食事をすすめる……」と、登美子の夢はいじましいほどにささやかだ。

見方を換えれば、薫との間にはこのどれもなかったということになる。そこには登美子の自責の念もあり、こんどこそ雅夫を信頼し、夫のために尽くそうという自分への戒めでもあった。それに現実的な欲求も強かった。とにかく彼女は一人暮らしが耐えがたいほどに寂しかったのだ。

登美子の不安は雅夫の母親の態度だった。薫の母親同様、夫を亡くしたしっかり者だった。同じ町内に住んでいたので登美子の実家の事情をよく知っていた。結婚失敗者、二人の連れ子、年上の女。初婚の息子の嫁として、そういう自分を果たして受け入れてくれるだろうか。夏が終わって秋になる頃、雅夫は母親に登美子との結婚を打ち明けた。案の定、母親は強く反対した。

母親を説得できなかったと雅夫から聞いて登美子は落胆した。「時期を待とう」という雅夫のことばに登美子はうなずいた。悔しかったが、こんどばかりは声を出して泣くことはなかった。雅夫の母親に対して、というよりも世間の冷たい目への怒りのほうが強かった。離婚した女が初婚の男と夫婦になるのがそんなにおかしいことなのか、離婚した男は堂々と自分の娘ほどの歳の差の女と一緒になっているではないか。登美子は心のなかで姿の見えない世間とやらに思いっきり八つ当たりしながら縁側のガラス戸をガラッとあけた。

庭にはこの家に引っ越してきてから植えた花が見事に咲いていた。一本一本を大切にし、水をやり、雑草を取って育てたのも雅夫との生活にいろどりをそえるためだった。咲き乱れる花々を目にした途端、登美子は十代の乙女のようにいじましい自分がみじめになった。

後ろめたさも

その一方で登美子は自分のなかの女々《めめ》しさに当惑していた。恋人に甘え、やすらぎを求めているようでは、もの書きとして限界があるのではないかと不安にかられた。手記には「野垂れ死に覚悟で家を出た私が、なぜまたも微温的な家庭生活へあこがれるのだろうか。あの時点において離婚と文学とは関係なかったとはいえ、勇気のある女流作家なら離婚という機会を最大限に利用し、一人になった人生でさまざまに自分を試しみることだろう。平和で無刺激な生活は、人間の書くという激しい意欲を鈍らせる」とある。

小市民的な生活に安住している主婦が小説を書くには、それ相応の構えが必要だ。登美子は離婚にともなうもめごとを天与のチャンスととらえ、それを創作へと昇華できないでいる自分にうんざりし、平穏な暮らしを望むマイホーム志向は危険だと思った。もっとも、そう思うだけで雅夫のいない人生は考えられなかった。

「おふくろの気持ちだって、そのうちに変わるだろうよ」と雅夫はいった。登美子はひたすら待った。十一月二十二日、ジョン・F・ケネディ米大統領がダラスで暗殺された。年があけて昭和三十九（一九六四）年三月二十四日、アメリカの駐日大使エドウィン・O・ライシャワーが十九歳の日本人少年にナイフで右ももを刺され、全治三週間の傷を負った。四月八日、ルーヴル美術館所蔵のミロのビーナスが上野の国立西洋美術館で一般公開された。さまざまなニュースが流れ、月日は飛ぶように過ぎていくが、いつまで経っても母親は色よい返事をしなかった。

もういいトシなのだから先方の了解など待たずに一緒に生活を始めてもよかったが、登美子は世間体を考えて踏みとどまった。二人は作家と編集者という世間の目から見れば興味の対象になりやすい関係にあり、不倫でなくとも同棲はスキャンダルになりかねなかった。将来を考えれば、いまはなにをおいても新聞連載を成功させることが先決だった。

連載の主人公は、東京にある国立の衛生研究所で薬務技官をしていた独身男性。その人物に高知県庁の薬事課長の辞令がおりた。彼が赴任途中の土佐の田舎道のバスからミステリー恋愛小説は始まるが、この連載小説に「湿地帯」という題名がつけられた。

五月二十二日、前田とみ子のペンネームで「湿地帯」は高知新聞紙上でスタートした。そして十月十日に開幕した東京オリンピックが閉幕して二日後の十月二十六日まで百五十六回にわたって掲載された。連載の折り返し地点ともいうべき七月二十四日、高知市の土電会館で「前田とみ子さんを励ます会」がひらかれた。

高坂高女時代から師弟の交遊がつづく歌人の佐藤いづみ（このとき県立高岡高校教諭）や、社協時代の上司であった大野武夫（このとき社会党県連顧問）が下駄ばきで駆けつけた。高知県香美市出身で九歳年下の倉橋由美子（作家）が「作品に対する悪口は作家にとってちっとも励ましになりません。悪口をいわれるとやはり悔しいものです。あまりこまかい注文をつけず、暖かく見守ってあげて下さい」とあいさつした（高知新聞昭和三十九年七月二十七日）。

読者の反応は新聞社も作者も満足できるものではなかった。それでも連載が始まると、登美子のもとに社を経由して多数のファンレターが届けられた。文学志望の人たちや身の上相談の面々、旧友たちが競って彼女に面会を求めた。ふたたび登美子はフットライトを浴びたが、肝心の雅夫の母親の気持ちに変化はなかった。

待ちきれなくなった登美子は連載が大詰めにさしかかるあたりで婚約を発表することを考え、雅夫を説得した。同意を得た登美子は長女と次女を高知市内の寿司屋へ誘った。二階の一室で登美子は娘たちに「お母さん、結婚しようと思うけど」と雅夫の名前を出して切り出した。手記によれば次女は黙って目を伏せたが、長女は「しなさい、ぜひ。あんたも先が長いんだしね」といったあと「あんたも、ものわかりのいい娘たちを持って幸福ね」といっぱしの口を利いた。長女にはずいぶんめいわくをかけたと思っている登美子は、このことばにほろりとし、自分だけがしあわせになっているようで後ろめたさを感じた。

またしても嫁のつとめ

後日、登美子と雅夫は内輪の集まりで婚約を発表した。その席に雅夫の母親はもちろん、登美子と小学校の同級生だった雅夫の兄も含め向こう側の身内はだれも姿を見せなかった。ただ、時間が経つにつれ、反対する声も次第に聞かれなくなった。連日紙面を飾る連載小説の作者と担当の学芸部デスクが一年半も前から恋仲だったという事実は、高知新聞の社内にメガトン級の衝撃波をもたらした。

婚約後、雅夫は人目を気にしなくなり、母親の家と登美子の家を交互に泊まり歩くようになった。連載が終わったら結婚することになった。登美子は、山のなかの教会で二人だけの挙式をおこない、披露宴はひらかず結婚通知状だけにする簡素な案を考えていた。雅夫は反対だった。

勤務先はもちろん親戚や友人の手前、そうもいかないと世間並みの挙式を望み、費用は連載小説の原稿料をそっくり当てようと言い張った。口数のすくない男がめずらしく頑強に主張したので登美子は理由も聞かずに応じた。社内に登美子の稿料は高すぎるという声があって、それを雅夫は気にしていた。「湿地帯」は多額の経費をかけたにもかかわらず、単行本化の話もなく四十年以上も眠ることになる。

連載が終わると、二人だけの結婚式を望んだことなどすっかり忘れて登美子はウキウキとウエディングドレスや引き出ものの品定めにかかった。彼女にはあればあるだけ使ってしまうところがあった。雅夫が都合のつくかぎりホテルや旅行会社に同行したのは、登美子が簡素な式を口にしながら見栄っ張りの性分からどんどん派手になっていくのを抑えるためもあったのだろう。

披露宴の打ち合わせや招待状の印刷などで飛び回っていたときのこと。あるところで「どなたの式ですか？」と聞かれ、登美子は身を隠したいほどの屈辱感を味わった。そう尋ねた係員に悪意やいやみはみじんもなく、目の前に立つ二人の客が新郎新婦になるカップルとは思わず事務的に聞いたにすぎなかった。だが、登美子は深く傷ついた。

「初婚の雅夫はまだよかった」と手記はいう。「はたちに近い娘を持ち、老《ふ》けて衰えた私がいまさらウエディングドレスを着、花嫁さんと呼ばれる身の恥を人々はどう見るか。私はありったけの嘲笑《ちょうしょう》をこめて、自分を愚かなピエロと心のなかで罵倒し」、作家として大成したいと望みながら小市民的な生き方にあこがれるから、こんなところで恥をさらすのだと自分を責めた。

その頃、政局が動いた。池田勇人首相は「前がん症状」（実際は喉頭がん）と診断されたとして、十月二十五日、退陣を表明し、後継に佐藤栄作を指名した。佐藤内閣が発足する前々日の十一月七日、雅夫と登美子の結婚披露宴が高知市内にオープンしたばかりのホテルでひらかれ、仲人は高知新聞中興の祖といわれた社長の福田義郎がつとめた。前日、歯ぐきがはれあがり、ろくに食べずに当日を迎えた登美子は、披露宴で自分が出席者から好奇の目で見られているのをありありと感じた。

新婚旅行は奈良と倉敷だった。披露宴が終わると、高知空港（現在の愛称は高知龍馬空港）から大阪へ飛び、電車で奈良へ向かった。予約した宿泊先は奈良市高畑町の奈良ホテルだった。明治四十二（一九〇九）年に開業した由緒あるホテルへ向かうとき、登美子は雅夫に話しかけた。

「ねえ、結婚できてよかったわね」

「うん」

「だけど結婚式って、ずいぶんくたびれるものね」

「うん」

なにを話しても「うん」としかいわない無口な雅夫だったが、ぶじに終えた結婚式に満足している胸の内は登美子にも察しがついた。

奈良から倉敷を回って高知へ戻ると、途端に登美子は宮尾家の嫁になった。雅夫との結婚を意識したときから、こうなるだろうという予感はあったが、現実に直面して彼女は戸惑いを感じた。前田家の嫁から解放されてまだ二年も経っていないのに、ふたたびお母さんと呼ばなければならない姑に仕える身となった。登美子にとって生みの母、育ての母の喜世、継母の照、弘岡上の百代についで五人目のお母さんだった。

息子の交際相手を嫌っていた姑も態度が一変し、新婚旅行から帰ったばかりの嫁を親戚回りに連れ出した。登美子は親戚付き合いが苦手だった。自分の係累《けいるい》でもわずらわしいと思うときがあった。農家の嫁の頃は行ったり来たりが多い親戚同士の往来やしきたりにうんざりし、そのわずらわしさからやっと逃れたと思ったら、またしても嫁のつとめが待っていた。

だが、登美子は十分に幸せだった。生まれてから三十代の後半にさしかかったいまに至る人生のなかで最高の日々だった。雅夫を意識してから描いてきた家庭生活の夢を登美子はまるでシナリオをなぞるようにその通り実行した。雅夫のために庭に咲いた花をいけ、雅夫のためにこんがりとパンを焼き、雅夫のために背広をブラッシングし、雅夫のために部屋を飾り、雅夫のために手づくりの料理を食卓に並べた。

幸福の絶頂のなかで登美子がもっともおびえたのは、裏切りという人間の行為だった。もし雅夫に裏切られたら、一体、自分は自分を制御できるだろうかという恐怖観念がまとわりついていた。さいわい雅夫は裏切りどころか小さな嘘もつけないマジメ人間だった。

ごくありふれた平凡なマイホーム風景だが、登美子の求めていたのはまさしく巣ごもりのような単純な幸福だった。これが大勢の人間にチヤホヤされていたい姉御肌の登美子のもう一つの顔だった。無頼派作家とちがって登美子は安定した環境のなかで執筆するのを好むタイプで、出しゃばらず包容力のある雅夫は願ってもない伴侶だった。

とはいえ、このまま平穏ぶじに二人の生活がつづいたら宮尾登美子というベストセラー作家が誕生したかどうかは、微妙なところだ。昭和四十年代に自民党副総裁として活躍した川島正次郎は「政界は一寸先が闇」という名言を残した。これは政界のみならず森羅万象に通じるが、じつは雅夫という万事堅実な男も経済観念の薄い女性と一緒になったばかりに、あっという間に経済的な苦境に立たされてしまうのである。世の中は本当に一寸先が闇なのだ。

始まった暴走

昭和四十（一九六五）年になった。高知新聞の連載で得た原稿料を結婚披露宴につぎこんだこともあって、新婚二か月足らずで登美子の貯金は底をついた。頼りにしていた雅夫の給料はあれこれ引かれて泣きたくなるほどにすくなかった。母親に生活費を渡し、月賦の払いをし、雅夫が保証人になっていた友人の借金を肩代わりしたうえ本人の小遣いを差し引けば、登美子に渡る生活費はスズメの涙ほどしかなかった。

雅夫は副部長職で、社内では給料の額そのものは低いほうではなかった。にもかかわらず扶養家族が一人もいないため、税金でがっぽりと持っていかれた。母親がそばにいるうえ、妻をめとったというのにこれはどうしたことか。じつは、母親は高松市に住む雅夫の兄の扶養家族として届けられていた。また、登美子は高知新聞からの原稿料があったので、雅夫の扶養家族にはなれなかった。

入りをはかり出を制するのが家計の鉄則だが、家計簿をつけていながら登美子には野放図なところがあって、出を抑えられず赤字はふくらむばかりだった。もっとも、やむを得ない面もあった。戸籍上、薫のほうに養育の義務があった次女を引き取り、寮に入れたので寮費や学費がかかった。勤めに出た長女にもなにがしかの援助をしていたので、雅夫の母親の生活費と合わせ、かなりの負担となっていた。

さらに登美子の財布を軽くしたのは交際費だった。高知県知事ら地元名士を発起人にした励ます会は彼女を嬉しがらせたが、つき合いが広がるにつれて交際費もふえる一方であった。またしても女流新人賞を受賞した直後と同じパターンが繰り返されることになった。前回の失敗が全然反省されていなかった。手記には「いろいろな名目の寄付や知人たちとの慶弔《けいちょう》のやりとり、断わるのが不得手な私のクセを見込んで強引に持ち込まれる商品も多く、Mも私も酒嫌い、外食嫌いなのに、家でもいつも酒屋への支払いが食費の最高額を占めているような有様だった」とある。

Mとはいうまでもなく雅夫だが、「Mとの平安な生活をつづけるため、私はやたらとお金が欲しかった。『ねえ、どうしましょう?』と相談を持ちかけても、『オレにいわれても仕方ないよ。オレは決まりきった月給しか取ってこられないんだから』と。それにちがいないと思うだけに、私一人気持ちがはやってくるのだった」と手記に書いた登美子はこの時期、お金を稼ぐために自分でできることはすべて手を出した。

歴史は繰り返すというが、登美子の個人史も同様で、終戦直後の混乱期に弘岡上でがむしゃらに小銭稼ぎをした頃とか、家出したときと似たような雰囲気になった。稼ぎのメインのNHK高知放送局と高知放送からは、拝み倒してほとんど切れ目なく仕事をもらった。売文家といわれようが気にしないで雑文を書きまくった。企業の広報誌のルポや随筆はいうまでもなく、推薦文や匿名でコピーライターまがいのことも引き受けた。青年学級や婦人学級、読書グループの講師もすべて応じ、ときには講演の売り込みもした。講演では山本周五郎の作品をよく題材にした。周五郎が描く一見古風に見えるけれど、強い自我を秘める女性像に登美子は魅せられていた。ただ、講演料は相変わらず安かった。大車輪のように走り回ったが、家計をうるおすには至らなかった。

原稿料や講演料は不定期収入であるにもかかわらず、それをあたかも定期収入のように見越して毎月一定の額を見境もなく出費していた登美子の経済観念は、一人暮らしの経験がすこしも活かされておらず、金銭感覚はいまだにマヒしたところがあった。「結局、地方における講演者や著述業者というのは教師や公務員のアルバイトに過ぎず、謝礼や稿料もそれから割り出した額であるため、これを生活の資にしようなどという私の了見自体、頭からまちがっているのだった」と手記で反省する登美子だったが、原稿書きや講演など自分のフィールド内で小銭を稼いでしのいでいれば、傷は深くならずに済んだ。

しかしながら登美子は喉から手が出るほどにお金を求めた。そのうちに自分のフィールド外の、慣れない仕事に手を伸ばした。石橋をたたいても渡らないタイプの雅夫は、軌道をはずれて走り出した登美子に不安を覚え、意見した。だが、何度いっても聞き入れられなかった。金の亡者《もうじゃ》となった登美子の暴走が始まった。それは雅夫の結婚に猛然と反対した母親の予感をことごとく的中させる、悪夢の現実社会での展開であった。

また、質屋の常連となった。登美子は初めて質屋へ行った日を鮮明に覚えていた。あらかじめ下見し、人通りがたえてからこっそりと訪れた。渡した質草を店主が値踏みしている時間がたまらなく嫌だった。翌日の晩、登美子はお菓子を持って質屋へ行き、お礼のあいさつをした。店主は驚いた表情を見せ「あんた、こんなことをするから金が身につかんのですよ」といった（『文学界』昭和五十二年十二月号）。

最悪だった昭和四十年

登美子の判断の甘さは目を覆うばかりであった。夢ばかりがふくらんでいく夢追い女はすぐ人の話を信用するうえ、計算に弱いのが致命的だった。手記には「某メーカーの衣料品を売り子を使って売りさばく商売や、手持ちの金を短期間貸し付けることや、いろいろな商品の推薦人に名前を貸すことやそろばんもろくにできない身で手当たり次第やりながら、この商売のことごとくが成功し、お金を儲ける日の夢を心に思い描いているのだった」とある。

オリンピックを開催した国は、閉幕とともに不況になるというジンクスがある。そのかわり開幕前はオリンピック景気が期待でき、日本も昭和三十七年秋から三十九年秋までの二年間は好景気に沸いた。その反動が四十年不況で、登美子のような先も読めない素人商法は不景気風にさらされてひとたまりもなかった。

切羽詰まった登美子は高利貸しに手をつけた。青年学級や婦人学級の講師をつとめるインテリ女性とは思えない軽率で、向こう見ずな行動だった。言い換えれば、それほどまでに金策で追い込まれていたのだ。手記はこう伝える。

「不況の波が押し寄せるなかで素人の、しかも計算のできない私などがあせって手を出す商売が成功する確率など万に一つもなかった。私はあせり、見通しが悪くなってくると、逆に町の金融業者から高利の金を借りて急場をしのごうとした。あんたはだいたい、安易に金を借り過ぎたよと私は身内の者にこっぴどく叱られたが、だれも返せないと思って借金する者はなく、わずかな希望を託して資金ぐりのため、金策に駆けずりまわるのだった」

登美子は生涯、昭和四十年を忘れなかった。長嶋茂雄や王貞治の活躍で川上哲治監督率いる巨人軍が日本シリーズに優勝し、九連覇のスタートを切った一九六五年だが、登美子にとって最悪だった。一月下旬の夕方のこと。彼女は雅夫とともにストーブをつけた八畳の客間にいた。狭い借家で、客間といっても登美子の書斎を兼ねていた。客間の北側はガラス窓で彼女の机と椅子、本棚や飾り棚があった。この日、衣料品の代金を集金してきた登美子は何万円かの現金、手形、印鑑をハンドバッグに入れて机の上へ置いていた。二人は食事をするため、茶の間へ移った。食べ終えたらまた戻るのでストーブはつけっ放しにしておいた。

三十分ほどで夕食を済ませた登美子は茶の間から客間へ移ろうとふすまをあけ「あっ」と声をあげた。ガラス窓のガラスが一枚はずれていて、机のうえのハンドバッグが消えていた。手記によれば「泥棒よ、きっと。あのガラスを外から切りはずして手を入れ、バッグを盗んだにちがいないわ」とうろたえる登美子に「そんな短時間のあいだ、しかも夕食どきで人がいることはわかっているのに、こんな大胆な行為ができるだろうか。バッグはキミの思いちがいで、ほかへ置き忘れたんじゃないか」と雅夫は慎重だった。

登美子の一一〇番で駆けつけた駐在所の警官は窓の下にビタミン剤が落ちていたのを見つけた。ハンドバッグにあったものだが、切り取られたガラスはどこにもなかった。苦労して手にした現金や印鑑をどうしても取り戻したかった登美子は、その可能性を警官に尋ねた。「まずダメでしょうな。この種の犯罪はおびただしくありますから」という警官のことばに登美子は落胆した。

「私はこの事件を、ひどく不吉な象徴として暗い気持ちで受け取った。時期が年頭だったことと、やっとの思いで集金した金だっただけに、私がいちばん恐れている経済的な破滅がことしに中に襲ってきそうな予感がして心がふるえるのだった」と手記はいう。不吉な予感はその通りになった。これでもか、これでもかと試練にさらされた登美子は、そのたびに雅夫との平穏な生活を夢見て心がときめいていた頃を思い出して歯を食いしばった。周りの忠告に耳をかさず、思慮分別もなく自分のフィールドを越えてしまったのが大失敗で、自業自得といわれれば返すことばもなかった。

「昭和四十年という年、つぎからつぎへと私を見舞った不幸な事件について、私はいまさらここでハッキリ書く勇気さえない。病気、事故、詐欺、持ち逃げ、あらゆる不幸という不幸がまるで私を狙い撃ちするかのようにひとかたまりになって降りかかってきたのだった」と手記にある。

訃報も相次いだ。七月八日、河野一郎、六十七歳。三十日、谷崎潤一郎、七十九歳。八月十三日、池田勇人、六十五歳。十七日、高見順、五十八歳。十一月十日、十一代目市川團十郎、五十六歳。登美子は自分の境遇に重ねて、五十代半ばで逝った成田屋の無念に思いをはせてふさぎ込んだ。

最悪だった年も大みそかになった。この日、ニューヨーク株式市場はダウ平均九六九・二六ドルの史上最高値をつけたというのに、債権者から逃れるために登美子は義弟の家に身を隠し、何とか年を越した。雅夫の母親は「高利の金を借りて引き合うのは、実質に三倍の儲けがある商売だけだと昔から人がいうよ。そんなことが利口なあんたになぜわからなかったのかねえ」と嘆いた。登美子は頭を下げてうなずくしかなかった。

だが、心のなかまでは素直でなく、登美子は口やかましい姑への憎しみに近い感情を日記では隠さなかった。その点、読まれることを前提とした手記ではものわかりがよく「私は利口どころではなく、金のことは何一つわからないくせに、ただ意欲ばかりが先走りするおろかな女に過ぎなかった」とある。

雅夫はそばにいて、一体、なにをしていたのだろう。結局、雅夫にも脇の甘さがあったのだ。「いま思い返して、こうなったことの大きな原因は生活と経済が別々のところで回転していたことだと思う。これだけの収入だからこれだけの支出でおさえる、という確固たる地道な生活態度がMにも私にも足りなかった」と登美子は反省しているが、これでは夫婦ともにお粗末であったといわれても仕方あるまい。

破　産

本音をさらけ出した登美子の日記の昭和四十一（一九九六）年の一月分からいくつか抜粋してみよう。高知を逃げ出す直前の、ニッチもサッチもいかなくなって追い詰められていく様子が生々しい。借金をしている身内との気のすすまない面談。雅夫の母親へのむき出しの感情。借金を申し込むときは「福田さん」、ことわられたときは「福田氏」。さんと氏を使い分けた福田とは仲人をしてくれた高知新聞社長のことか。手記とちがって日記には、自分の気持ちに正直な登美子の性格がそのままにあらわれている。

前年、多忙な福田が二度も登美子の訪問に応じていた。福田は窮状を訴える登美子に、自分の妻との若い頃の貧乏生活を語った。東京で苦学していた頃、一緒に上京した妻が寝る時間も惜しんで裁縫の内職をして学資を補ってくれたという話だった。深夜、羽振りがよかった頃の登美子に買ってもらったクラウンを運転して長女があらわれるところから、この年の日記は始まる。

「一月一日（土曜日）　午前一時十五分、長女もどってくる。一旦寝ついたが、元旦に白タクで稼ごうというので悲しくなり、二時に起きて長女に話す。悲しくて泣ける。四時、ようやく寝る。九時半、長女、相手に断わりに行くというので、起きて次女と彼と三人で茶碗蒸しへお餅入れてお正月する」

「一月九日（日曜日）　午後、彼のポケットの残り銭で『ローズ』へコーヒーを飲みに行こうとしたけれど、次女の寮費を納めるのにかき集めたりしておじゃん。仕事することにして、彼は流しの汚れもの洗ってくれる。そこへ郵便が来て、高知相互から大変形式的な断わり状。これで万策尽き果て、流しの前の彼のそばへ行ってしきりと愚痴る。何もかもぶちうって東京へ行こうとする。二人で話し合い、破産の方法を聞きに細木弁護士にＴＥＬすると、夜はいかんという。すぐ二人で支度し、お酒持ってバスで行く。細木先生はすぐ会ってくれ、親切に話してくれたが、破産は都合悪し。二人夜もどって相談し、福田さんにもう一度だけ手紙書いて五十万借り、それで東京へ行こうということになる。つらし」

「一月十日（月曜日）　長女に破産の話をする。ショックらしく沈み込む。おカネもう一文もないかと思っていたら、協和実業が千三百円持ってきてくれる」

「一月十一日（火曜日）　夕方近くなって五十万の借金を福田氏から断わられる。何をする力もなくなってのびている。彼も七時もどる。いろいろ話し合い、彼ももう会社を辞めることにする。上京しよう。東京なら貧乏してもかまうまい。夜眠れず。とうとう午前四時まで輾転反側《てんてんはんそく》」

「一月十二日（水曜日）　眠られなかったせいで今日はふらふら。彼、午後一時出勤。それでも小道具屋呼ぶと夕方一旦来たが、よくわからないといって明日来ると言う。晩、長女もどり、車で井上と西沢へ本を持っていく。明日の彼の汽車賃つくりに。千五百円とふんでいたのが、二千八百円でとても喜ぶ。帰って次女と三人、少し話し。長女と『朝日ジャーナル』調べる。彼、最終バスでもどる。彼、仕事に未練のあるのを見て、悲しくて涙流れる」

「一月十三日（木曜日）　彼、十一時で出る。今日は休みにして高松へ行くつもりなり。十時過ぎ古道具屋の二人来て見積もりする。三万二千六百円と言い、四万円まで競《せ》り上げると、手付け五千円置いて帰る。考えていたけれど、あまりにもったいなくて、もう一軒ＴＥＬして見積もってもらうと、このほうは五万。夕方、はじめの小道具屋にＴＥＬして断わると、大もめにもめた挙句、まあ、無傷で五万にするとなる。夜、『ラジオ展望台』書く。長女八時半現われ、話して『朝日ジャーナル』全巻など持っていかせると、四千二百円に売れ、よかったと思う。その車ですぐ駅へ。彼、九時四十七分、高松から元気にもどってくる。彼、十時半ＴＥＬで川田さんに辞意を告げる。朝四時まで眠れず」

「一月十四日（金曜日）　九時半のバスで行って辞表を出してきて、彼、歩いてもどる。私は仕事。一応夕方終わる。それから手紙。まず前田氏へ次女の依頼。次に可知さんへ。切々なり」

「一月十六日（日曜日） 長女十一時来て荷物手伝ってくれる。二人で墓参りに行くことにし、クロを連れて出発。北山へ先にお参り。クロそこで捨てようとしたが捨てきれず、前里に捨てる」

「一月十八日（火曜日） いやいやながら起きる。甥たちに会うのは重荷なり。仕方なし。九時半出て、清氏にＴＥＬし、『南米』で待ち合わせして話しすると、これはまずよし。次、甥に来てもらって話しすると、これはねばり強く罵倒される。結局、来月二十万納めることにし、解放される。高松からお袋帰るよし。彼、迎えに行く。お袋と雅夫もどり、お袋ひとことの挨拶もなくずかずかと上がり込んできて詰問される。腹立たしや」

「一月十九日（水曜日） 午後三時ごろお袋やってくる。うるさいことこの上なし。荷物のそばでひっきりなし口出しする。彼、九時二十二分のバスで出て、質屋から背広出してくる」


日記を一読して思うのは、雅夫のやるせなさである。登美子との出会いで、あれよあれよという間に彼の人生は軌道をはずれていった。社の上層部に助けを求める妻の姿をどう見ていたのか。おしなべて新聞記者は外部にはこわもてのふうを装っていても、社内ではごくふつうのサラリーマンにすぎない。これでは雅夫のプライドはずたずたである。登美子の連載小説が終わったあと、雅夫は学芸部を離れて編集局整理部へ副部長として転出した。この異動に登美子の行状が影響していたかどうかはわからないが、このまま新聞社にいれば学芸部長も夢ではなかったはずだ。辞表の提出は、働き盛りの男にとって胸が張り裂けるような決断だったと思う。

仕事関係のペーパーを庭で焼いた寂しげな雅夫の後ろ姿を登美子は涙ながらに見つめた。

「私のために高知新聞社を辞めることになった宮尾には申しわけなかったと思っています。ほんとに悪いことをしたと思っています」と登美子は筆者に目を伏せていった。

手記には「辞表は、なんとか年を越した債権者に対する言い訳も、もうギリギリにきていたし、退職金で一応始末をつけておく意味と、もう一つには無利子で融通していてくれるMや私の身内に対し、ここで生活の整理をつけた私たちの誠意を見せておきたくて、そのかたちを取ったのだ」とある。雅夫の母親もまた気の毒であった。「自分たちは上京するので、お母さんは兄さんのところへ移って下さい」といわれ、住み慣れた高知を離れて高松へ去った。

敗　退

もう一つこの日記で驚くのは、登美子の執筆態度だ。修羅場のような日々にもかかわらず、彼女は机に向かって原稿を書いていた。土壇場に追い詰められ、稼ぐ手段は執筆しかなかったとはいえ、最悪の環境のなかでもペンを握っていた登美子の執念こもる姿勢には脱帽せざるを得ない。たとえば彼女の出世作となった『櫂』の初稿ともいうべき三百枚の原稿は昭和三十九年暮れまでには一応書き終えていた。それから長い歳月をかけて書き直していくことになるのだが、まるでレンガを一枚一枚積み上げて自分の家をつくっていくような登美子のすさまじいまでの持続力に注目したい。

登美子は日記の終わりにその日の執筆枚数を書いていた。それによると、一月六日、十七枚。同七日、二十三枚。同九日、五枚。同十日、二十二枚とある。このなかにはNHKの「ラジオ展望台」のようなレギュラーもののほかに出版社へ売り込むための小説もあったと思う。登美子はお金欲しさに目がくらんで脱線したが、もの書きという根っこの部分は綱渡りのようなピンチに遭遇しても忘れていなかった。状況はどうあれ、書きつづけるという強い意欲が彼女の背中を押して上京への決意となった点を見過ごしてはなるまい。

大手出版社との縁も細々ながら保っていた。とはいえ、東京で原稿が売れるアテがあったわけでもなかった。「上京した途端に飢えるかもしれないけれど、多くの人に金の迷惑をかけ、心労を与えたその罪ほろぼしの意味でも私たちは東京の群衆のなかに紛《まぎ》れ込み、もっともっと苦労をなめねばならなかった」と登美子は手記に書いている。二人は上京の準備を急いだ。同棲期間も入れれば二年近く雅夫と登美子が住んだ借家には総計五十七点の家具や道具類があった。二人は一円でも多くの現金を望んだが、足元を見透かされて古道具屋に安くたたかれた。その顛末は日記にある通りである。

上京する前日の一月二十日あさ、長女がクラウンを運転してやってきた。昼頃、雅夫が高知新聞社から退職金をもらって帰宅した。雅夫と登美子は手わけして主だった債権者を回った。在職十四年では退職金の額も知れていて、瞬く間に消えた。夕刻、二人は長女とともにはりやま橋の朝鮮料理店へ行った。長女は上京が決まったときから「お母さん、あなた方が上京する前の晩、私が朝鮮料理、おごるわね」といって力づけてくれていた。「どんどんおあがりよ。ここの焼肉、タレがとってもおいしいのよ」と長女はあかるくふるまった。

自分が居なくなれば、精神的にいちばん参るのは長女であるのを登美子はわかっていた。母親が東京へ行ってしまえば、長女が次女の世話をしなければならないからだ。登美子は恥を忍んで前夫の薫に手紙を書き、次女を引き取ってほしいと依頼していた。

「私が買ってやったこのクラウンも一月限りで手放さなければならなかったし、虚名にしろこの土地で名を知られた母親の評価が下がっていくのを、娘として見ているのは耐えがたいことだろうと思われた。借金のために敗退するおろかな人間を母親に持つＳ子に、私は心のなかでいく度わびたか知れない」と手記にある。

一月二十一日朝、雅夫と登美子は高知を去った。駅から出した小荷物にはナベやカマのほか書き溜めた原稿や資料、大切に保管していた猛吾の日誌、『広辞苑』、大正九年に東京一誠社から発行された『名文の秘訣及びその文例』というかつて父親が持っていた本などが入っていた。ちょうど三年前、登美子が薫や娘たちと暮らしていた県営アパートを飛び出したときも粉雪だったが、この日も雪が降った。

第九章　都の落人

一宿一飯の愚痴

昭和四十一（一九六六）年一月二十一日、登美子が新大阪駅から初めて乗った新幹線は米原付近で雪のため立往生し、四十分も遅れて東京駅に着いた。到着ホームには東京で唯一の知り合いである雅夫の中学時代の友人、Nが待っているはずだった。だが、ホームに彼の姿はなく東京に第一歩を踏み出した途端、二人は不安にかられた。必死に探し回って北口の待合室にぽつんと座っていた友人を見つけ、胸をなでおろした。Nは新幹線が大雪のため大幅な遅れになるというのでひとまず待合室で待機していたのだ。

Nは新宿の焼き肉店「馬上盃《ばじょうはい》」でご馳走をふるまったあと、タクシーで甲州街道沿いにある杉並区下高井戸の家へ二人を連れ帰った。彼の父親は企業経営者で豪邸に住んでいた。一宿一飯の恩義にあずかったにもかかわらず登美子は「親父さんなどに挨拶して風呂に入り、十一時ようやく休ませてもらう。夜具はふかふかだけれど、電気毛布でないので寒くて寒くて震えどおし。眠られず」と日記で愚痴っている。

翌朝、N夫人が屋敷から徒歩三分の、すでに入居の手配を終えた桜上水のアパートへ案内した。家賃が六千八百円という安普請のアパートで桜泉荘といった。二階の西日が差しこむ六畳一間。それが二人に用意されていた住まいであった。「ボロだけれど、仕方がないわ」、これが登美子の感想であった。

夜逃げ同様の身なのだから、電気毛布がどうだの、ボロのアパートだのと口に出していえた義理ではなかった。もっともこれくらいのふてぶてしさが、大都会で生き抜くためには必要であった。二人は真っ先に七千円の石油ストーブと五百円の灯油一缶、それに九百円の箒《ほうき》と千九百八十円のコンロ、二百円のゴムホースを購入した。暖房の大切さは高知で骨身にしみていたのだ。

当座は雅夫の失業保険でしのぐ算段だったが、これは甘かった。失業保険はすぐには支給されなかった。手持ちの現金はわずかで、翌日から生活費を稼がねばならず、就職先が見つかるまで雅夫は箱貼りの内職を始めた。また登美子は売り込み用の短編をミカン箱のうえで書き飛ばした。

日記を見ると、登美子は東京に落ち着くと編集者につぎつぎと電話や手紙でコンタクトを取っている。アプローチしたのは中央公論社、新潮社、講談社、三一書房といった名の知れたところばかりで、女流新人賞の実績しかないおのぼりさん作家とは思えない行動ぶりだ。すぐさま持ち込み原稿が採用されたり、小説の注文を受けることはなかったが、高知でコツコツと築いた彼女の人脈づくりには端倪《たんげい》すべからざるものがあった。

登美子は真っ先に京橋の中央公論社を訪れた。「連」の担当だった編集者が親身になって相談に乗ってくれ、大学時代の友人がいる光文社の『女性自身』編集部を紹介してくれた。二月四日、千歳空港を発って羽田へ向かっていた全日空ボーイング七二七型機が東京湾に墜落し、乗員七人、乗客百二十六人が死亡するという大惨事があったが、その六日後、登美子は光文社を訪れた。二時間近く待たされたけれど、面接した『女性自身』別冊担当の編集者から企画提案があった。

四百字詰め原稿用紙八十枚で、女流新人賞の輝ける受賞者が四年の間にどうして破産したかを赤裸々に描いてみないかと。飛びつくようなテーマではなかった。だが、食うためには書くしかなかった。注文に応じた登美子は恥も外聞もかなぐり捨てて一気にこれまでの経緯をつづった。本書でしばしば紹介してきた手記である。

手記を書き終えたあとも、どういうわけか飛行機事故が相次いだ。三月四日、羽田でカナダ太平洋航空のDC八型機（乗員十人、乗客六十二人）が濃霧のために着陸に失敗し、六十四人が死亡、八人が救出された。翌五日、イギリス海外航空のボーイング七〇七型機が富士山上空で乱気流に巻き込まれて墜落、乗員十一人と乗客百十三人が死亡した。わずかひと月の間に飛行機三機が事故に遭い、三百二十一人の生命が奪われた。無情の世に自分の境涯を重ね合わせ、登美子の心は沈んだ。

手記は原稿用紙にして九十一枚の分量になった。登美子はこのときもらった原稿料を干天《かんてん》の慈雨《じう》のごとく感じ、その有難味を終生忘れることはなかった。その後も苦しい日々はつづくが、あちこちの出版社から仕事をもらい、日銭を稼いだ。雅夫も新聞広告で記者を募集していた業界紙に就職し、その日暮らしの不安から解放された。高度成長期の波に乗ってメディアの世界も活気づき、新聞社や出版社は編集経験のあるベテランを求めていた。

貧しいなかにも生活のペースが定まると、東京の魅力を感じる余裕もでてきた。快晴の冬の朝、桜上水の陸橋の上からくっきりと富士山が見えた。登美子は真冬の富士の凛《りん》とした姿に感動した。破れたオーバーを着て外出しても、人目を気にする必要もなかった。東京砂漠の、殺伐とした無関心さに彼女はむしろ心地よさを感じた。

桜上水のアパートそばに墓地があって、ときどきチンドン屋が骨休みに立ち寄り、クラリネットを吹いていた。机に向かって執筆中、登美子はときにはその音色に聴き入った。半面、大都会特有の傍若無人さに辟易することもあった。とくに隣室の騒音に苛立った。二階にある六室のうち四室はキャバレーのホステスが借りていて、ときどき午前様の彼女たちは当たりをはばからずどんちゃん騒ぎを始めた。我慢も限界にきて「静かにして！」と登美子は注意したが、「くそばばあが、なにをいう！」といっそう暴れまわる始末だった。

アパートの大家に苦情を訴えた翌日、登美子は雅夫と散歩がてらアパート探しに出かけた。

途中、高級住宅街に踏み入り、長嶋茂雄の屋敷を二人はうっとりと見入った。この日、あちこち探したなかに気に入ったアパートがあった。だが、家賃が高くあきらめざるを得なかった。

冷蔵庫も扇風機もない夏の猛暑は耐えがたかった。すこしでも環境のよいアパートへ移るには、収入をふやすしかなかった。女性誌のアンカーは報酬もわるくなかったし、いくらか読ませる文章を書く修業にはなったが、登美子には決められた時間内にリライトする仕事は向いていなかった。

十月初旬、自分の創作は行き詰まり、他人の文章を書き直す日々にもうんざりした登美子は、新聞広告で『赤ちゃんとママ』という育児雑誌で編集者を募集しているのを見て、迷わず応募した。上京から十か月後のことだった。巷ではミニスカートがブームになっていた。

赤ちゃんとママ社の社長、小山久二郎《おやまきゅうじろう》はかつて小山書店を経営していた。昭和二十六（一九五一）年、小山書店はD・Hロレンスの『チャタレー夫人の恋人』（このときの書名は『チャタレイ夫人の恋人』）を刊行した。社長の小山は訳者の伊藤整《せい》とともに、わいせつな描写があると知りながら販売したとしてわいせつ頒布罪に問われた。「わいせつとはなにか」をめぐって現在では想像もつかないほどの論争が展開され、チャタレー裁判は世間の関心を呼んだ。小山書店は野田宇太郎、広池秋子、江崎誠致《まさのり》といった詩人や作家が巣立ったところでもあった。敗訴で小山書店は倒産。その後、小山は赤ちゃんとママ社を原宿のマンション地下の１ＤＫに立ち上げ、ゆくゆくは小山書店の再興を図るつもりでいた。

十月十二日、１ＤＫの会社で面接を受けた登美子は「その日の風景は目に焼き付いています。

原宿駅の竹下口に立って見回したら、表参道まで見渡せた。平屋の家と商店が並ぶ風景は、高知にも似ていました。八百屋でつぶれたトマトとか売っていたんですよ。東郷神社の横の石ころだらけの坂道を下って明治通りを渡ったところ、低層の暗い汚いビルばかりが立ち並ぶ底の底に赤ちゃんとママ社がありました」と回想している（朝日新聞平成二十年六月十七日夕刊）。

小山は履歴書にあった女流新人賞受賞という記載を見て、採用した。初任給は四万五千円といわれ、予想以上の額に登美子は小躍りした。多額の借金を背負っていた彼女は、とぼしい家計のなかから毎月三万円を返済にあてていた。ラーメンが百円だった頃のことだ。

十月二十日、吉田茂が八十九歳で死んだ。その五日後に初めての給料が出た。勤めてから二週間足らずで二万二千百九十円もらった。夕方、新宿の二幸前で雅夫と待ち合わせ、緑屋でコート、スーツ、セーター、靴を月賦で買った。そのあと、「馬上盃」で焼肉を食べた。上京した夜、友人のNにおごってもらった思い出の店で二人は寒かったあの夜を振り返り、苦労してつかんだ現在の小さな幸せをかみしめた。

三十一日、戦後初の国葬が九段下の日本武道館でおこなわれた。日記には「吉田茂の国葬。赤ちゃんの離乳食の料理で四時半から撮影」とある。

申し分のない給料だったが、経営が安定せず、支給が遅れるときもあった。それでも登美子に大きな不満はなかった。少人数の社員しかいなかったが、それぞれに味わい深い人たちばかりであった。小山はこの年の六月七日、八十二歳で亡くなった元学習院院長の安倍能成《よししげ》と縁戚関係にあった。『赤ちゃんとママ』編集長は小山の次男、敦司《あつし》であった。

赤ちゃんとママ社は東郷神社近くのマンション地下にあった。宮尾登美子にとってこの境内は憩いの場でもあった

それから三十八年後のことだが、平成十六（二〇〇四）年十一月十五日、帝国ホテルで天皇家の清子《さやこ》内親王と東京都職員の黒田慶樹の結婚披露宴がひらかれ、その模様がテレビで放映された。テレビニュースを見ていた登美子は、両陛下が出席された披露宴の司会役を敦司がつとめているのに目を見張った。当時、編集長は皇室についてなにも語らなかった。登美子は天皇家と元上司の親しい関係に驚いた。

　編集長とはよくけんかした。負けず嫌いの登美子がくってかかることもあった。小山を訪ねてくる伊藤整から「敦司君と仲良くしなさい」とたしなめられたこともあった。不満もあったが、女流新人賞の選者であった伊藤ら尊敬できる人たちと出会い、肥やしになることの多い職場だった。

　夜、登美子は机に向かった。雅夫の寝息を聞きながら短編を書きまくった。一晩に三十枚以上を書いたときもあった。一作書き終えるごとに出版社へ売り込んだ。だが、浮世の風はいつまでも冷たく、登美子の小説を拾ってくれる編集者は一人としていなかった。ある出版社の編集者からは何回となく持ち込む登美子の熱意に同情したのか、一度だけボツ原稿に稿料が送られてきた。

　有楽町の花屋でピンクの菊を見て、思わず涙ぐんでしまったこともあった。女流新人賞受賞の東京会館で贈られたピンクの大輪の菊の花を思い出したのだ。勤め先ともしっくりいかず、創作もままならず、登美子はうつうつとした毎日を過ごした。時折立ち寄る書店できれいな装幀の本を見るたびに、ボツにされた原稿用紙の束がうらめしくなった。そんな折、登美子は私家版という形の本に魅せられた。これが彼女に大きな飛躍をもたらすきっかけとなった。

　登美子は毎月、野田宇太郎の家を訪れていた。野田の書斎で登美子は彼の私家版に目を奪われた。『新東京文学散歩』というベストセラーを持つ野田だったが、彼は自作の詩などを自分で本にしていた。自費出版は金がかかるけれど、自分の好みの装幀がつくれる。資金さえ準備すれば、自分の思い通りの本ができるというしごく当たり前のことに登美子は思い至って、やたらに興奮した。

猛吾の日誌に強い衝撃

昭和四十三（一九六八）年三月三十日、登美子は赤ちゃんとママ社を辞めた。一年と五か月の勤務で退職金は七万円だった。翌日の日曜日、登美子は雅夫と新宿の伊勢丹で買いものをしたあと、紀伊國屋書店へ寄って原稿用紙を大量に買い込んだ。時間をたっぷり手にした彼女は高知から持参した父親の日誌を本格的に精読し、あらためて強い衝撃をうけた。

「資料の宝庫でした。それはすごいものです。天候、温度、手紙の受信、発信、電話をもらった人、電話をかけた相手はもちろん、当時の物価や生活の様子が克明に書かれている。散髪代や『講談倶楽部』の代金、あるいは『本日松茸の初売り、百匁一円八十銭で買う』といったぐあいです」と登美子はいった。とくに満州旅行の記録はとても参考になった。

「何時発の特急『あじあ号』に乗って、その汽車賃はいくらだとか、船のなかでボーイにやったチップの金額とか、とにかく父はきちょうめんにつけているんですよ。それから父はよく贈りものをしているんですね。こまごましたことを、感情をほとんど入れずに記録している。生家にまつわる話を書くうえで、この日記は非常に威力を発揮したわけです」。そう登美子は語ったが、長い放浪の末、やっと鉱脈にたどりついたのだ。芸妓娼妓紹介業の営業日誌も残っていた。

「営業日誌というのは『何野何江、本籍、現住所、生年月日』とあって、その女性の来歴が書いてあるんですね。最初は三百円でどこへ行ってどうしたと。それで『あまりに住み替えの時期が早いので、懇々と本人に言い聞かせる』とか書いている。なかなか正義派なんです、父は。あるいは『この子は母親の遺骨を放置してある。高野山に行くので、その際、埋葬するよう勧める』とか、非常に面倒見がよかったんですね。だから女の子たちがおじさん、おじさんといって頼りにしていたんだと思います」

父親と芸妓らの心のふれあいを日誌で知った登美子は、これで踏ん切りがついたという思いにかられた。家業をさらせば世間からさげすまれるにちがいないが、それでもかまわないと覚悟を決め、また『櫂』の手直しに取りかかった。

書く作業に取り組む一方で、彼女は下調べや知識の集積といったものの書きとしての基本的な習練に打ち込んだ。表現の方法に徹底的にこだわり、日本語の学習と社会風俗の探求にいっそうつとめた。また、折々に広辞苑から拾う、気に入った語彙《ごい》のノートづくりも怠らなかった。登美子は『櫂』を自分でもわからないほど書き直したが、そのつど気持ちをあらたにしてペンを取った。すこし日記から拾ってみよう。

「今日から長篇書きはじめる。たいへん滑り出しよく、気に入って興奮し、のぼせる。一日中書いていたいが、雑用あって、途中でたびたびやめなければならぬ。今日は寝ようとしても、興奮しきっていて眠られぬ」(四月二十日)、「ずっと机に向かっている。書くことが、こんなに楽しいとは思わなかった」(四月二十三日)、「朝から荒い雨。懸命に書く。風呂へ行く時間も惜しくて、五時半まで」(五月七日)、「仕事に何の疑いも持たず、一種のエクスタシーをもって書ける日がある。今日はそれに近かった。何も考えず書いているのは、最高の幸せ。夜寝床に入って、しばらくお祈りをする。この恍惚境がいつまでもつづきますようにと」（五月二十二日）。
「蒲団干す。晴れたよい天気。今日は書けそうな予感がする。午前中頑張る」（五月二十四日）、「朝から三時半まで机に向かう。どうも、すらすら書くのはいけない。夜、ロバート・ケネディが撃たれた宇宙中継を見て、十二時すぎに寝る」（六月五日）。民主党大統領候補のケネディ上院議員はカリフォルニア州の予備選挙で勝利宣言を終えたあと、ロサンゼルスのアムバサダー・ホテルでヨルダン人に狙撃され、二十五時間後に死亡した。四十二歳だった。十五日、東大の安田講堂が過激派に占拠された。
「夕方風呂へ行き、風呂のなかで考えたが、あせらずもう一度書き直してもよいと思う。ドストの十三年からくらべれば、私など短いものだし、開高氏だって三年間よそ見せず書き下ろしを書いたという。私ならさしずめ五、六年、他のことを一切やめて書いていいのだし、これからはなるべく貧乏にも甘んじて、作品本位でものを考えよう。原稿を金に替えるなんて了見は絶対に起こさないことだ」（七月九日）
　ドストとはドストエフスキーのことで、借金返済に追われていた点では登美子もロシアの文豪と肩を並べていた。『カラマーゾフの兄弟』の作者や開高健《かいこうたけし》に学んで長編の書き下ろしに軸足を移したのは正しかった。むろん、生活のためにその間、短編小説や雑文を書きまくり、出版社に売り込んでいた。だが、創作の中核を定め、そこに力点を置いた密度の濃い仕事ぶりが登美子の技量を徐々に高め、世に羽ばたくエネルギーの仕込み期間となった。

ボツになった自信作

七月十一日、登美子は『櫂』第一部の大筋を書き終えた。これまでの彼女ならすぐさま知り合いの編集者に電話し、懸命に売り込みを開始するのだが、このときは踏みとどまった。せっかく探り当てたダイヤモンドの原石である。それでなくとも自分は力不足なのだから、念には念を入れて自分が納得するまでとことん磨こうという気構えだった。

失業保険の支給も終わりに近づいていた八月十六日、登美子は即売で読売新聞と産経新聞を買った。この夏は札幌医大付属病院で和田寿郎《じゅろう》教授による日本初の心臓移植がおこなわれ、話題になった。彼女は心臓移植のニュースに関心があったが、このときは求人欄を見るためだった。赤ちゃんとママ社を辞めたあと、失業保険をもらっても毎月、二万円前後の赤字になった。やはり勤めるしかないかと、求人情報に目を通したが、気に入ったところはなかった。

内職や雑文で生活費を稼ぎ、最重点の『櫂』の手直しに取り組む一方で、明治時代の土佐出身の一絃琴《いちげんきん》奏者をモデルに長編の構想を練っていた。五年ほど前の昭和三十七年秋、登美子が社協を退職し、文筆活動に入っていた頃、高知市小津町の寺田虎彦記念館でひらかれた一絃琴の人間国宝、秋沢久寿栄《くすえ》の演奏を聴き、一絃琴に魅せられた。登美子がモデルとしたのは秋沢の師匠、島田勝子だった。

八月二十三日の日記には「一絃琴の島田勝子を書くこととし、一日中ずっと年表をつくったり、抜き書きをしたり、面白くて食事をするのも忘れる」とある。作者自身がこのように面白がって取り組む作品は成功する確率が高い。実際、九月に入ってから説話体で書き始めた作品は、講談社の女性編集者のすすめで長い歳月を経て書き下ろし長編『一絃の琴』となって結実した。

九月十二日、一心不乱になって格闘した『櫂』第一部をいよいよ世に問うべく、登美子は中央公論社『婦人公論』編集部のもっとも親しい編集者へ電話した。五百三十枚の渾身の力作を「連」以来のつながりのある編集部へ最初に持ち込むのは、そこから巣立った登美子としては当然のことだった。

十七日午後、雨のなか登美子は原稿を抱えて中央公論社へ向かった。五時すぎ、第三会議室で原稿を渡し、そのあと「ざくろ」でしゃぶしゃぶをごちそうになって、編集者と七時半にわかれた。食事に誘われたからといって採用の脈があるとは限らない。編集者にいったん原稿を渡せば、採否の返事は一週間後か、ひと月になるのか、あるいはもっとかかるか、ひたすら待つしかなかった。おそらく原稿を預かった編集者は困惑したと思う。この枚数では雑誌に掲載するのはムリで、単行本の企画部門に採否をゆだねたはずだ。

ひと月が過ぎてもなんの音沙汰もなかった。自信作が野ざらしにあっているようで、登美子は落ち着かなかった。十月十七日、川端康成がノーベル文学賞を受賞することが決まった。さりながら登美子にとって晩秋の浮世の風は冷たく、漏れ伝わってくる『婦人公論』編集部の反応はイマイチであった。十一月六日夕刻、ようやく編集者から「会いたい」という電話があった。原稿を渡してからすでに六十日が経っていた。十二日に会うことにしたが、電話の感触からして採用の可能性は限りなくゼロに近かった。

「どうも原稿、もどされるらしい。がっかりしてしばらく横になって考える。どうしてあれがだめなのか。『婦人公論』に断わられたら、実質上、もうどこの会社へも持っていけず、私はまた二、三年、逼塞《ひっそく》しなければならぬ。金も欲しいし、身体は弱し、困ったことだ。食欲もなし」と六日の日記は登美子の絶望感を伝えている。やはり原稿は不採用だった（『婦人公論』編集部とはべつの部署の判断と思われる）。ほかの出版社へも打診したが、手応えはなかった。

世にゴマンといる作家志望のほとんどはこの段階で挫折し、まず立ち直れない。だが、土佐の女は強い。登美子には、挫折をバネにする負けじ魂があった。落ち込みから立ち直ると求職に動いた。日本のGNP（国民総生産）が西ドイツを抜いてアメリカについで第二位となった年で求人はけっこう多かった。新聞広告で第一生命の子会社、第一生命住宅（現在の相互住宅）でPR誌『さんるうむ』の編集者を募集しているのを知った登美子は、年齢制限四十歳という条件に二歳オーバーしていたが、また年齢を偽って応募した。応募者四十人のなかから登美子一人が採用された。またしても女流新人賞受賞という経歴のおかげだった。

「それでは必要な書類をそろえて下さい」といわれ、登美子はうろたえた。そのなかに戸籍謄本があったからだ。「ちょっと田舎なもので……」と彼女は出まかせを並べると、「そうですか」といったきり催促することもなかった。登美子の身分は嘱託で審査が甘かった。本採用なら書類提出のとき、年齢詐称が見破られて弾き飛ばされていたはずだ。

マッカーサーのビルで

昭和四十四（一九六九）年になった。元旦、同じアパートのべつの部屋を借りて呼び寄せていた次女を加え、登美子と雅夫はおせち料理が並ぶ食卓を囲んだ。二日、夫婦は京成電車で成田山新勝寺へ初詣に行った。彼女はもの心がついてから初詣を欠かしたことがなかった。高知にいたときは下町の潮江《うしおえ》天満宮が登美子の氏神様だった。上京してからは明治神宮、浅草の観音様、川崎大師など順々にお参りしていた。届いた年賀状は七通だった。

四日、第一生命住宅五反田支店へ初出勤した。『さんるうむ』編集室といってもスタッフは登美子一人で、仕事は自社マンションやアパートのテナントに配布する隔月発行の八ページのパンフレットづくりだった。出勤は月、水、金の三日間で仕事そのものも楽だったが、その分給料は安く、一月二十日に支給された給料は二万五千百二十円だった。この日、東大は入試中止を決定した。

高級マンションを取材で訪問するたびに登美子はうっとりしたが、自分たちの目標は日本住宅公団（現在は都市再生機構）の賃貸住宅の抽選に当たることだった。すでに何度も申し込んだが、落選の連続だった。登美子にくじ運がなかったというよりも、それだけ倍率が高かったのだ。地方出身の中流サラリーマン家庭は競って１Ｋから３ＤＫのモダンな公団住宅にやすらぎの場を求めた。とくに交通の便のよい二十三区内の公団住宅は、それほど家賃が安いわけでもなかったのにどこも高根の花であった。

威風堂々とした日比谷の第一生命ビル。宮尾登美子はこのビルにあった書店の上客で毎月のツケの額はトップクラスであった

四月十八日、皇太子家（現在の天皇家）で紀宮《のりのみや》清子《さやこ》内親王が誕生した。それから十九日後に『さんるうむ』編集室は五反田から日比谷へ移った。皇居前のお堀端に面した、かつてマッカーサーが君臨したGHQのあった第一生命ビルの一室に第一生命住宅の営業部が陣取っていた。その大部屋の片隅が編集室となった。マッカーサーの側近が選り取り見取りの都心のビルのなかから選んだベストワンの建物であった。原宿のマンション地下の1DKにあった赤ちゃんとママ社とは文字通り雲泥の差であり、この歴史的な建造物のなかで登美子はさまざまな経験を積んでいった。

　この年の日記には、仕事の苦労や取材先がつづられている。「仕事は池田弥三郎をはじめ、次々と断られ、夕方六時すぎまでのTELで、とうとう青島幸男から芦田伸介まで断られ、いやになってもどる」（五月二十六日）、

「昼前、帝劇に高島忠夫インタビュー。彼、化粧をしながら答えてくれる」（五月二十九日）、「安達瞳子《とうこ》の出演料についてまた交渉に五反田へ」（五月三十日）、「飯田深雪直伝のお料理を撮影」（六月五日）、「安達瞳子の原稿取りのため出勤。九時ＴＥＬするとできてないというので、信濃町のマンションに行って写真だけでも借りてくる」（八月十六日）。「赤坂の前田外科を訪ねて取材。院長さん、手術の手を鍛えるために山に行って木を伐るとのこと」（九月三十日）、「田中澄江氏宅取材。玄関の小さな椅子の前でお薄ご馳走になり、話したっぷり聞いて、あとＮＨＫまで息子さんの車で田中さんと一緒にもどる」（十月九日）、「町春草さんを訪ねる。おみやげに『刻』という字を書いてくださった。彼女も刻苦勉励《こっくべんれい》するのだろうかと、しばし字読みながら考える」（十二月二十四日）といった具合で、登場する人物の名前が懐かしい。

登美子にとってこの年の忘れられない出来事の一つは高松市の雅夫の兄のもとに身を寄せていた姑の他界だった。もし登美子が自伝的小説の五番手を書いていたなら、この老女はまちがいなく主要人物の一人として登場し、個性豊かに描かれたはずだ。雅夫のもとに「ハハキトク」の電報があったのは、六月十三日のこと。雅夫は高松へ行く旅費や手土産を買うお金に四苦八苦した。

東京駅から特急寝台に乗車した場合、高松までの乗車券が三千六十円、寝台券千五百円が必要だった。交通費はなんとかなったが、それだけで済むはずもなかった。有り金をかき集めて雅夫は出発し、臨終に間に合い、十五日午後、母親は死んだ。「スグコイ」の電報に登美子は雨のなか着物を抱えて質屋へ走った。黒地に青の横段の大島紬《つむぎ》に二万円ほど貸してくれた。

登美子は十五日午後六時、桜上水のアパートを出て東京駅へ向かった。寝台特急「瀬戸一号」は夜七時五十五分に発車し、登美子は翌十六日午前十時二十二分、高松駅に着いた。だれも迎えに来ていなかった。ベンチに座って迎えを待っている間に、「いろいろ考える。ひとりでに涙したたり落ちる」と日記は伝える。姑の死を悲しむ涙か。それとも自分の才能に自信を喪失したのか。

結婚を強く反対された姑に登美子はずっと心をひらくことができなかった。半面、登美子は姑に強い自責の念を抱いていた。母親と雅夫の平穏な生活をぶち壊し、宮尾家の親族にまで借金をしたのはまぎれもなく自分だったからだ。

葬儀を終えた登美子は雅夫を残して東京に舞い戻り、出勤した。直属の部長をはじめお悔やみをまともにいう人はいなく「嘱託の身分とはこういうものらしい」と日記で愚痴った。もっとも彼女ほど嘱託の気楽な身分を存分に利用した人はそう多くあるまい。

大部屋の片隅にある三角形の登美子の席はカーテンで仕切られ、それを引けば昼寝をしようが、編みものをしようが外からはわからなかった。彼女はしばしば勤務時間の大半を小説の執筆や私的な読書についやした。とりわけ森鷗外に夢中になった。カーテン内の読書や執筆に飽きると、日比谷図書館でペンを走らせ、本を読んだ。

午前中、歩いて六、七分の有楽町の交通会館ビルへこっそりと出かける日もあった。帝国ホテルでガウンの下になにも着けていなかったマリリン・モンローをマッサージした浪越《なみこし》徳治郎の指圧ルームがお目当てだった。仕事をサボって午前中からマッサージでリフレッシュするとは、たいした度胸であった。しかも一回の指圧代は千七百円。子供の頃からあんまの世話になってきた登美子にすれば、これは生きていくうえでの必要経費であったのだろうが、それにしても貧乏所帯にしては過剰な出費といえる。会社に待遇面などで文句をいいながらも、世渡り上手の登美子はマッカーサーがいたビルで申し分のない嘱託生活をおくった。

家具を買える喜び

昭和四十五（一九七〇）年の元旦の年賀状は前年より三通ふえて十通だった。夜、雅夫と花札三番勝負をおこない、登美子は二対一で勝った。二日、二人は銭湯で朝風呂に入り、昼過ぎに川崎大師へ初詣に出かけた。多摩川の向こう岸は大田区で南六郷に大規模な公団住宅が夏の完成を目指して建設工事がすすめられていた。夫婦はこの新団地に応募していた。

六日、登美子は出勤し、カーテンを閉めて円地文子の『女坂』を夢中で読んだ。読み終えると第一生命ビルのなかにある書店に駆け込んで、また円地の文庫本をツケで買った。八日、カーテンの陰で円地の『朱を奪ふもの』を一気に読了。九日、またまた円地の『傷ある翼』を一心に読んだ。「円地女史、やっぱり大した人」「ただもう目を見張り、心を奪われるなり。吐息が出る」と日記は伝える。

円地文学を堪能したあとは、いつものように分厚い広辞苑をぱらぱらとめくって難解な文字や面白い表現を見つけてノートにメモする語彙のコレクションを楽しんだ。十七日は「一日ずっと広辞苑をひらいて言葉を拾う。面白くて我を忘れる。何かに一生懸命になると、しばらく憂さを忘れている」と日記にある。

抜き書き専用のノートをそばへ置いて興味のある単語を写していくだけの単純作業だが、登美子はしばしば仕事を放り出して熱中した。こうして宮尾文学を彩《いろど》る華麗なる日本語の多くは第一生命ビルの一角でコツコツと蓄積されていった。

勤務先の肝心の仕事のほうは、一体、どうなっていたのか。さいわいというべきか、第一生命住宅は鷹揚な会社であった。景気がよかったということもあって、カーテンの裏側でＰＲ誌の嘱託編集者がなにをしているのか、一切関知しなかった。

登美子はしたたかだった。勤務中にたっぷり私的な時間をついやしながら、自分のアシスタントとしてバイトを雇ってほしいと会社に要望し、それを認めさせた。自己本位の態度については批判もあろうが、組織を動かすツボのありかを的確にさぐり当てて、それを自分のために活用していく才覚はあっぱれといわざるを得ない。高知新聞以来、いかんなく発揮されたお偉方キラー、編集者や編集幹部の操縦法のたくみさは生涯にわたって存分に展開された。

八月十一日、昼前、雅夫から電話があって、ついに南六郷の団地に当選したという。途端に登美子は自分の仕事も、もちろん会社の仕事も手がつかず、あたりをウロウロ、ソワソワし、帰宅してもずっと興奮状態がつづき、夜も眠れなかった。大田区の南六郷二丁目公団住宅の三号棟、十四階建ての十二階、一二一八号室当選は、彼女のマイホーム史のなかでいちばん心が

宮尾登美子が暮らした南六郷二丁目公団住宅の三号棟は左端の建物で訪れた日は外装工事がおこなわれていた。土手が散歩コースで多摩川はこの前面、富士山は左側になる

躍る出来事であった。

京急本線雑色《ぞうしき》駅から多摩川べりの建物まで歩いて十二、三分ほど。駅を出て右に折れると第一京浜だ。大通りを渡って水門通り商店街をまっすぐすすむ。突き当たりの右側が南六郷二丁目で、多摩川側から見れば一号棟をなかに二号棟、三号棟がコの字型に並ぶ。土手に上れば多摩川が見え、見晴らしもよい。季節によっては富士山も見える。初めて部屋へ入った登美子は眼下の景色に満足したが、ひとこと「暑い」ともらした。

この年の夏から銀座や新宿などで休日の歩行者天国が始まった。登美子も入居の日取りが決まると、歩行者天国の街へと飛び出すことが多かった。新しい住まいに配置する家具選びで、すさまじいほどの買い方であった。アパート一間の生活では、家具を買うのは夢のまた夢であった。デパートの家具売り場をうろついて、ため息をもらしたのは二度や三度ではなかったのだろう。

猛暑の休日。雅夫と登美子は新宿の緑屋、ハルクなどを駆けめぐって洋服ダンスや三面鏡、下駄箱、ライティング机、じゅうたん、食堂テーブル、ガスレンジなどを買いまくった。総額十六万四千六百九十円のほとんどは月賦で、この日の支払い分は六万五千八百五十円だった。八月三十日、一家は上京以来、四年と七か月住んだ桜上水の桜泉荘を出て公団住宅に移った。

林芙美子の生き方に共感

十一月一日、登美子は新宿の紀伊國屋ホールで劇団浪漫劇場による三島由紀夫の戯曲「薔薇と海賊」を高知から上京した佐藤いづみと一緒に観た。主演は村松英子と中山仁《じん》だった。三島は大正十四（一九二五）年一月十四日の生まれで登美子より一つ年上の四十五歳であったが、同世代という親近感があり、彼女は早くから三島の熱心な読者であった。

三島は「薔薇と海賊」が再演されたとき、客席で涙を流しながら舞台を観ていたというエピソードがある。それほど三島にとって思い入れの深い作品を観劇したあと、登美子は恩師と家へ戻って三島の戯曲の魅力について語り合った。二十二日、テレビニュースが麻布でマンションが爆発したと報じていた。翌朝、新聞を読むと自社のマンションだった。彼女はカメラを持って現場へ飛んだ。保安帽をかぶり、報道カメラマンのように夢中でシャッターを押した。

二十五日、外出していた登美子は午後二時半、編集室へ戻ってアシスタントから市ヶ谷の陸上自衛隊東部方面総監部で三島が割腹自殺したと知らされた。彼女はめまいがするくらいに動揺し、テレビにかじりつきながら「なんでまた自殺」と繰り返しつぶやいた。そこへ『さんるうむ』を印刷している銀座の細川活版所（以下、細川活版）の営業担当者があらわれた。編集者はたいがい印刷会社の営業担当に頭《ず》が高い。登美子も彼を見つけると「夕刊、全部買ってきてよ」と言いつけた。翌朝、登美子は即売で新聞をすべて買い、週刊誌が発売になると、その大半をむさぼり読み、三島の死について考えつづけた。

昭和四十六（一九七一）年になった。元旦の年賀状は前年より三通ふえて十三通だった。二月九日、登美子はＮＨＫ朝のワイド番組「こんにちは奥さん」を真剣になって見つめていた。鈴木健二アナウンサーの軽妙な司会でスタジオの主婦とともに生活情報を伝える人気番組だった。彼女は午後四時半、鈴木アナに取材することになっていた。用もないのに部長以下、三人が登美子に同行した。「金魚のふんみたいについてきて、ジロジロ鈴木さんを眺めている」と日記にある。

もっとも、登美子も巷のミーちゃん、ハーちゃんと変わらなかった。某日、フジテレビで石坂浩二に会った登美子は職場へ戻ると興奮して取材の様子を語った。このとき、石坂に会えた時間はわずか五分間だったが、彼女はまるでスターとデートでもしてきたかのようにしゃべりまくって、第一生命住宅の若いＯＬたちを羨ましがらせた。

三月二日から五月二十七日まで、有楽町の芸術座で菊田一夫脚本の「放浪記」が再演された。初演は同じ芸術座で昭和三十六年の十月から十二月までひらかれ、その後、名古屋の名鉄ホール、大阪の梅田コマ、そしてふたたび芸術座とロングランをつづけた。主人公の林芙美子を演じたのはいうまでもなく森光子であった。

この原作を登美子は女学校時代に読んでいた。だが、私生児として生まれた芙美子がカフェの女給をしながら生活苦と格闘する姿にさして感動を覚えなかった。私生児という出生時の境遇は似ていても、お嬢さん育ちの登美子には「貧乏って楽しそうだなあ」ていどの感想だった。だが、年を経るにしたがって芙美子の生き方に共感を覚えるようになった登美子はとくに平林たい子の『林芙美子論』に感銘を受けて以来、「放浪記」の主人公を高く評価するようになった。

某日、登美子は友人と芸術座で「放浪記」の再演を観ながら何度も目をぬぐった。友人がハンカチを渡してくれた。貧乏のどん底にあっても作家の道をあきらめなかった芙美子だが、原稿を持ち込んでも不採用ばかりで、出版社へ預けた原稿がその日のうちに速達で戻されたこともあった。生活のために芙美子が五十銭で身を売ったといううわさをささやき合う人々に「それをいう人は食べる心配もなく、雪の日に自分はぬくぬくと炬燵《こたつ》に入り、雪道で難渋する人をあざ笑うに似た行為とはいえないだろうか」と登美子は問いかけるのだった。

登美子は芙美子のようにたびたび男に捨てられることもなく、もう亭主で悩むこともなかった。雅夫との円満な夫婦関係が彼女の創作活動を支えていた。相変わらず書いてはボツ、書いてはボツの繰り返しであったが、登美子には期するところがあった。長編『一絃の琴』の執筆をコツコツとつづけるとともに、家宝のように大切にしてきた『櫂』第一部をだれの手も煩わさずに思い通りの本にするプランを胸に、いずれ自分にも芙美子のごとくヒノキ舞台へ躍り出る機会がやってくるのを信じて、机に向かった。

第十章　多摩川の遅桜

凝りに凝った自費出版

昭和四十七（一九七二）年になった。大田区の南六郷二丁目公団住宅で迎える二度目の元旦だった。三号棟の十二階、一二一八号室で登美子と雅夫、それに次女と婚約者の四人は昼前から炬燵に入って、銚子五本をあけた。そのあと夜まで花札とトランプに興じた。勝負の結果は雅夫が六百円、登美子は三百円、婚約者が百五十円の負けで、一人勝ちの次女が千五十円を手にした。

新年早々から遊んでばかりいたわけでなく、ちゃんと登美子は年頭の計画を立てていた。第一に、ボツとなった『櫂』第一部を書き直し、完成しても出版社へは持ち込まず自費出版すること。第二に、私家版にはそれ相当の資金が必要だから貯金すること。第三に、職場の後継者を見つけ、後半はその人に任せ、第一生命住宅を年末までに退社すること。これが彼女の年間計画の三本柱だった。

正月休みがあけた一月八日、登美子は久し振りに『櫂』の原稿を取り出した。ざっと目を通し自分ではほんの部分的に直せばよいと思ったが、ためしに易占いをしてみると、それではいけないと出た。彼女は『櫂』の手直しにとりかかった。自費出版であるからもはや編集者の反応をいちいち考えることもなかったが、そのかわり自分を納得させなければならなかった。これがけっこうやっかいで、結局、書く苦しみに変わりはなかった。

平行して私家版の制作について考えをめぐらした登美子だが、こちらは、ああしよう、こうしようと思案すること自体が楽しかった。重要なのは印刷所選びだ。彼女は迷うことなく第一生命住宅のＰＲ誌『さんるうむ』を刷っている銀座六丁目の細川活版と決めた。略字ではなく、正字といわれる旧漢字を使うつもりなので、それには老舗《しにせ》の印刷会社でないと対応できなかった。明治十八（一八八五）年に創業の細川活版なら特別注文が可能だった。

一月中旬、三島事件のときに夕刊を買ってきてくれた細川活版の担当者がやってきた。登美子は喫茶店に誘って自費出版のプランを打ちあけた。だいたいの原稿枚数、印刷部数、判型、すべて旧漢字を使いたいことなどを話し、どのくらいの経費になるのか、およその見積もりをとってほしいと頼んだ。後日、見せられた細川活版の概算は給料の数倍だったが、登美子はゴーサインを出した。

二月十九日、連合赤軍の坂東国男ら五人は軽井沢の浅間山荘に侵入し、管理人の妻（三十一歳）を人質にとって立てこもった。二十八日、機動隊が突入し、五人を逮捕したが、機動隊員ら三人が死亡した。そのとき筆者は現場で取材にあたっていたが、肝心の現地よりテレビの生中継のほうがはるかに生々しく、日本列島津々浦々の茶の間や職場を釘づけにした。人質が救出される前後は、視聴率が八〇%を超えた。これはテレビの報道特別番組における新記録で、いまだに破られていない。テレビにかじりついていた登美子は五人が逮捕された翌日、駅のスタンドで新聞六紙を買ってオフィスで一日中読んでいた。

事件が一段落し、書き直しのほうも『櫂』第一部の第一章、第二章とスムーズに作業がすすんだ。四月一日は朝の九時から第三章にとりかかった。だが、読み直して登美子は愕然《がくぜん》とし「これは全部書き直さなければならない」と覚悟した。ペンが思うように走らなかった。「十時半起きて机に向かうがなんとも苦しい、書けなくて。死ぬかと思うほど苦しい。ようやく二枚ぐらい書けたのは夜十一時になってから。第三章がいちばんむずかしい」（七日）、「第三章でつまっている。書いても書いてもいかん。イライラして腹立たしく、彼に八つ当たりする。第三章がだめだから」（八日）と日記は彼女のもがきを伝える。

それでも二十四日までに第一章から第四章までの原稿を細川活版へ渡し、夏になる前にすべての入稿を終えた。もし印刷所が火災にあってすべての原稿が焼失したとしても、登美子は一言一句そのままに原稿用紙に書いていく自信があった。そんな神業《かみわざ》が可能だろうか、と思う人はすくなくあるまい。だが、筆者は不可能ではないと思う。囲碁や将棋のプロが過去の一戦一戦をその通りの手順で並べていけるように、記憶力のよい作家や記者ならメモなしでもある程度の復元はできる。何度も書き直した、思い入れの強いものなら、しっかりとインプットされている。言い換えれば、彼女はそれほどこの作品に全精力をそそいでいたということだ。

それでなくとも凝《こ》り性の登美子はもうだれにも遠慮はいらないと凝りに凝った。たとえば本文の最初のほうに「男衆《おとこし》の亀を連れ……」というのがあるが、この亀の字は十六画の旧漢字のカメの字を使った。十六画のカメは細川活版にもなかったので木彫りの特注品となった。また、学も十六画。医や豊にいたっては十八画で、いずれも特殊技術を持つ職人が彫り上げた。そのため活字代がどんどんふえていった。なぜ旧漢字なのか。登美子は、自分の筆が速くなるのをおそれたという。筆が走りすぎると、つまらない内容になりかねない。そこで「筆のスピードを落とし、文章を練り上げるために旧漢字にした」というが、いささか度のすぎたこだわりも自費出版だから可能だった。

六月十七日、佐藤栄作首相は退陣を表明し、七年と八か月におよぶ長期政権にピリオドが打たれた。永田町は田中角栄と福田赳夫《たけお》の一騎打ちで一挙に過熱した。角福戦争を制した田中は七月七日、首相となった。巷が角栄ブームにわいていた頃、登美子は私家版の表紙に張る唐桟《とうさん》(綿織物)を銀座の呉服店「ゑり円」で特別に織ってもらった。さらに新宿区山吹町の工房に本を入れる箱を注文した。内容にも、印刷にも、外装にも、つくり手の精魂と才覚、そして見栄と意地もたっぷり混じった私家版づくりだった。その間、冷や汗もかかされた。

終戦記念日の前日、夏休みでがらんとしたオフィスに出勤した登美子は箱の仕上がり具合が気になり、工房へ電話を入れた。だれも出なかった。午後、やっと通じたが、要領をいないところがあり、不安になって、四時半、タクシーを拾って山吹町へ駆けつけた。箱を見せてもらうと、背表紙の「櫂」が「濯」になっていた。仰天した彼女はやり直しを頼み、またタクシーで帰社した。往復のタクシー代を自分で払ったのか、それとも社用としたかは、わからない。

九月九日、私家版『櫂』第一部が完成した。のちにベストセラーとなる市販本『櫂』の原型である。奥付は「宮尾登美子自作本『櫂』第一部　五百部限定　発行所東京都大田区南六郷二丁目三五番地　公団住宅三号棟一二一八号　印刷所東京都中央区銀座六丁目四番地一号　細川活版所　昭和四十七年八月十七日刊」（原文は旧字）となっていた。

登美子は目を皿にして本文を読み返し、字が一つひっくり返っているのを発見し、細川活版に刷り直しをしてほしいと訴えた。課長と担当者が謝りにきたが、刷り直しではなく値引きするというので、了解した。登美子は担当者にきついこともいったが、よくやってくれたと感謝していた。二年後に細川活版の担当者が結婚したとき「結婚式は大嫌いですから、招待されても出ませんからね」とつねづね編集者などに公言していた登美子が禁を破って出席した。「彼は私の私家版をつくってくれた大事な人」というのが理由で、登美子にはそういう義理がたさがあった。

十四日から十六日にかけて一家総出で出版社や文学関係者、知人への発送にかかった。本を箱に詰め、宛て名を書いて郵便局まで持っていくのだが、これが重労働だった。四十六歳になっていた登美子は重い郵便物を両手にさげて南六郷二丁目の公団住宅十二階から郵便局まで何度も足を運んだ。また、彼女は五百部のなかの一冊をちょうど締め切りが迫っていた太宰治賞の応募作として提出した。芥川賞も直木賞も他薦で自分からはどうしようもなかったが、筑摩書房の主催する太宰治賞は自薦だった（筑摩は公平を期すため、装幀に凝った私家版を他の候補作

南六郷二丁目団地のすぐ近くで撮った多摩川。左手は平成18年11月11日に竣工した大師橋。川の向こうは川崎市で、橋から右へ1キロほどのところに宮尾登美子が初詣にいった川崎大師がある

品同様、コピーにして選考委員に配布した）。

この私家版を文壇への一つのステップにしたい。登美子にそういった打算はなかったといえばウソになるが、さりとて大いなる期待を寄せていたわけでもなかった。損得勘定が先立っていたら、とてもあれほどの凝りようはできない。努力型の人間にとって、なによりも心地よいのは達成感だ。私家版『櫂』の発送作業が終わってせいせいした登美子はふだんのように多摩川べりを散策した。ジョギングする人も、犬を連れた人も見慣れた顔だった。昨日と今日になんの変わりもなかったが、姿を隠した女神は多摩川のすぐそばまで近づいていた。

太宰治賞発表の日

九月二十六日、三号棟一二一八号の郵便受けに筑摩書房からの速達が入っていた。女流新人賞の

ときも中央公論社からの速達で運勢がひらいた。幸運は速達とともにやってくるという思いがよぎって、登美子の手は震えた。私家版のことで会いたいという内容に、彼女の目頭が熱くなった。数日後、筑摩の専務から「会いたい」と電話があり、『櫂』の内容をほめられた。少女のように登美子の心が弾んだ。

十月二日、筑摩を訪れた登美子は「単行本化を考えているので来年いっぱいかけて『櫂』第一部につづく第二部、第三部、第四部を仕上げてほしい」と注文された。自費出版という捨て身の戦法が功を奏したのだ。ひと足ちがいで講談社からも問い合わせがあった。これが縁でのちに書き下ろし長編『一絃の琴』は同社から刊行されることになった。

筑摩から出版のお墨付きを得た登美子は「ああ、これで心おきなく第一生命住宅を退社できる」と喜んだ。自由にふるまえた会社だったが、人間関係のわずらわしさがあった。元旦の計にしたがって年末、辞表を出した。強く慰留されたが、きっぱりとことわった。在籍四年間で退職金は二十万円だった。

昭和四十八（一九七三）年の正月、南六郷の公団住宅にお腹の大きい次女が夫とやってきてトランプを楽しんだ。年賀状は三十八通だった。退社して時間を自分の支配下におけるようになった登美子は新しい万年筆で気分もあらたに筑摩書房から依頼された『櫂』第二、第三、第四部に取り組もうと思い、四日、雅夫を誘って上野のアメ横へ行った。あちこち探し回った末に選んだのはペリカンだった。男の子の孫が誕生した十日、第一生命住宅の部長から電話があり、六月までの契約で仕事を頼まれると、こんどはあっさりと承諾した。これまで慰留されても頑強に拒んでいた登美子の豹変の理由はよくわからないが、提示された報酬がまんざらでもなかったのだろう。

相変わらず出費が多かった。家計はぎりぎりで、どうしても副収入が必要だった。あて名書きの内職はやめたが、その後、雅夫と割り付けのアルバイトを始めていた。三月二十七日の夜、筑摩書房の担当者から電話があり、『櫂』第一部が太宰治賞の最終候補三編のなかに残っていると連絡があった。「びっくりして飛び上がる。うれしい。うれしい。ほうぼうへ電話しまわる」と日記にある。女流新人賞の受賞から苦節十年を経てふたたび光が差し始めた。

この年の第九回太宰治賞には百七十編の応募作があった。このなかから第一次予選を通過したのは三十五編だった。さらに第二次予選で三編にしぼられ、登美子（四十七歳）の「櫂」のほかに高橋光子（四十四歳）の「電報」、森一郎（二十歳）の「佇む場所」が最終候補作に残った。選考委員会は五月二十一日午後六時から臼井吉見、唐木順三、河上徹太郎、寺田透《とおる》、中村光夫、吉行淳之介の六人が出席してひらかれた。日記からは、合格発表を待つ受験生のような心境が伝わってくる。

「五月二十一日　朝八時半、筑摩書房より電話で起こされる。今日は太宰賞の審査会。経歴の説明。電話のあと、少し寝ようと寝床に入ったが、寝られず、動悸、イライラ、とても苦しい。覚悟といっても、なかなかできないものだ。食欲もなく、イライラしながらひとり待つ。部屋の中でたったひとり待つ。

それでも七時五分、筑摩の岡山さんからＴＥＬあり、受賞という。思わず、涙がふきこぼれた。ほうぼうへＴＥＬ。あとまた、朝日、日経、読売などからも電話あり。十二時過ぎまで続く。興奮していて、とても眠られず。トイレに何度も立つ。この日のことは忘れられない」

登美子同様、この日は筑摩書房もピリピリと張りつめた空気に包まれていたにちがいない。筑摩が出版に向けて準備をすすめる『櫂』の太宰治賞受賞を願うのは当然だ。著者は無名に近いだけに、受賞するかどうかは本の売れ行きに大きく影響する。賞の主催者とはいえ、審査会に口出しできるわけもなく、結論がどう出るかはまったくの白紙である。

社内の緊張感は、問い合わせの電話によくあらわれている。出版界の人間にとって午前八時半は徹夜の延長のようなものだが、この業界では常識はずれともいうべき時間帯にすでにあらかた確認済みのはずの登美子の経歴をまた聞いてきたのは、筑摩の担当者の念には念を入れた準備の一端をうかがわせる。

受賞を知らされた登美子はすぐに仏壇に灯明《とうみょう》をあげ、猛吾と喜世に報告した。両親をモデルにした作品によって、彼女はついに運を手もとにたぐり寄せた。暗いトンネルを抜け出した感動に身をふるわせ、思いっきり声をあげて泣いた。いつか宮尾登美子の涙を振り返る機会があるなら、公団住宅の灯明がともる部屋で「仁淀川の清冽なせせらぎのごとく」流した嬉し涙を真っ先に思い出したい。

伝説となったロングスピーチ

審査会で『櫂』第一部は満場一致で選ばれた。それは討議についやされたのが一時間ちょっとという時間の短さでもわかる。受賞作と選評が『展望』七月号に掲載された。「一行一句、作者の感受性できびしくえらびとられていて、世間通用の、まして借りものの言いなぞどこにも見当たらない」（臼井）、「手織り木綿あるいは紬《つむぎ》のような文章で、作者がなにを書こうとしているのかまだ分からない第一章で、すでに当選の予感を持った」（吉行）と絶賛された。手織り木綿のような文章という吉行の評価は、その後、宮尾文学を語る際の常套句となった。

『展望』七月号が書店に並ぶと、驚きの声があちこちで上がった。丸谷才一は文芸時評で「単にいはゆる新人賞の水準を抜いてゐるだけではなく、一人の注目すべき作家が登場したといふ印象をわたしは受けた。ここには信用するに足る力量と感受性があるのだ」と前置きし、つぎのように述べている（朝日新聞昭和四十八年六月二十六日夕刊）。

「これは明治末から大正末にかけて土佐の高知で藝娼妓の口入屋をしてゐる富田岩伍、喜和、夫婦の生活を叙した年代記である。となれば、当然、とうの昔に亡《ほろ》んでしまつた世界を構築することが作家に求められるわけだが、それが克明におこなはれてゐることは驚嘆に価する。この『櫂』を手引きにすれば当時の高知はかなり再建できると錯覚しかけるくらゐである。街の地理や家屋の構造からはじまつて風俗に至るまで、堅実に、そして巧妙に、書きつくされてゐるからだ」

風俗描写は登美子の得意とするところだった。作家の中野孝次は「風俗がしっかり書けるということは、社会が書けるということだ。人物を内面からばかりでなく社会の中で描けることが、小説に厚みを与えることは言うまでもない」と述べている（『宮尾登美子全集』第二巻月報2）。中野は印象的な風俗描写として楊梅《やまもも》売りの場面をあげているが、参考までにその一節を紹介しよう。

「富田では楊梅の走りを、毎年、この十市の姐さんから一度に二斗余りも買ふ。土間に据ゑた楊梅の籠から、微かに潮の香の混つた甘さが辺りに流始めると、喜和が声を掛けるまでもなく、待兼ねてゐた富田の家の者はわーっと籠の廻りに集つて来る。底にたつぷりと厚く青い裏白《しだ》を敷いた竹籠の中は、紫蘇いろに濃く熟れた、あん玉ほどの太さのまるいやはらかな実が、深い光沢《つや》を見せながら平らに積重なつてゐる。なかに、天秤に揺られて潰れたいくつかの実も見え、それから出た汁はよく醸された酒のやうに芳醇な香りを立てる」

観察の的確さ、表現のうまさはいうまでもないが、句読点一つ、ルビ一つにもこだわっているのがわかる。「一行を書くのに一冊の本を読むこともある」と登美子はいったが、とにかく文章に対する信念、頑固ぶりは徹底していた。「展望」に載せた受賞のことばで彼女は「私の文章づくりは、いつもひたすらに彫心鏤骨《ちょうしんるこつ》、孜々営々《ししえいえい》とはげんでいればいつかは必ず結晶をみる、と思い込んでいる、まことに不器用な一徹型なのですが、こういう人間が、小説も大量消費時代に入っている現代を果たして生き抜いてゆかれるか、受賞に際して今、新たな不安におびやかされております」と述べている。

六月二十一日午後六時から東京会館で太宰治賞の授賞式がひらかれた。十年近く前、女流新人賞をもらった思い出深い会場だった。白いパンタロンに身を包んだ登美子には正賞の記念品と副賞三十万円がわたされた。作家や編集者など約三百人の参会者を前にあいさつに立った登美子はメモを見ながら三十分近くマイクの前から離れなかった。聞く側にいれば「ちょっと長いわよ」といやみの一つもいいかねない登美子だったが、このときは感情がキリキリと高ぶっていたのだろう。延々と思いのたけを話しつづけた。

このロングスピーチは、いまなお編集者の間で語り草になっている。終わってから新宿五丁目の文壇バー「風紋《ふうもん》」へ連れていかれた登美子は唐木順三、井上光晴、吉村昭、秦恒平、立川洋三、加賀乙彦《おとひこ》らと席を囲んだ。ママの林聖子は太宰治と親しかった。その関係で檀一雄ら太宰の親友や編集者がひいきにし、文壇関係者でにぎわうようになった。その「風紋」でも登美子の長いあいさつが話題になった。

その後、高知新聞東京支社を通じて一万六千円の祝い金が登美子のもとに届けられた。記者十六人が千円ずつ出したもので登美子は感泣した。雅夫と登美子は三十日、その一万六千円を持ってまたアメ横へ行き、定価二万五千円の太字用のペリカンの万年筆を一万六千円に値切って購入した。一月に買ったペリカンとこのときアメ横で手に入れたペリカンの二本で『陽暉楼』『寒椿』『一絃の琴』など三千五百枚以上の原稿が執筆された。

七月二十日、登美子は筑摩書房の編集者と上野駅から軽井沢へ向かった。貸し別荘でカンヅメになって単行本にする『櫂』の執筆に没頭することになった。筑摩は第一部と第二部を上巻にして発行し、つづいて第三部と第四部を下巻として刊行予定つもりであった。『櫂』上巻は「喜和は、朝、出がけの岩伍から云ひつけられてゐた夏物を出すために、押入れから支那鞄を引張出したとき、ふと、あ、もう間《ま》なしに楊梅《やまもも》売の姐さんが出て来るよ、と思った」という文章で始まる。考えに考え抜いた書き出しだった。喜和という名前をいちばん最初に登場させたところに喜和のモデル、自分の育ての母である喜世への登美子の熱い思いがうかがえる。

筆者は当初から『櫂』というむずかしい題名が気になっていた。水をかいで舟をすすめるカイのこととは察しはつくが、どういう意味合いがあるのか。『櫂』を初めて読んだときも、そのことが頭にあった。

第一部の終章は「……岩伍も喜和も、舟で云へば漕抜けて来たあとの櫂を、今はじっと休めてゐる時期なのだとも思はれる。舟に委しい誰ぞの言葉のやうに、櫂は三年櫓は三月、操りかたをやっと覚えた櫂も、浮かしておけば流される、と云ふなら、漕休めてゐる今の時期こそ、岩伍にも喜和にも大切な月日なのであった」という一説で結ばれている。櫂には舟に取りつけられた櫓のような安定性がない。そこに登場人物の将来が暗示されている。

幸運を呼ぶ電話

不運はつづいて起こりがちだが、運の強い人には幸運もつづけざまにやってくる。登美子が落葉松《からまつ》の林のなかにある電話もない別荘で、だれにも邪魔されず『櫂』上巻の仕上げに取り組んでいたときだった。電話なしの生活は携帯やスマホの現代では不便このうえないが、カンヅメを強いられた登美子にはなんのさしさわりもなかった。そこに、またしても嬉しい知らせが飛び込んできた。

七月二十三日、昼食を済ませた午後のひととき、落葉松の木立の遠くから「宮尾さあ〜ん」と呼ぶ声を耳にした登美子はあわてて下駄を突っかけて外へ出た。貸し別荘が点在する一帯は、向こう三軒両隣といっても広々として声のするところを見つけられずウロウロした。「宮尾さあ〜ん」「はあ〜い」という声のやりとりを何度か繰り返したあと、ようやく呼び出し電話のあるところを突きとめ、走った（随筆『つむぎの糸』増補改訂版）。

息も絶え絶えに受話器を受け取ったところ東宝演劇部からで、太宰治賞受賞作を舞台で来年正月から有楽町の芸術座で上演したいという。脚本は平岩弓枝、主演の喜和に若尾文子を考えているといわれ、登美子は感激のあまり受話器に何度も頭を下げた。

電話魔だった登美子の人生もまた電話とともにあった。電話に一喜一憂し、思わぬ電話に助けられ、慰められ、また苦しんできた。かつて女流新人賞を告げる中央公論社からの電話に全身が震えたように、軽井沢の電話は彼女にとって忘れられないものとなった。

軽井沢のカンズメから解放された登美子は八月十四日、中央公論社を訪れた。『婦人公論』編集部から短い原稿の依頼があった。編集者と打ち合わせを終えたあと、登美子は喫茶店でペンを取り出し、原稿用紙を広げた。一気に書こうとしたが、ペンは動かなかった。冷や汗が出た。家へ戻って机に向かっても書けなかった。夜の十二時になっても原稿用紙は埋まらず、頭は真っ白になった。

突然のスランプに登美子は「もう書くのは、やめたい」とあたりはばからず号泣した。日記には「わんわん泣く」とある。天国から一気に奈落の底へ転落する恐怖。過去の苦い思い出が浮かび、冷や汗でびっしょりになった。それでも朝の五時半から机に座って八時にようやく書き終えた。編集者が雑色駅まで来てくれ、喫茶店「リッツ」で会った。原稿を読んだ編集者がOKを出したとき、登美子は肩にずっしり食い込んでいた鉛《なまり》のかたまりが取り除かれたような爽快な気分になった。

翌十六日、夏季大学の講師に招聘《しょうへい》された登美子は雅夫とともに東京駅午後七時二十五分発の「瀬戸」寝台に乗った。翌十七日午前十時十六分、高知駅に着いた。八年ぶりの土佐はにわか雨だった。ひっそりと上京したときとはちがって、昭和小学校の同級生から高知新聞学芸部長まで多数の人たちが出迎えた。二人は高知新聞社を訪れ、なにかと世話になった仲人の福田義郎にあいさつした。

十九日、登美子は猛吾と喜世の墓にお参りした。人目を忍ぶように高知を去ったとき、この地をふたたび踏むことを諦めていた登美子は、猛吾と喜世の墓前に身内や友人らから受けたもろもろの温情を涙ながらに報告した。高知滞在中、満州にいたときと同様、東京でも夢にまで見た追手筋の日曜市へでかけ、彼女の気持ちは高揚した。ただ、値切る客がすくなくなっているのは寂しかった。値切る駆け引きが日曜市の文化、というのが登美子の信念だった。

二人三脚の逆転満塁ホームラン

某日、登美子は一通の郵便物を受け取った。差し出し人は生母の娘からだった。異父妹の手紙には、生母は昭和四十六（一九七一）年、七十七歳で亡くなったとあった。もうすこし長生きすれば、腹を痛めた子のもっと華々しい活躍の一端にふれることができたのだ。生母は登美子に関する新聞記事を切り抜いていた。

「新聞記事を箱のなかに入れていたそうです。でも、たいした数ではないと思います。昭和三十七（一九六二）年に『連』で女流新人賞をもらったり、NHK高知放送局のラジオドラマ脚本で一等になったり、テレビドラマの仕事をしたりで、地方でちょくちょく出ていた程度です。いまとはとても比べものになりません。いまだったら記事を集めようと思えばたくさん集まりますけどね」と登美子は残念がった。

郵便物には生母のテープが入っていた。「亡くなる一年前に一人で吹き込んだということでした。ですから七十六歳のときの声です。生母の声を聞くというのは、ちょっとためらいがあるんですね。でも思い切って回してみたんです」と登美子はいった。「壷坂霊験記《つぼさかれいげんき》」だったが、ほんのすこし聴いてテープを切ってしまった。怖かったからだ。

「私は邦楽一般については意見がありまして、いまの人たちはおけいこが足りませんから、昔とちがって声がだめなんですね。歌舞伎の地方《じかた》さんでもそうです。私の生母は六つか七つのときからみっちりやった人でしょう。それこそ七十年間謡《うた》いつづけてきている人ですから声が鋼《はがね》のような、邦楽の用語でいうと、筒《つつ》の太い声でした。娘義太夫といっても男の声も出さなくちゃいけません。だからおなかの底に響くようなすごい声で、聴いていて恐ろしい感じがするんです」

そう登美子は語ったが、芸道ものの宮尾作品には、生母のプロとしての迫力が娘に受け継がれ、すくなからず文章に投影されているように思える。九月、登美子は心臓発作に見舞われ、二度入院することになった。だが、出版に支障はなく、十二月、『櫂』上巻が初版一万二千部で書店に出た。発売初日から売れ行きがよかった。

宮尾文学のトップを切って舞台化された作品には「喜和」という演目がつけられた。原作料は五十万円だった。この額が妥当なのか、それとも安すぎるのか、登美子はちょっと考えてみた。さりとて自分のほうからいくらほしいといえるほどの知名度はまだなかった。なにしろ原作も原作者もまだほとんど知られておらず、「櫂」というむずかしい題では客を呼べなかった。喜和を演じる若尾文子の相手役となる岩伍を井川比佐志がつとめることになった。平岩弓枝は完成に手間取り、脚本ができたのは出演者が集まる顔寄せの目前だった。年の瀬、登美子は東宝の稽古場へ行って舞台稽古を見学した。

昭和四十九（一九七四）年一月二日、初演「喜和」の初日の幕があいた。登美子は芸術座で平岩に会ったあと、一等席で観劇した。高知から知り合いが上京し、「喜和」を観てくれるたびに登美子はもてなした。東宝から切符を買ってどんどんプレゼントした。登美子の兄の英太郎と義姉、甥も二泊三日で上京し、観劇していった。登美子が兄に三万円を送金し、一家を東京へ呼んだのだ。

舞台には英太郎のモデルが登場していた。芸術座から戻った兄は「舞台のあの人が自分やと思うたら、胸が詰まってねえ」と感無量だった。ただ、登美子は兄の複雑な心情を察していた。妹にはいわないが、英太郎には「登美子はどうしてこれほど生家を暴露するのか」という気持ちもあったのだ。

登美子は東宝の営業に大いに貢献し、結局、三十六枚分（九万千六百円）の切符代を自分で支払った。原作者はちやほやされたので、最高に気分がよかった。二月二十八日がカーテンコールで、幕が下りたあと、関係者は舞台で乾杯し、登美子も若尾らと午前一時半まで二次会、三次会とはしごした。

『櫂』上巻は増刷につぐ増刷で笑いが止まらなかった。つづけて刊行した『櫂』下巻は定価千二百円で初版一万四千部と強気に出た。三月、上巻は三千部の増刷となった。「きょうは印税入り、なんとなくいい気分。あしたはこれで借金払いをしよう。気分のいい日は寝床へ入って後、彼と昔話をする」（三月二十七日）と日記にある。夫婦の寝物語では、上京前後のことが話題になったのか。ボツ原稿に金を惜しまず荘重な本に仕立てた彼女の思い切りのよさ、経済的に窮屈な生活にもかかわらず妻のわがままを容認した夫、欲得を離れた二人三脚の見事な逆転満塁ホームランだった。

原稿料や原作料が入って、登美子は作家として税金を払えるようになった。多額納税者だった父親も草葉の陰で喜んでいるにちがいないと思うと、登美子は心が晴れ晴れとした。この年の十一月二十六日、今太閤といわれた田中首相も金脈問題であっけなくつまづき、十一月二十六日、辞意を表明。椎名悦三郎自民党副総裁の裁定で十二月九日、三木武夫内閣ができた。散る花もあれば、咲く花もある。土佐ではずっと蕾《つぼみ》のままだった遅桜《おそざくら》が、東京の多摩川のほとりでようやく開花した。

第十一章　一期一会

「なめたらいかんぜよ」に不満

エンジンがかかった登美子の快走が始まった。昭和五十（一九七五）年の『展望』一月号から『陽暉楼』の連載がスタートした。七月、『岩伍覚え書一』（「三日月次郎一件に就て」）が『文芸展望』に発表された。父親の日誌をめくっていて、鬼頭良之助という名前に釘づけになったのもその頃だった。鬼頭というのはすでに紹介したように朝倉町の家の近くに住んでいたヤクザの大親分だが、日誌によれば、この人物が猛吾から金を借りていた。羽振りのよかった鬼頭が実際には金に困っていたという事実からひらめいて、登美子は『鬼龍院花子の生涯』という傑作を生み出した。

鬼頭は海産物を扱う商家に生まれ、少年の頃に家を飛び出して大阪に渡った。関西で名をとどろかせていた侠客《きょうかく》、小林左兵衛の子分となった鬼頭は、その後、いっぱしのヤクザとなって土佐に戻った。腕っぷしの強さにくわえ、金儲けに長《た》けていたので子分がふえ、やがて高知市の九反田《くたんだ》に一家を構えた。現在、高知市文化プラザかるぽーとがある一帯はかつて魚市場であったが、鬼頭は市場で用心棒をしながら勢力を広げていった。その男の名前が猛吾日誌の昭和十五（一九四〇）年十月と十一月に出てくる。


「十月二十日　夜間、鬼頭さんが見舞いに来てくれた」

「十月二十七日　鬼頭さん、また来てくれる」

「十一月十日　夜間、鬼頭さん来る。角力《すもう》興行のことで大阪へ行くのに金が無いので、金子《きんす》借用の相談あり。百円貸す」

「十一月二十三日　夕食後、鬼頭さん来る。金子調達の相談ありしも、都合あしきため断る」


現在の物価は当時の四百五十倍ほどで百円は四万五千円前後になる。少額とはいえないが、大金というほどでもない。裏社会を仕切る鬼頭は土佐の名士でもあった。「良之助は市井《しせい》の侠客でありながら、土佐人物群像の一人に数えられている。それは人間的な魅力と、任侠者としていつも大衆の側に立ったことによるだろう」（窪田善太郎／塩田正年／中田正幸／吉本青司著『土佐・人物ものがたり』、高知新聞社）とあるが、ヤクザに変わりはなく賭場《とば》をひらいて資金源としていたときもある。そこに若い頃の猛吾が出入りしていたとも思われる。

鬼頭に強い関心を抱いた登美子は取材に入った。じっくりと構えるスローペースが身上の彼女にはめずらしく、『鬼龍院花子の生涯』の取り組みは素早いスタートダッシュで始まった。

闇社会の取材には恐怖がつきまとう。登美子は鬼頭の子分だったという人物の家をつきとめたが、結局、怖くなって門前で引き返したこともあった。

高知新聞社の協力で橋岡登久枝という女性と出会えたのがラッキーだった。登久枝は鬼頭の養女で、小説では松恵という名で登場する。夏目雅子が演じたヒロインのモデルだ。三時間、彼女からみっちり話を聞いた。日記には「この人の人生は、聞けば聞くほど驚嘆する」とある。ところが六か月後、登久枝から「小説に書くのをやめてほしい」と電話があって、登美子を困らせた。彼女の依頼で高知新聞記者が説得にあたった。

昭和五十一（一九七六）年七月二十七日、ロッキード事件で田中角栄が東京地検に逮捕された。十二月十七日、三木首相は退陣を表明し、二十四日、福田赳夫内閣ができた。同五十二（一九七七）年二月九日、東京外国為替市場で円が急騰し、一ドルが二百八十五円となった。企業倒産が目立ったこの年の夏、登美子は品川の高輪プリンスホテルにカンズメとなって懸命にペンを走らせた。ときには楽しみながら執筆した。出来上がったとき、彼女は仏壇に清書した原稿用紙をそなえ、深々と頭を下げた。

監督は五社英雄、シナリオを高田宏治が担当する『鬼龍院花子の生涯』の映画化が東映ですすめられた。登美子にとっては初めての映画で、『櫂』もそうであったように、以後、このコンビが主な宮尾作品の映画化に取り組んだ。大正から昭和初期の土佐を舞台にした映画は東映京都撮影所に大掛かりなセットを組んで撮影された。仲代達矢と岩下志麻、それに夏目の熱演が光った。

ビルにへばりつくように九反田地蔵尊があった。片隅にひっそりとあって、あやうく鬼政親分こと鬼頭良之助が寄進したお百度石を通り過ぎてしまうところだった。この地蔵尊が地元の人たちに大切にされているのはひと目でわかった

筆者はホテル日航高知旭ロイヤルに宿泊した際、文化プラザかるぽーと裏手の狭い一角にある九反田地蔵尊をお参りした。石田三成の娘が祀《まつ》られているという地蔵尊の猫の額ほどのところにお百度石があって「大正六年一月吉日　鬼頭良之助事　森田良吉建」と刻まれていた。鬼政親分を好演した仲代が立派な灯明台を寄進していた。また、桂浜を訪れたとき、たまたま土佐闘犬センターの係員が土佐犬を散歩させていた。精悍そのものの土佐犬を屋外で目の当たりにして三十五頭の闘犬が特別出演した映画のシーンを思い出した。

映画「鬼龍院花子の生涯」に登美子もワンシーン、その他大勢で登場する。現像所で試写を観た登美子はハンカチを手にし、何度も涙をふいた。おおむね満足だったが、クライマックスで夏目扮する松恵が「なめたら、なめたらいかんぜよ」とたんかを切ったところはお気に召さなかった。不満は「いかんぜよ」の「ぜよ」だった。土佐の下町ことばを愛していた登美子にすれば、土佐の女がいうセリフなら「なめたら、いかんぞね」でなければいけなかった。

だが、まちがった使い方でよかったと思う。貞淑な人柄を崩さなかった松恵が、ついに堪忍袋の緒を切って発した「なめたらいかんぜよ」のドスの効いた強い語調に観客はしびれたのだ。夏目はブルーリボン主演女優賞を獲得し、皮肉にも原作になかったセリフは瞬く間に流行語となった。このひとことが『鬼龍院花子の生涯』を世間に広め、ひいては多くの目を宮尾作品に向けさせた。なお、松恵の役は当初、大竹しのぶだった。大竹のスケジュールの都合で、新人の夏目に出番が回ってきたのだった。

仕込みっ子たちのその後

文芸誌『海』で四人の仕込みっ子たちの生き方を描いた『寒椿』が始まったのは昭和五十一（一九七六）年一月号からだった。連載小説を毎号欠かさず読んでいた熱心な読者の一人に宇野千代がいた。まだ宇野と登美子の間に交流はなかったが、有名作家を魅了した『寒椿』は高橋たか子の『ロンリー・ウーマン』とともに第十六回女流文学賞に選ばれた。

中央公論社が主催するこの賞の選考委員は前回までの五年間、井上靖、円地文子、佐多稲子、平野謙、丹羽文雄、野上弥生子の六人がつとめていた。この年から宇野が加わることになったのは、登美子にとって幸運だった。もっとも選考委員会で『寒椿』を強く推したのは宇野よりも野上のほうで、普段はきびしい選評で知られる野上が「血まみれの素材がそのまま投げ出されたにほかならず、つくりものの追っつかない重圧がそこにある」と高く評価した（『婦人公論』昭和五十二年十一月号）。

同じ時期、『寒椿』を真剣に読んでいた若い女性編集者がいた。新潮社に入ったばかりの斎藤暁子で、随筆『つむぎの糸』増補改訂版に寄せた「宮尾登美子先生との三十年」には当時の思い出がつづられている。『仁淀川』や『湿地帯』の単行本を担当した斎藤によれば、昭和五十二年の春、新潮社に入社し、配属されたのは文芸誌『新潮』編集部だった。斎藤は『寒椿』の作者にお目にかかりたいと手紙を書き、登美子は応諾した。

雨が降る冬の寒い日、斎藤はブーツをはいて南六郷二丁目の公団住宅を訪れた。花形作家を前にひたすら作品をいただきたいと繰り返す新人編集者に登美子はいった、「七年先まで予定が入っているから、そのあとになるけれど、あなた待てる？」と。駆け出しの頃の筆者が斎藤と同じ立場にいたら、どう反応したであろうか。七年先というのは、雲をつかむような話である。筆者だったら、これはとてもだめだと早々に退散したにちがいない。

斎藤は辛抱強かった。「待てます。ぜひお願いします」と頭を下げた。「かならず書きますから、辛抱をして待っていてください」と約束した登美子のことばを「いま考えてみれば、先生が作家を目指されてから通ってこられた長い道のりに比べれば、七年などほんとうに短いものだ」と斎藤は述懐する。

ここで『寒椿』のモデルとなった岸田家の仕込みっ子たち、登美子が回顧談で澄子、民江、貞子、妙子と呼ぶ四人のその後の人生にふれておこう。『櫂』がヒットした頃、登美子は高知で三人と再会した。残る一人、それは貞子だが、すでに二十八歳で亡くなっていた（『小説新潮』昭和六十二年五月号)。

いちばん年上の澄子は高知市で芸者をつとめ、金融機関トップの二号におさまっていた。だが、親友の家へ行ったとき、階段から転げ落ち、全身麻痺の重症で寝たきりになった。そのため登美子と三人の久し振りの再会の場は、見舞いをかねて澄子の病室となった。

民江も高知市で芸者をしていた。仕込みっ子の頃、登美子はいささか頭の弱い彼女をいじめ「それがずっと心を痛めていた」と告白している。お茶をひくことが多く、そのため各地を転々としなければならなかった民江に登美子は、澄子の介護を頼み、ときどきポケットマネーを送った。妙子は静岡県に住んでいた。花柳界から抜け出し、不動産会社の社長夫人になっていた。

澄子のパトロンは愛人が寝たきりの病人になっても、毎月欠かさず十五万円の手当てを届けた。澄子が倒れてから七年後、パトロンが倒れ、入院した。動転した澄子は民江に病院へ行ってくれと頼んだ。万が一のとき、自分をどうしてくれるのか、旦那に聞いてほしいと。これが土佐の女の強さというところか。

澄子の伝言を聞いたパトロンは息も絶え絶えに「秘書に相談してくれ」と使いの民江にいった。電話で民江から報告を受けた登美子が真っ先に聞いたのは、旦那の奥さんが病室にいたかどうかであった。民江は「聞こえんふりしてベッドの裾のほうに坐りよった」と答えた。

「頭の弱い民江が、澄子に教え込まれた口上をしどろもどろに述べるさま、長い人生の幕を閉じようというとき、女から今後の手当てを、と妻のいる前でせがまれる男の胸のうち、また水商売の女が寝ている夫の枕許に突如あらわれ、何やら請求されているのを知らん顔しなければならぬ老妻の立場、という三者三様の姿は、私には男の人生の一断面をまざまざと見せつけられたような気がする」

そう登美子は述べているが、創作の参考にしようと貪欲なまでに他人の私生活へ立ち入っていく半面、亡き父親に代わってかつての仕込みっ子たちを見守り、快く相談に応じる登美子のこまやかな愛情も伝わってくるエピソードといえよう。

直木賞受賞の報に涙なし

昭和五十二（一九七七）年一月十八日、第七十六回直木賞の発表があった。登美子の『陽暉楼』が直木賞の候補作となっていたが、受賞作品は三好京三の『子育てごっこ』だった。彼女の無念の感情は長く消えなかった。選考委員の評が気になった登美子は南六郷団地の本屋へ行って、『オール読物』買ってきて、先日の直木賞選評を読む。川口松太郎の書き方はなんだ。勉強しなおしとは。他の委員も、だれ一人好意的なのがいないのは悲しい」と二月二十三日の日記で悔しさを隠さなかった。

昭和五十三（一九七八）年九月、『鬼龍院花子の生涯』が『別冊文藝春秋』第百四十五号で連載が始まった。十月、講談社から書き下ろし長編『一絃の琴』が刊行された。十一月二十六日、自民党総裁選予備選挙で福田首相は大平正芳に敗れ、十二月七日、大平内閣が成立した。

昭和五十四（一九七九）年一月十三日、全国の国公立大学で初の共通一次試験が始まった。その六日後の十九日、第八十回直木賞の選考委員会がひらかれた。『一絃の琴』が候補作に入っていたが、下馬評はかんばしくなかった。講談社の担当編集者が音頭をとって、各社ともに登美子のところへは行かないことを申し合わせた。そのため夕刻の三号棟一二一八号室は静まり返っていた。午後六時、登美子は仏壇に線香をあげて祈った。

さりとて、これまでのように神仏にすがりつくような気持ちはそれほど登美子にはなかった。ただ、イライラは相変わらずだった。七時半、「いたたまれないから」と集英社の編集者がやってきた。八時半、電話があって有明夏夫の『大浪花諸人往来』との同時受賞を知らされた。電話の応対を編集者も手伝い、集英社の車に登美子を乗せて新橋の第一ホテルへ向かった。記者会見は午後九時半すぎから始まった。彼女は編集者らと祝杯をあげ、午前零時すぎにふとんに入った。「眠れなかった」と日記にあるが、涙を流したという記述はどこにもなかった。五十二歳になっていた。

「考えてみれば、直木賞の候補はこれで三度目。一回目は『連』のとき。二回目は『陽暉楼』。『一絃の琴』でやっと当選。なんだか割り切れぬ気持ちがあり、浮かれてばかりもいられない」と一月二十一日の日記に書いた登美子だが、内心はやはり嬉しかった。ツキが落ちないのを喜んだ。直木賞受賞パーティーがあった二月九日の日記には「控室で待っていると、賞金三十万がこの回の第八十回から五十万に上がった由告げられる。嬉しくて万歳といって騒いでいると、水上勉さんに叱られた」とある。このとき自作の『冷蔵庫より愛をこめて』が落選した阿刀田高《あとうだたかし》は登美子と初対面にもかかわらず、つぎのようなやりとりを交わした（産経新聞平成二十七年一月十四日）。

「おめでとうございます。こんなにいい作品を書かれちゃ……負けました」

「あら、そう。でも、あなたもすぐにお取りになるわよ」

「本当に？　どうして」

「面白いもの。手のひらを出して下さいな。両方とも。上に向けて」

阿刀田がいわれるままにすると、登美子は自分の手のひらを下に向けてポンポンと打った。私の運をあなたに分けてあげましょうという登美子流のおまじないであった。阿刀田には茶目っ気たっぷりの仕草に見えたが、登美子は真面目だった。翌年、阿刀田は『ナポレオン狂』で直木賞を取った。

五月十一日、南六郷に前触れもなしに女優の浜木綿子《ゆうこ》があらわれた。登美子がドアをあけると「キャッ」と浜が声をあげた。登美子は額に按摩膏《あんまこう》を貼っていたので、さだめしお化けに見えたのだろう。持参した高価なガラスコップを落とさなかったのはさいわいだった。浜は三月から芸術座で上演された「寒椿」で主演をつとめた。そのお礼のあいさつだった。

翌日、登美子は狛江市岩戸南のマンションの支払いの件で不動産会社に電話した。近くに次女一家が住んでいた。十三日の日記には「今日は新しく買った狛江のマンションの点検に行く日。九時半、家じゅう全員でマンションに行き、検査する。明るくゆったりしている。契約する。少々直し。一か月後、引っ越しの予定。これでチビたちと近所にいられる」とある。

これは公開日記の最後の記述であった。上京して十三年、多摩川べりに近い新築の「エクセレンス狛江」の四階が登美子にとって初めてのマイホームとなった。のちに構える一軒家も狛江を選び、多摩川から離れなかった。

編集者や女優らの南六郷詣では終わり、六月からは狛江へと代わったが、突然の訪問といえば、三田佳子の話も興味をそそる。三田が登美子と初めて会ったのは三十代の頃、高知市内の料亭だった。「土佐鶴」のCMに出ていた三田を登美子と引き合わせたのはスポンサーのお偉方だった。三田によれば、四十歳のときに『藏』を読んで感動し、矢も盾もたまらなくなり、アポイントもとらずに狛江の自宅を訪れた（女優は不意打ちがお得意らしい）。

「先生に聞いていただきたいことがあるのです」という三田を、「お上がりになって」と登美子は不快な表情も見せず招き入れた。「先生、私、『藏』をやりたい！」と三田は直訴した。「ふだんは自分から、この作品がやりたいなどといえないのに、なぜか思いがあふれてしまい、どうにも自分を止められなかったのです」と三田は述懐する（『婦人公論』平成二十七年二月二十四日号）。

著名な女優にすがりつかれたら、うろたえるところだが、老獪《ろうかい》な登美子はこういう場面のあしらいに慣れていた。「そんなふうにいってくださってうれしいわ。今回はむずかしいかもしれませんが、きっとどこかでご縁があると思いますよ」と、いくばくかの希望を持たせて帰した。

三田は映画「序の舞」で喜代次という脇の芸妓を演じ、ブルーリボン助演女優賞を受賞した。

三田ほどのトップスターが、なぜチョイ役で出演したのか。じつはこの作品が映画化されるとき、三田にはヒロインの母親役のオファーがあった。出番も多く重要な役だが、スケジュールがつまっていて受けられなかった。演じたのは岡田茉莉子《まりこ》だった。

「でも大好きな宮尾作品の映画化ですから、出番がすくない役でもいいからぜひ出させていただきたいとお願いしました。そして芸妓だった喜代次という女性を演じることになったのです。私はそれまで主役をやらせていただくことが多く、脇でキラリと光る演技というものがなかなかできませんでした。自分でもなにかが足りないと自覚していたので、今度こそこの役をきわめたい。宮尾先生の作品で三田佳子、やるじゃないといわせたいと強く願いました」

三田はそう述べているが、喜代次というのは明治の色街で生きた京の芸妓という役どころ。研究熱心で知られる三田は明治生まれの京都の置き屋の女将を探し、セリフを聞いてもらって、当時のことばに直した。着物もスタッフにまかせず自分で丹念に調べて選んだ。「自分でいうのもなんですが、私はあの役に命をかけていました」という三田は映画が公開されたとき、舞台「雪国」の巡業で地方を回っていた。三田は田舎の古い映画館で人目を忍んで「序の舞」を観た。喜代次が出てくると「もしかして、あれ三田佳子?」「すごいわね」というささやきが聞こえてきた。「うれしくて涙が出そうになりました」と三田は回想するが、これらのエピソードから筆者はあらためて宮尾登美子の女優キラーぶりの凄さを感じた。

宇野千代と対談した日

昭和五十四（一九七九）年十月二十四日、登美子は宇野千代と対談した。宇野は女流文学賞の授賞式で初めて会った登美子と波長が合い、交遊を深めていた。宇野は対談嫌いで有名だったが、登美子ならと応じた。このとき宇野は八十二歳、登美子は二十九ほど年下の五十三歳だった。対談は那須にある宇野の別荘でおこなわれることになった。宇野はそこで手づくりの料理をふるまうという。登美子はよほど宇野に気に入られたようで、事前に宇野から対談の日に着てくるようにと紬《つむぎ》のあわせをプレゼントされていた（『つむぎの糸』増補改訂版）。

当日の午前九時、対談を企画した雑誌社の編集者は外車をチャーターし、登美子と速記者を乗せて那須へ向かった。宇野は三日前にお手伝いさん二人をしたがえて別荘に乗り込んでいた。別荘で一緒に昼食をとる予定だったが、折り悪く途中で雨になり、道路が込んだため、登美子らが別荘に着いたのは午後三時を過ぎてしまった。待つほうも待たれるほうもイライラしたことであろう。くたくたの登美子は宇野の案内で六百坪の自慢の庭を見せられた。庭園には石の地蔵尊が十七体、まつられていた。登美子は一体、一体ていねいに拝んだ。対談が始まったのは、そういった儀式が済んでからだった。

対談の最中に宇野が用意したオリジナル料理が運ばれてきた。それを食べ、お茶をのんで別荘を辞したのは午後七時をまわってからで、登美子が狛江に着いたのは午後十一時過ぎだった。翌朝、宇野から電話があった。登美子が「とても楽しゅうございました」とお礼を述べると

「いいえ、あなたは楽しくはなかったはずよ。疲れただけだったでしょう」と宇野は言下にことばを返した。

「私はその途端ハッとし、やはり透徹《とうてつ》した作家の目というのはおそろしいものだと思った。車の往復十時間、対談の四時間もずっと緊張しっぱなしだから、たしかに楽しむ心の余裕は乏しいが、それを見抜いている宇野さんは人生経験豊富な、ものを書く人間ならでは持つことのできぬ鋭い目を具《そな》えている人というべきであろう。一所懸命相勤めていたつもりでも、私の顔には疲れと苛立ちが表れてはいなかったかと、あとで省《かえり》みて悔いることしきりだったのである」

そう登美子は述べているが、神経のこまやかな人々の付き合い方というのは、ことほどさようにデリカシーを要するのだ。言い換えれば、これくらい鋭敏な感覚の持ち主でないと創作活動などおぼつかないのである。

蘭奢待の席で

昭和五十五（一九八〇）年三月、登美子は世田谷区野沢に住む竹山千代子からお香《こう》の席の誘いを受けた。竹山は自宅で茶道と香道を教えていた。「近く蘭奢待《らんじゃたい》を焚《た》くからどうぞいらして」と竹山に声をかけられ、千載一遇《せんざいいちぐう》のチャンスに登美子は「夢かとばかり喜んで」招待を受けることにした。

当日使われる香木《こうぼく》は飛びっきり上等のものだった。蘭奢待といえば、よく知られているのは東大寺正倉院の御物《ぎょぶつ》である。聖武天皇の時代に中国から渡来したもので、いくら金を積んでもやすやすと手に入るものではなかった。正倉院の蘭奢待はこれまで足利義政、織田信長、徳川家康という権力者によって切り取られたといわれる。そういう香の最高位が、どういう経路で現代に受け継がれてきたのか。伝説に満ちた蘭奢待が、いまも焚かれているというのは興味深い。

登美子によれば、稽古事のなかでもっともお金がかかって、しかもなかなか会得できないのがお香だという。かぐとはいわず、香を聞くという言い方も独特だ。蘭奢待の会で美智子皇后の母堂、正田富美子と出会った登美子はその日のことを詳しく書いている（『婦人公論臨時増刊オール女性作家52人集』所収の随筆「忘れ得ぬ人——正田富美子さん」、昭和六十三年八月）。

それによれば竹山の香道の先生は香道御家流《おいえりゅう》の第二十二代宗匠、山本霞月《かげつ》だった。和歌山県出身で増田秋月門下の山本は、私財をなげうって伝統文化としての香道の発展に一生を捧げた。山本は昭和四十六（一九七二）年二月に亡くなるまで自宅で香道の指導にあたった。自宅は高級住宅街の品川区五反田の池田山にあり、近くに正田邸があった。正田は熱心な門人の一人であったし、ご結婚前の皇后自身も山本の指導を受けられていた。この山本こそ長編『伽羅の香』の主人公、本庄葵《あおい》のモデルであった。

四月十一日、登美子は小紋でもめでたい柄だと扇面の総模様に染帯という本人のことばを借りれば「くだけた和服」で竹山邸へ向かった。最初は蘭奢待に敬意を表して「色留袖の一等礼装」を考えたが、「いやそれは仰々しい、なら紋付の訪問着か」と悩み、「いや、これもほかの方がふだん着だとかえって笑いものになる」と迷った末に手を通した着物であった。竹山邸には正田をはじめ二十人近くの招待客が集った。登美子は出席者がすべて紋付だったので動揺し、竹山にくだけた和服姿をわびた。竹山は「お気になさいますな」といい、正田を紹介した。

上座の正客《しょうきゃく》に竹山は正田を指名した。茶道もそうだが、正客にはそれなりの経験と風格が求められる。登美子は正田の立ち居ふるまいを見て「茶道、香道その他すべてのたしなみを極めていらっしゃる」のがすぐにわかった。席が一段落してよもやま話になったとき、登美子は正田に山本について尋ねた。ひと通り話を終えた正田は「私でわかることでしたら何でも協力いたしますので、いつでもお気軽にお電話をどうぞ」といった。ひと呼吸おいて正田は「ただし、霞月先生のことにかぎりまして」と登美子の旺盛な好奇心にぴしゃりと釘を刺した。おそらく正田は長女が皇室に入って以来、どんな人とであれ、そのつど身構えて対応していたのだろう。

この頃、巷の話題は四月二十五日、トラックの運転手が銀座で風呂敷包みに入った一億円を拾ったことだった。永田町にも一波乱あった。五月十六日、衆議院本会議で社会党提出の大平内閣不信任案が自民党非主流派六十九人の欠席で可決された。十九日、衆議院解散、初の衆参同時選挙へ。六月十二日、大平首相が心筋梗塞で急死し、七月十七日、鈴木善幸《ぜんこう》内閣ができた。

蘭奢待の席から七年後の昭和六十二（一九八七）年六月十一日、登美子はのどを診てもらうため、築地の聖路加病院へ行った。待合い室に紺のスーツを着た正田が杖をついて立っていた。初対面のときより痩せていたので、登美子は「どこかお加減でもお悪いのですか」と尋ねた。

「いいえ。月に一回、健康診断を受けに来ているのです」と正田はさりげなく答え、「毎月、楽しみに拝見していますのよ」といった。そのとき、登美子は『文藝春秋』に長編『松風の家』を連載していた。

正田は翌年五月二十九日、この世を去った。登美子は正田に『伽羅の香』を贈呈したとき、おざなりでない礼状をもらったことを思い出し、故人をしのんだ。すべて読み終えてから出した手紙で便箋に十枚以上、読後感や主人公の思い出が書いてあった。「美智子皇后がその役割を見事に果されておいでのご様子を見るたび、正田さんの子女教育というものに私はしみじみと敬服しないではいられない気持ちになってしまう」と登美子は述べている。同感する人が多いと思う。

下戸から酒好きへ

昭和五十六（一九八一）年一月、登美子は中央公論社の嶋中鵬二社長らに誘われて浅草公会堂で催されていた新春浅草歌舞伎の「助六」を観劇した。助六を演じたのは十代目市川海老蔵（のちの十二代目市川團十郎）で揚巻を九代目澤村宗十郎がつとめた。芝居が終わったあと、宴会がひらかれた。酒席には嶋中のほか新聞社のトップや龍村《たつむら》美術織物社長の龍村元《もと》（三代目平蔵、二代目は実兄）、それに芸者衆も加わって賑やかだった。

そのとき観てきたばかりの揚巻の豪華絢爛の衣装、なかでも帯が話題になった。助六から龍村の帯へと話が飛び「素晴らしいけど、高くて」と芸者の一人がつぶやいた。最高級品の帯は数百万円という値段であったが、三代目の元は懇切丁寧に龍村の帯が高価格にならざるを得ない事情を説明した。創業者の初代平蔵以来の気の遠くなるような手間がそこには積み重なっていた。

錦は金や銀の糸とか二色以上の色糸で綿密に織る織物をいうが、美しいもののたとえとして呼ばれてもいる。「高いと思われるでしょうが、それでも採算がとれないときもあるのです。オヤジは織物に命をかけていました」と元がいったあと、嶋中がおもむろに登美子に「平蔵さんのこと、書いてみませんか」と切り出した。思いがけない提案にピリリと感応した登美子の脳裏に高知県の弘岡上で機織《はたおり》りに夢中になっていた頃の光景がよぎった。

「はい、うけたまわりました」とひとまず返事をした登美子だが、その後の取り組み方は超のつくスローぶりだった。織物という未知の世界、男性が主人公も初めてだった。ようやく西陣の平蔵をモデルとした長編『錦』の連載が『中央公論』で始まったのは二十五年後の平成十八(二〇〇六)年五月号からだった。その間、先にふれたように中央公論社は読売新聞社の傘下に入って中央公論新社となり、執筆をすすめた嶋中も取材に協力した龍村の三代目もすでにこの世にいなかった。

五月十一日、朝日新聞夕刊で『序の舞』が始まった。モデル問題もあって登美子はストレスがたまっていった。疲労困憊の状態がつづき、心臓が弱っていた。そのため心臓の血管を拡張する薬を服用したところ、次第にアルコールが苦手でなくなった。下戸から途端に酒好きとなった登美子について精神科医でもある作家の加賀乙彦は「医学的にいってよくわからない出来事」（『すばる』平成二十七年三月号）と指摘する。

酒を知って登美子の生活は変わった。長年、苦しんできた頑固な肩こり症がうすらいできたのは有り難かった。さまざまな変わり様を登美子は加賀に伝えていた。「彼女自身はこう解釈している」と加賀がつぎのように代弁する。

「いままでは、人に追いかけられたり、逃げる一方だった自分だった。地方に逃げ、ホテルに逃げ、新しい仕事場に逃げる。それまで小さく固まっていた自分が、酒を飲むことによって、その呪縛からぱっと解き放される感じ。小説を書かねばならぬと一生懸命机に向かっていた自分が解き放たれて、自由になった。そしたら、やることがたくさんありすぎて、かえって忙しくなった。まず、車の免許を取りたいし、外国旅行をしたい、それには英語をやらねばならない、ピアノも稽古したいと思う」

そうなると「ああ忙しいとなるそうだ」が、「この自分の解放とはなぜ起こったか謎である」と加賀は首をかしげるのだ。

八月二十二日、台湾で向田邦子の乗った航空機が整備不良のためか墜落した。乗員、乗客あわせて百十人が犠牲になり、そのなかに十八人の日本人が含まれていた。五十一歳と九か月で命を絶たれた向田は登美子より二歳年下だったが、いくつか共通点があった。やむなく乗ってはいたけれど飛行機が嫌いだったこと。病気と闘ってきたこと（向田は乳がんだった）。直木賞を五十代の初めにとったこと（向田は五十歳で受賞）。二人とも作品に人を呼びこむ力があった点である。

十一月、登美子は浅草の酉《とり》の市で十二年間、ご利益があるという大きな熊手を買った。鴨居にかけて眺めているうちに、果たしてこれから十二年間、生きていられるだろうかと不安に駆られた。だが、それは杞憂にすぎなかった。土佐の高知でくすぶっていた頃は、想像もできなかったような人生が待っていたのだった。

第十二章　姉御がゆく

桑原武夫の座敷芸

登美子の後半期、一体、どういう人生が展開されたのか。前章でその一端をちょっぴり垣間見たが、すこしあと戻りして昭和五十年代の初頭あたりからいま一度振り返ってみたい。苦も楽も一生は一生というけれど、彼女の前半期との落差に驚かざるを得ない。いずれにしても、みずから航路を切りひらくことの多かった登美子流の人生行脚は賑やかで、多彩かつ独特の風味が感じられるのだ。

昭和五十（一九七五）年の師走、登美子は親しかった安田武（評論家）や多田道太郎（京大人文科学研究所助教授）と待ち合わせて祇園の「富乃井」へ行った。安田と多田は祇園で一杯飲む会の幹事役で、日記には「桑原武夫、樋口謹一、橋本峰雄、それに千葉先生加わって……十時半まで騒ぐ。桑原氏のお座敷芸、ずぼんぼえがおもしろい」とある。

のちに文化勲章を受章する桑原が、ずぼんぼえというセクシャルな座敷芸を女性作家の前で披露していたというくだりに、筆者は「なるほど」と思った。というのも筆者が東大総長だった有馬朗人《あきと》に「どうして東大より京大のほうにノーベル賞受賞者が多いのでしょう」とぶしつけな質問をしたとき、有馬がすかさず「京都には祇園があるから」と切り返したからだ。一事が万事という。京都学派のこういうくだけた雰囲気が案外東大とはひと味ちがう豊かな発想につながっているのかもしれない。

宮尾登美子は祭り大好き人間で、とくに浅草の三社祭を好んだ

この夜、登美子がいちばん面白がった隠し芸を披露したのは神戸大学教授で法然院第三十代貫主、橋本だった。♪格子戸をくぐり抜け……と歌いながら奇想天外な芸を連発し、登美子を抱腹絶倒させた（『新潮』昭和五十一年四月号）。

祇園の酒席で知的な会話がなかったわけではない。登美子が弘岡上にいた頃、京大を退官した小島祐馬《おじますけま》にフランス語を習ったことはすでにふれたが、彼女から小島の高知隠遁生活を聞いた桑原グループの面々は弟子をとらないことで有名だった小島の知られざる一面に驚いた。「あなたは先生の唯一の女弟子ですね」と小島に可愛がられた登美子を羨んだ人もいたほどだ。

昭和五十一（一九七六）年五月十六日、登美子は三社祭《さんじゃまつり》で賑わう浅草へ出かけた。高知の下町で育って以来、彼女は祭や花火と聞くと、じっとしていられなかった。三社祭では若い女性のきっぷのいい姿が人気の的だが、土佐でならしたハチキンのこと、もっと若かったら神輿かつぎに参加していたかもしれない。この日は安田や作家の辻邦生《くにお》らが一緒だった。

「みなで芸者の手踊りふたつ見る。お神輿見て興奮。ものすごい人で九十三万人という。疲れ切って、雑色で降りると、彼に迎えにきてもらう。興奮おさまらず、しゃべり続けて十二時近く、ようやく寝る」と日記にある。

昭和五十七（一九八二）年、登美子は大相撲五月場所の七日目を観戦した。両国ではなく国技館がまだ蔵前にあった頃で、嶋岡晨や親しい編集者と一緒だった（蔵前国技館は昭和五十九年九月場所まで）。そのとき、登美子は映画監督の大島渚からもらった扇子を持って出かけた。某日、会合のあとで流れていったほのぐらいバーで大島と交換した白い扇子だった。

扇子の交換には愛の交換という意味合いもあるというが、大島と登美子の間に色恋沙汰があったとは思われず、単なる余興であろう。扇子に歌を書くのは登美子の以前からの慣わしであった。彼女はまっさらな扇子に墨筆《ぼくひつ》で有名な女流歌人の二首をしたためた（『週刊朝日』昭和五十八年七月一日号。つぎの古歌は原文のまま）。

いとせめて恋しきときはむばば玉の
夜の衣を返してぞ着る

小野小町の歌である。ナイトウェアを裏返しにしてふとんに入ると、恋する人の夢に自分があらわれるという俗説があった。それを踏まえて「このうえなく恋しいときは、夜の衣を裏返して寝るのです」と小町は詠んだ。

くろ髪の乱れも知らずうちふせば
まずかきやりし人ぞこひしき

逢瀬のあとに髪が乱れたまま床へ伏すとき、真っ先に恋しく思うのは自分のこの髪を掻きやった人のこと。和泉式部の情熱的な歌だが、こういう謂われのある扇子を手に登美子は蔵前国技館の桟敷席で土俵上の力士同様、気合が入っていた。結びの一番は、登美子がひいきとする北の湖と朝潮（現高砂親方）の対決であった。横綱と平幕の対戦にもかかわらず館内は異様な雰囲気に包まれていた。というのは、北の湖にとって近畿大学出の朝潮は天敵のような存在だったからだ。

北の湖は優勝回数二十四回という偉業を達成し、辣腕理事長として相撲協会を率い、平成二十七（二〇一五）年十一月二十日、六十二歳で亡くなった。憎らしいほど強いといわれた大横綱だが、元大関の朝潮との通算対戦成績は七勝十三敗（うち不戦敗が一）と負け越している。のちに高砂親方は「まったく作戦も秘策もないんです。私の場合は、だれが相手でも立ち合いから当たって前に出るしかない相撲でしたから。合い口がよかったとしかいえないんです」と語っている（『文藝春秋』平成二十八年一月号）。

さて、結びの一番。ぶちかまして当たる朝潮の突き押し相撲に、北の湖はあっけなく土俵を割った。瞬間、扇子を握りしめ、力こぶを入れて見ていた登美子は土佐の血が沸騰したのか感情を爆発させた。「私のくやしさ、悲しさ、ワアワアいいながら身のまわりの座布団やらヤキトリのカラやらプログラムやら、となりのオバさんのコートまで手あたり次第に土俵に向かって投げつけたが、なんたる不覚、愛用のこの扇子もえいっとばかり放ってしまった」と興奮ぶりを語っている。

『週刊朝日』によれば、小野小町と和泉式部の歌が書かれた扇子を嶋岡が取りに行き「いいもの拾ったよ」といった。ほんとうは「返してよ」といいたいところをがまんして「どうせ捨てたもんだからサ」と登美子は姉御ぶりを見せて扇子を嶋岡にあげた。

登美子にすれば、阿刀田高に運をさずけたように嶋岡にも運をわけてやったつもりであった。この年の芥川賞候補作に嶋岡の作品が入ったとき、嶋岡は登美子に「扇子のご利益かもしれませんね」と電話で話したというが、運のおこぼれもそこまでだった。十一月二十六日、やはり運のおこぼれで誕生した鈴木内閣が総辞職。自民党総裁選で圧勝した中曽根康弘が長年の念願かなって首相に指名された。

渡辺淳一の眼力

昭和五十九（一九八四）年一月九日、東京証券取引所第一部のダウ平均が初めて一万円を超えた。株高にわく二月、登美子はクィーン・エリザベスⅡ世号でシンガポールなどを回った。初めての海外旅行であった。少女の頃、喜世から「クィーン・エリザベス号に乗って、いろんな国の王女様と一緒に踊りなさい」といわれたことばを忘れていなかった。登美子は豪華船のダンスホールで思い切ってステップを踏んだ。アラブの王様から声はかからなかったけれど、下船するまでにはワルツとタンゴを踊れるまでになった。

八月、登美子は女流新人賞の選考委員になった。選ばれる側から選ぶ側への飛躍には感慨深いものがあった。平岩弓枝、渡辺淳一が一緒だった。以来、三人は年に一回、かならず都内の料亭でひらかれる選考委員会で顔を合わせたが、ネオン街をこよなく愛す渡辺と登美子は気が合った。

文壇随一の艶聞家として知られ、女性の好みにうるさかった渡辺が登美子の色気についてふれている。渡辺によれば、登美子より若い女性でも女を感じないことが多いのに、彼女のそばにいると濃密に女を感じるというのだ（『宮尾登美子全集』十四巻月報14）。

あるとき、登美子は顔の広い渡辺の世話になった。一件落着のあと「どうやってお礼をしたらいいかしら」といくぶん媚《こ》びをふくんだ登美子のことばに、渡辺は「あなたの貞操で」と答えた。林真理子によれば、後日、登美子は渡辺のセリフをばらしたあと「なんて失礼なことをおっしゃるのかしら」と憤慨したという。「あれは渡辺先生流のジョークなので、本気にとらないほうがよろしいかと思いますよ」と林は登美子にいった（『婦人公論』平成二十七年二月二十四日号）。

登美子の本心はどうだったのか。林に渡辺の失礼な言い方にご立腹のように見せかけたのは登美子流のてらいで、冗談半分にしても相手の粋なリクエストにまんざらでもなかったのではないか。

そう思いたくなるエピソードがある。登美子はお礼に渡辺を四谷の福田家に招待した。福田家といえば、政財界の要人が利用する都内でも最高級の料亭だ。料亭で二人だけでメシを食うというのはごく当たり前の風景だが、登美子はこのとき福田家に泊まって原稿を書いていた。

渡辺はさきの月報で「はっきりいって、宮尾さんはいまでも激しい恋をしそうだし、そうなるとそのまま一直線に突っ走って行きそうな危うさがある」と述べている。渡辺が月報を書いたのは平成五（一九九三）年だから、このとき登美子は六十七歳になる。

渡辺の眼力はやはりするどく「宮尾さんにこんなことをいうのは失礼かもしれないが、宮尾さんのなかにはまだ少女のときの一途《いちず》さや純粋さと、大人になりきれないやんちゃさと頑固さと、初々《ういうい》しい含羞《がんしゅう》が潜んでいるようにも思われる。そしてこの規格に入りこまない、混沌とした危うさが、まさしく宮尾さんの魅力であり、宮尾さんが作家である源泉に違いない」と核心をついている。

登美子は林との対談で「私は体力のある間は遊びもし、ひそかに恋もしたほうがいいと思う。やっぱりそうしないと、自分のなかで豊かなものが湧き上がってこないですよ」と述べている。これに対して林も「いいですねえ。私もそれは望むところですけど」と応じている。「女が本気で書こうと思ったら、どうしたって、悩みも葛藤もなし、というわけにはいきませんね」と登美子はいうのである（『婦人公論』平成十八年四月二十二日号）。

林は先の追悼文のなかで「ぜひ伺っておきたかったことを聞けなかったのは、大きな心残りです。先生は二回結婚なさっていますが、そのほかに、ひそやかな恋があったのではないか。

そこのところを、ご本人の口から聞きたかったのです」と書いている。登美子は林にだれそれに口説かれたとか、思いを告白されたとか、実際に男性の名前を出して話したことがあったという。林もまた渡辺同様、登美子について「いつまでも『女』を捨てていない方だな」と感じていた。

女優を戸惑わせた和服の事前調査

この年の『文藝春秋』七月号の巻頭グラビア「日本の顔」は登美子であった。机の前でペンを持つポーズや、高知市の玉水町にあった旧遊郭街をそぞろ歩くところが載っている。キャプションには「十一年ぶりに亡父の祥月命日に帰郷した」とある。また、派手なドレス姿でマイクを握る写真には「土佐生まれの血か、破目をはずすときは豪快。赤坂のクラブで誕生記念も兼ねて映画関係者、編集者とカラオケに興ずる」とある。人を集めて騒ぐのが大好きだった彼女は毎年、自分の誕生日に宮尾登美子杯争奪歌合戦と麗々しく名づけられたカラオケ大会をひらいていた。

カラオケが苦手の編集者もこれも仕事と割り切って参加したのだろう。文藝春秋の編集者だった高橋一清は「歌い終わった編集者は『ぜひ作品を』と頭を下げた。連載をわが社でしてくださいという、お願いを競っていた」と追悼文のなかで述べている（高知新聞平成二十七年一月九日）。登美子は女王様のような存在だったが、マイクを独占するようなところはなかった。

それでも興に乗れば親しい人と「銀座の恋の物語」などをデュエットした。

昭和六十一（一九八六）年四月十三日、登美子は還暦を迎えた。茶道の家元家をモデルにした小説を構想していた彼女は何度も京都へ取材に出かけた。登美子は胸中にいくつかのテーマをしのばせて現地を訪れた。茶室に座りながらいずれ小説にしたい戦国武将のことをずっと考えていた。登美子はいくつものテーマを持って取材旅行へ出かけた。時間と仕事相手が負担する費用を自分のために効率よく利用するのは、若いときから彼女の得意技であった。しかし、その胸の内は決して同行する編集者にはあかさなかった。

昭和六十二（一九八七）年、長編『松風の家』が『文藝春秋』一月号から始まった。まだ連載が始まって間もない段階で東宝は年内の舞台化を企画し、登美子に打診した。「ちょっと早すぎる」と渋ったが、東宝が熱心に説得し、彼女も同意した。明治から大正にかけて茶道の家元家を支えた由良子が物語のヒロインで、主演は佐久間良子だった。公演は十一月から日比谷の帝国劇場でおこなわれることになった。

『文藝春秋』十一月号のグラビアに登美子と佐久間が散策する姿が載った。二人とも和服でキャプションに「佐久間さんは、本格的稽古に入る前に、宮尾さんに会ってじっくり由良子の人間像を取材、その上、茶道の勉強も始めるなど大ハリキリ」とある。

和服派の登美子は女優などと対談する際、相手が和服ならどんな柄のものを着てくるのか、担当者に調べるように頼んだ。このときもそうだった。元編集者の関根徹によれば「私が佐久間さんの着物を聞き出す役をおおせつかったが、向こうはすこし戸惑ったようである。相手をしのぐ着物を用意するためだろうと曲解されることもあったが、じつは色が重ならないようにするための心遣いなのである。相手が濃い着物なら自分は薄い色、派手な柄だったら地味なものを選ぶわけだ。これはとりわけカメラマンに喜ばれた」（『オール読物』平成二十七年二月号）。

『文藝春秋』十一月号のグラビアはモノクロだが、なるほど濃い着物の佐久間に対して登美子は薄い色でたしかに配色はよい。ただ、登美子の性格やその意図を呑み込めなかった女優のなかには「あなたは当日、どんな着物を着ますか」と質問されて薄気味わるかった人もいたと思われる。そのへんのことを彼女は一度も考えたことがなかったのだろうか。

登美子に渡米の話が持ち込まれた。そのアメリカに激震が走った。十月十九日、ニューヨーク株式市場で大暴落があったのだ。二十日、前日のブラック・マンデーの影響を受け、東京株式市場も三千八百三十六円安（下落率一四・九％）となった。中曽根首相は後継者に竹下登を指名、十一月六日、竹下内閣ができた。九日後、彼女はアメリカへ発った。九日間かけてロサンゼルス、サンフランシスコ、ニューヨークを講演旅行で回った。アメリカはブラック・マンデーの後遺症に苦しんでいたが、登美子にとってはこれまで苦手だった飛行機に慣れたのが収穫だった。飛行機恐怖症がすっかり治ってしまったのだ。

加賀乙彦を引き連れ銀座のバーめぐり

昭和六十三（一九八八）年初夏、全国の書店で椅子に腰かけた登美子のきりりっとした姿が見られた。高価な着物を召した登美子が『ＡＥＲＡ』七月十九日号の表紙を飾ったのだ。彼女はさっそく加賀乙彦に電話し「いまから銀座の行きつけのバーを十軒ほど回って週刊誌を配るからついてきてよ」と誘った。いってみれば登美子のお供の役を演じることになった加賀のやけっぱちの談が面白い。

「そこで銀座に行ってみると、手押し車に週刊誌が山積みになっていて、どこかの新聞社か出版社の若手社員がついている。バーめぐりが始まった。どこへ行っても大歓迎で『先生おめでとう』の黄色い声が雨のように降ってくる。私などを見てもだれひとりあいさつもしない。こうなったら、老社員になってやれと腹を決めて、向こうが出す酒をじゃんじゃん飲むことにした。すっかり酔ったところで、このお祭りは終わった」（『新潮』平成二十七年三月号）

登美子のはしゃぎぶりが目に浮かぶが、姉御に命じられて週刊誌配りを手伝わされた「どこかの新聞社か出版社の」関係者にとってはとんだ災難だった。このなかに朝日新聞関係者がいたのはまちがいない。九月一日から朝日新聞で長編『きのね』が始まった。十九日、昭和天皇の容態が悪化し、二十二日、政府は天皇の国事行為をすべて皇太子へ委任することを決めた。どんちゃん騒ぎがはばかれるような自粛ムードが広がった。

昭和六十四（一九八九）年一月七日、昭和天皇が崩御され、日本中が悲しみにつつまれた。昭和とともに歩んできただけに、登美子はずっと昭和天皇のご病状に心を痛めていた。

もう一つ、彼女の気分を暗くしたものがあった。二日夜九時からテレビ朝日系でドラマ「春燈」が放映され、南野陽子がヒロインの綾子を、菅原文太が岩伍を演じた。この岩伍が「酒を飲み、ヤクザそのものに描かれている」と登美子はカンカンだった。「父にああいう姿は全然なかった。父は私の前で膝を崩したことがない。お酒は一滴も飲みませんでした。うちにはお酒の瓶が一本もなかったんですよ」と憤慨した。

宮尾作品の映画化、舞台化にあたって芸妓娼妓紹介業という家業や猛吾像はどうしても現代ふうにゆがめられていく。それが登美子のストレスになった。その点、緒形拳が岩伍を演じた映画「櫂」は比較的ストレスがすくないほうだった。何人かいた岩伍役者のなかで彼女は緒形がいちばんのお気に入りだった。

映画の脚本で登美子が最後まで抵抗したのは、やはり東映が映画化を望んだ短編『夜汽車』のときだった。脚本を一読して登美子は仰天した。原作とははるかにかけ離れた内容だった。話し合いは何度となくつづけられ、東映の担当者が下痢になってとまらず、登美子も入院寸前でようやく妥協した。

平成の世となって間もない頃、筆者は有楽町の芸術座で「喜和」を観た。喜和を演じた十朱幸代の熱演に場内は盛りあがっていた。このときの岩伍は高橋幸治だった。高橋の演技には猛吾にあった明治人の気概が感じられた。めずらしく男性の観客が目立ち、ロビーに置いた文庫本の『櫂』もこれまでにない売れ行きだと係の人が話していた。

「まあ世のなかもあわただしいこと」と登美子はいったが、六月二日、竹下首相に代わって宇野宗佑内閣ができたと思ったら、八月九日、宇野首相が辞任し、海部俊樹内閣ができた。十一月九日、ベルリンの壁が崩壊した。十二月三日、地中海のマルタ島でブッシュ米大統領とソ

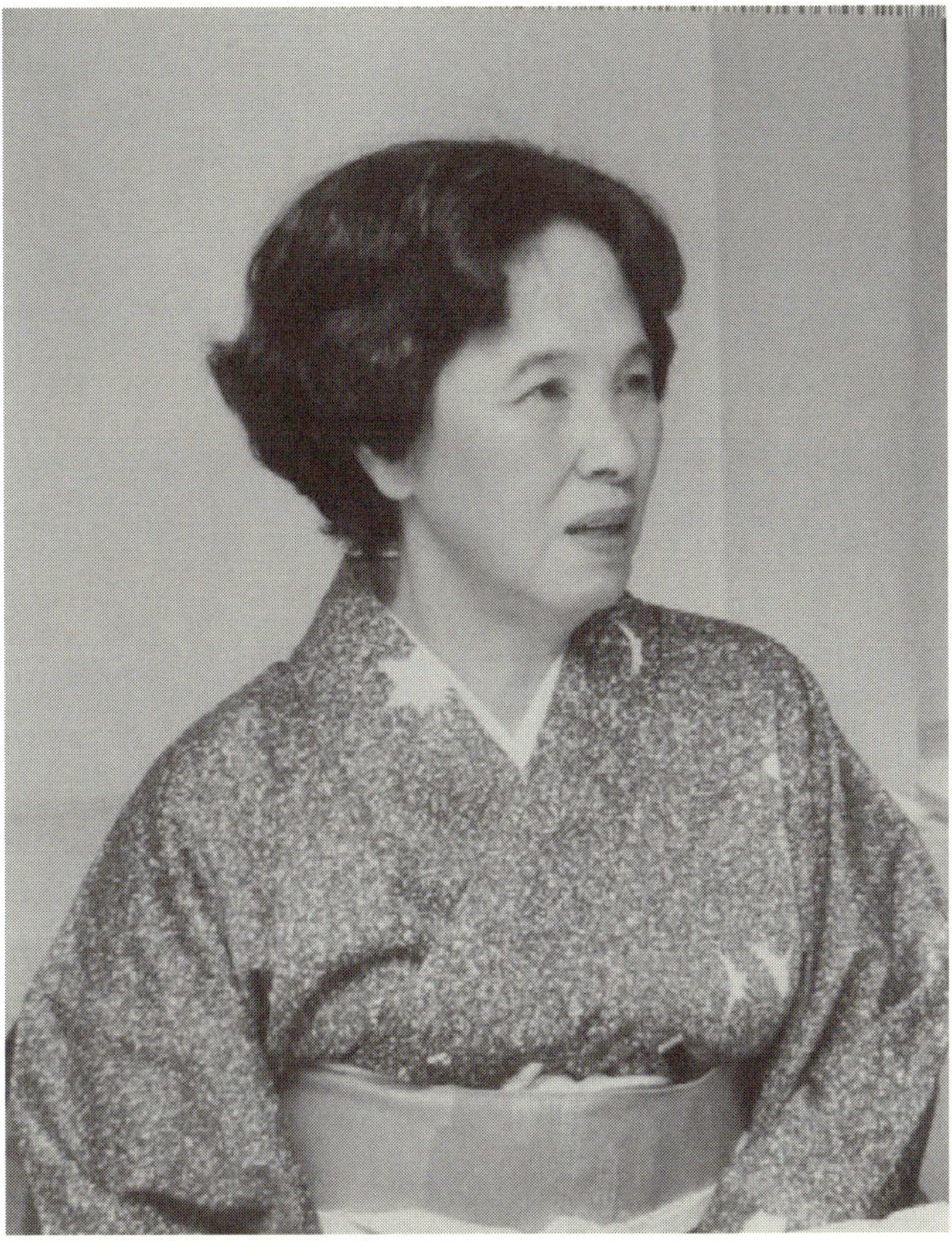

有馬朗人東大総長と対談したときの宮尾登美子。ハレの場では和装が定番で「どういう着物であらわれるか、それが楽しみだった」という編集者もいた。このとき、作家は64歳だった
（産経新聞写真部撮影。ほかの写真はいずれも筆者撮影）

連のゴルバチョフ最高会議議長が会談し、冷戦終結を宣言した。内外ともに歴史の転換点ともいうべき年であったが、登美子は新聞と雑誌の二つの連載の準備に追われていた。

平成二（一九九〇）年十一月九日、東京会館で登美子と有馬朗人東大総長の対談がおこなわれた。産経新聞の「本音を語ろう」シリーズの企画で当時編集委員だった筆者が司会を担当した。この組み合わせは有馬の提案だった。当日、登美子は明るい紺地に白く小さな菊や紅葉が吹き寄せになっている着物を召していた。帯はやわらかい朱色に金で、相当なお値段のものであるのは素人目にもわかった。「私、宮尾先生のファンでしてね」と有馬が切り出すと、「先生なんて、いわないで下さい。登美子さんでけっこうです」と彼女はてれた。二人は意気投合し、話題は広範囲におよんだ。テープが回っているのも気にせず登美子は小説のモデルとのきわどい軋轢《あつれき》なども語った。

林真理子が紅白で驚いたこと

平成三（一九九一）年十月一日から十八日まで、登美子は『クレオパトラ』の取材でイギリス、イタリア、ギリシャを回った。大英博物館ではクレオパトラゆかりの品々を見て回った。飛行機恐怖症を克服して以来、視野が一段と拡大した。

平成四（一九九二）年三月二十六日から毎日新聞朝刊で『蔵』が始まった。実在するモデルがいない初めての作品だった。舞台として選んだのは新潟県の「越乃寒梅」の醸造元で、紹介したのは「酒」編集長の佐々木久子だった。農村生活の描写は弘岡上での日々が参考になった。連載中、厚相の小泉純一郎から「毎日の小説を楽しみにしている」という感想が毎日新聞を通じて登美子に伝えられた。

小泉は政界随一の小説好きだった。新聞の連載小説のほかに寝る前、小説の単行本を読むのを日課としていた。そして感動した小説の作者に自分のほうから声をかけ、食事に誘うのをなによりの楽しみにしていた。筆者も小泉が厚相のとき飯島勲秘書から頼まれて城山三郎を紹介したことがあった。だれかが間を取り持ったのだろう、小泉と登美子の付き合いが始まった。

十月十日から二十四日まで登美子はエジプトへ取材旅行に出かけた。カイロの土産物屋でガイドの日本人女性が三千円というガラベイアを得意のアラビア語を駆使して六百円まで値引きに成功した。そのやりとりに登美子は感動した。高知の日曜市を思い出したのだ。登美子は値切るという行為を子供の頃から見慣れていた。

このあと登美子は同行した朝日新聞記者の都築和人とパピルスを売る店に入った。七千円だというパピルスに描かれたファラオの絵が気に入り、身振り手振りの値段交渉でついに三千円まで買い叩いた。根負けした店主は、あまりのしぶとさに怒りの表情を浮かべた。登美子らは怖くなって一目散に駆け出した（『週刊朝日』平成五年九月二十四日号）。

平成五（一九九三）年になった。登美子はクレオパトラと格闘する日々だったが、世間の関心を引き付ける出来事が相次いだ。六月九日、皇太子徳仁親王は小和田《おわだ》雅子と結婚された。十八日、宮沢内閣不信任案が可決され、衆議院は解散。総選挙の結果、八月九日、日本新党の細川護熙《もりひろ》が首相となった。十月三日から朝日新聞日曜版で長編『クレオパトラ』が始まった。

十二月三十一日、渋谷のＮＨＫホールで第四十四回紅白歌合戦がひらかれた。最前列の審査員席には三田佳子、米長邦雄、市川團十郎、ミヤコ蝶々、曙太郎、野村克也、そして登美子ら二十一人が並んだ。かつて團十郎と登美子が緊張関係にあったことを知る者のなかにはＮＨＫの審査員選びと席順に首をかしげるむきもあった。二人は隣り合わせだったからだ。だが、双方にわだかまりはなかった。登美子の絶筆となった團十郎を追悼する文に和気あいあいとした当日の様子が描かれている（『新潮』平成二十五年七月号）。

それによれば、リハーサルの時間が延びて審査員は夕食をろくに取らず、席に着いた。登美子も腹ペコだった。そのとき、右隣の蝶々が「ひと粒しかないけど、よかったらどうぞ」とキャラメルを差し出した。これを見て左隣の團十郎が「いいなあ、ぼくにも下さい」といったので、登美子は惜しかったが、あげた。

すると三田が「私も欲しい。半分っこ、できる?」と割り込んだ。團十郎はキャラメルを二つにちぎった。「そんな指の雑菌だらけのものを」と登美子が口をはさむと「平気、平気」というが早いか、半分にしたキャラメルを口に入れてハッハッハと笑った。「何だかこちらまでめでたい気にさせる、無邪気で、快闊で、豪放磊落な笑い声だった」と登美子は書いている。

このとき、和服で登場した登美子はひそかに着物をもう一つ持ってＮＨＫへ行ったのではあるまいか。以前、紅白で一緒に審査員となった林真理子がつぎのように証言しているからだ（『婦人公論』平成二十七年二月二十四日号）。

「三十三年前、『ルンルンを買っておうちに帰ろう』を出した翌年に、私は『ＮＨＫ紅白歌合戦』の審査員に選ばれました。当日、審査員控室で、やはり審査員だった宮尾登美子先生をお見かけしたのです。『櫂』を読んですっかり宮尾先生のファンになっていた私は『先生、高知からいらしたのですか？』とお声をかけました。すると『あら、いまは東京に住んでいるのよ』とおっしゃった。その日、先生は紫色のお着物をお召しでした。ところが、審査員の一人だったある女優さんも、紫色のお着物だったのです。すると先生はすーっとどこかに消え、ちがうお着物に着替えていらした。なにかのときのために二枚用意していらしたのですね」

もともと登美子はＮＨＫや民放へ出演する際、いつでも着替えられるように予備を準備していた。いつも見られる自分を意識し、そのためには労を惜しまなかった。それだけに彼女は身だしなみのセンスに欠けた人間を好きになれない性分だった。

文壇高額納税者ランキングへ

平成六（一九九四）年四月二十五日、政治資金疑惑を追及された細川首相は退陣。二十八日、新生党の羽田孜《つとむ》党首が首相となった。羽田内閣は二か月しか持たず自民党と社会党にさきがけを加えた三党連立による村山富市内閣へバトンタッチされたが、まだ羽田内閣の頃、高額納税者（五年分）が発表された。文壇ランキング二十位のなかに、前年は圏外だった登美子の名前があった。一挙に十一位まで駆け上がった彼女の納税額は六千三百八十四万円だった。あえて念を押しておけば、これは所得額ではなく五年間に収めた税金の総額である。

ちなみに作家ベストテンは一位・赤川次郎、三億二千九百四十三万円。二位・西村京太郎、二億二千百六十三万円。三位・内田康夫、一億七千四百十二万円。四位・司馬遼太郎、九千九百六十九万円。五位・山村美沙、八千六百二十四万円。六位・津本陽、七千七百六十五万円。七位・森村誠一、七千六百八十九万円。八位・荒巻義雄、七千六百八十万円。九位・菊池秀行、六千九百七十万円。十位・斎藤栄、六千六百五十万円だった。

それにしても赤川はすごい。登美子より二十二歳年下の赤川の創作活動には、文句なしに敬服せざるを得ない。平成六年の時点ですでに十一年、連続トップだった。作家としてのデビューは登美子より二年ほど遅いが、現在、作品数は六百作に迫り、総発行部数はとっくに三億部を超えている。多作の赤川、寡作の宮尾では所得のトータルに差がありすぎるにしても、対照的な稼ぎ手作家として文壇史に刻み込まれると思う。

高額納税者が発表された頃、土佐で「登美子さん、こんなに稼いでいるのに、どうして返してくれないんだろう」とぼやく人がいた。登美子は上京して以来、給料の一部を借金の返済にあてていたし、太宰治賞の受章以後、まとまった金が入ったときは借金を返していた。日記にもしばしば返済の記述がある。初対面の席で「あんたは舎弟やき」といわれてから登美子を姉御と呼んで敬ってきたという高知出身の作家、山本一力がつぎのような追悼の文を読売新聞に寄せていた（平成二十七年一月八日）。

「一九六六年、姉御は故郷を捨てて上京した。ふたつの借金を負ったままだった。ひとつは車のローン五十万円超。もうひとつは金高堂書店への買い掛け二万数千円である。上京後の宮尾さんは女流新人賞を受賞しただけの新人。まだ名は通っておらず、経済的には相当に難儀をされただろう。そんななかにありながら。

『毎月五千円ずつ送金してきたと、車の販売会社の社長から聞かされた』

逸話を話してくれたのは金高堂社長の故吉村浩二氏だった。金高堂書店に負っていた買掛金は、宮尾さんが上京後に受賞された文学賞の賞金で全額払われたそうだ」

登美子自身はすべて返したと思っていたようだ。高知市でひらかれた山本との公開対談でも「たくさんの人に迷惑をかけましたけれども、みなさんにお返しして」と明言している（高知新聞平成十六年十一月一日）。多数の地元市民を前にした発言であるから、本人は嘘偽りのない心境だったと思う。だが、高知在住の登美子の知人の証言では、結局、返済してもらえなかった人たちもいるというのだ。

借り手があまりにも有名になって、貸した側は催促しづらくなったのか。殴ったほうは忘れても殴られた側は決して忘れないように、他人に貸した金を忘れる人はまずいない。あるいは登美子のほうに借金という認識はなく、苦境時代の自分への支援金と解釈していたところがあったのか。

平成八（一九九六）年夏、高知県下に得月楼が経営不振に陥ってパチンコ店に買収されるといううわさが広まって、それが登美子の耳にも届いた。当時の橋本大二郎知事も「大事な、昔からの由緒あるところ」と心配した。橋本は平成三年の暮れから十九年の暮れまで県知事をつとめたが、二期目の前半に降って湧いた名物料亭の身売り情報だった。

得月楼四代目の松岡憲男は地元紙の取材に「売るなんて冗談じゃない」と売却を否定した。だが、料亭経営が苦しかったのは事実で「高知新阪急ホテルの進出を契機に大型旅館が新改築した。十年ほど前のことです。あれでホテルや旅館に料亭は客を奪われた。そこにバブルの崩壊が重なり、さらに官官接待禁止。あれもこたえました。飲みよったら国賊みたいな風潮になりましたき」と松岡は語った（高知新聞平成八年十一月十八日）。

登美子は東京から得月楼に声援を送った。「南海第一の料亭として天下に名をはせた、その面影がいまもあります。残さなくちゃいけません。それにね、はりまや橋の近くの、もっとも高知を象徴するあの場所がパチンコ店になっては駄目」と、高知新聞にコメントを寄せた。「お金があれば私が買い取ろうと思った」というが、おそらく本気でそう思ったにちがいない。

平成九（一九九七）年夏、登美子は雅夫と北海道の有珠《うす》郡壮瞥《そうべつ》町を訪れた。ここに親友の洋画家、野田弘志がアトリエを構えていた。野田は「東京から仕事場を北海道へ移してはどうか」と勧めていた。重い腰をあげてやってきた登美子はこの地がすっかり気に入った。野田のアトリエからそう遠くないロッジにひと月ほど滞在し、『仁淀川』を執筆した。予想以上に仕事がはかどったうえ地元の人情にふれ、ついに自分の仕事場をつくる気になった。こういうときの彼女の決断は早かった。

平成十（一九九八）年、『新潮』一月号で長編『仁淀川』が始まった。四月、恒例の誕生パーティーをかねた宮尾杯争奪歌合戦には小泉厚相、中江利忠朝日新聞社長、田中健五文藝春秋社長らが参加した。歌合戦を仕切る登美子はもはや大姉御といってよい貫禄だった。七月三十日、参院選敗北の責任をとって橋本龍太郎首相が辞任し、小渕恵三内閣ができた。

平成十一（一九九九）年春、二千坪の敷地に平屋建ての仕事場が北海道に完成し、登美子は東京から転居した。「この秋より長期間の仕事に入るため、雑用の多い東京を離れ、深く、そして静かに没入したいという目論見なのですが……」という北海道からの突然の転居通知に目をパチクリとした友人もいた。仕事というのは、この年の十一月から『週刊朝日』に連載する『宮尾本　平家物語』の執筆だった。

美食家で気の合った人を食事に招待するのが好きだったばかりでなく、各界の著名士から食事の誘いも多かったモテモテの登美子が東京の甘美なひとときをみずから断ち切って、背水の陣を敷いた。「ほんとにがまんできるのかね」という声も聞かれた。『週刊朝日』十一月五日号から『宮尾本　平家物語』が始まった。壮瞥町に隣接する伊達市は、宮尾登美子文学記念館をオープンした（高知城のなかにある高知県立文学館には「宮尾文学の世界」というコーナーがある）。

登美子の後半生における衣食住へのこだわりは、前半生の不遇を一挙に挽回するかのようにエスカレートした。とくに住がすごかった。加賀は故人の住への傾斜を謎と見て、追悼文でつぎのように述べている（『すばる』平成二十七年三月号）。

「宮尾さんは東京の狛江市細井町に、素晴らしい住宅を所有している。風雅な造りの家で多摩川の清流と自然の眺めが美しい。ところが、一九九九年、七十三歳のときに、北海道の有珠郡壮瞥町に大きな書斎を建てた。そこでライフワークである『宮尾本　平家物語』を書くというのだ。一作を書くために豪邸を新築するのが謎である。ところが、ライフワークを書き終えてから、『もう北海道は寒いから嫌よ。あの書斎売りたい。加賀さん買ってよ』と言い出し、細井町に帰ってしまった。大勢の人に声をかけたが、みんな尻込みして断られ、若い画家が買ってくれて一件落着した。

しばらくして、『東京は暑くていや。加賀さん、誰か軽井沢の土地を売ってくれる人を知らない？』と電話があり、ちょうど私の友人Nが中軽井沢の別荘を売りたがっているので交渉してみたらと言ったら、すぐさま相手に電話したらしく、『大体、いいのだけれど、加賀さん、人柄を見たいからNさんを紹介してよ』と言われ、まるで土地周旋屋のように軽井沢に出かけ、売買物件の別荘で宮尾さんに、Nを紹介した。そこで売買が成立した。宮尾さんはNの別荘を壊し、庭の樹木をほとんど全部抜いて、豪華な別荘と庭園を新設した」

加賀の文は「それで終わりかと思っていると……」とつづくのだが、北海道、軽井沢、さらにもう一か所に相次いで大金を投じた登美子について加賀は「自由奔放な楽しみであったらしいとは思うものの、その真意は謎としか言いようがない」と述べている。

平成十二（二〇〇〇）年四月一日深夜、小渕首相が脳梗塞で倒れ、公邸から順天堂病院へ運ばれた。五日、小渕内閣総辞職。森喜朗《よしろう》内閣ができた。五月十四日、小渕、死去。六十二歳だった。十月十二日、登美子は昭和小学校を訪れた。高知市教委が「ようこそ先輩講演事業」を企画し、彼女がそのトップバッターに選ばれた。「文章にはものすごい力がある。皆さんもつらいとき、友だちやお父さん、お母さんに話すだけでなく、文にしてみて」と訴え、「作文を書きますか」と呼びかけた。講演を終えた登美子は「校舎と校歌は変わったけれど、校門も敷地も昔のまま。本当に懐かしい」と語った。六十年ぶりの母校訪問だった（高知新聞平成十二年十月十三日）。

平成十三（二〇〇一）年四月二十六日、森首相は在職三百八十七日で辞任し、小泉内閣が誕生した。登美子のお友だちが日本のトップになったのだ。二人の間柄を小説『信長の棺』の作者、加藤廣があかしている（『文藝春秋』平成二十七年三月号随筆「姉貴の如き君なりき」）。日本経済新聞に連載された加藤の『信長の棺』を小泉首相が愛読していた。その後、加藤も小泉から声がかかって会っていたが、この時点で登美子と加藤は面識がなかった。元証券マンだった加藤がこう回想する。

「七十五歳で作家としてデビューした私は、いわば文壇に裏口入学したようなもの。まったくちがう業界から飛び込んだので、この世界に師匠もいなければ、先輩もいない。そんな私の目の前に忽然とあらわれたのが宮尾登美子さんでした。その出会いは劇的でした」

加藤によれば、登美子から突然「純ちゃんと食事会をするのでおいで下さい」という電話が自宅にかかってきた。純ちゃんとは、いうまでもなく現職の首相。しかも指定されたのはクリスマスの夜。以来、毎年のクリスマスには「三人で、ときには共通の友人を交えながら銀座の料亭に集まるのが恒例に」なった。会席では小泉から「品のいい下ネタまで飛び出し」たというが、三人は新潟まで花見にも出かけていた。

加藤は「切符の手配から現地の細かな調整まで、すべて宮尾さんがみずからされて、私のところには『何時何分の何号車にきなさい』という指示がファックスでくる。もちろん小泉さんも新幹線で待ち合わせて、一緒に向かいました。宮尾さんが名作『蔵』の取材で訪れた『越乃寒梅』の蔵を見学してお花見。本当に嬉しい思い出です」とつづっている。「越乃寒梅」の醸造元といえば、新潟市港南区の石本酒造だが、こういうときの登美子はまめまめしく世話女房ぶりを発揮していたのだ。

平成十七（二〇〇五）年一月九日、四十四作目のNHK大河ドラマ「義経」が滝沢秀明の主演で始まった。原作は『宮尾本　平家物語』。宮尾作品が大河ドラマになるのはこれが初めてであった。NHKによる視聴者からの投票「あなたの好きな大河ドラマ」のベストワンは「義経」だった。二位「新選組！」（四十三作）、三位「龍馬伝」（四十九作）、四位「独眼竜正宗」（二十五作）、そしてなんと五位も三年後に放映された宮尾作品が原作だった。

平成十八（二〇〇六）年、「中央公論」五月号で長編『錦』が始まった。九月二十六日、千九百八十日つづいた小泉内閣が総辞職し、安倍晋三内閣ができた。以後、福田康夫、麻生太郎、鳩山由紀夫、菅直人、野田佳彦とつづき、そして安倍が再登場する。

血の涙

平成十九（二〇〇七）年九月二日の日本経済新聞でインタビューを受けた登美子は「どんなに反対されても、自分が書きたいものは絶対に書くという姿勢は貫いてきました」「書きたいことはいっぱいあり、全部書くには二百歳まで生きなくてはなりません」と語った。八十一歳になっても未来を見つめていた登美子だが、気がかりなことがあった。夫の病状だ。十二月十一日、高知以来、苦楽をともにしてきた雅夫が世を去った。七十八歳だった。

雅夫が病床に臥していたとき、登美子は最後の長編となった『錦』の執筆に全精力を傾けていた。小説は終幕に近づいていた。あと、もうすこしというところだったが、夫の死に彼女は悄然《しょうぜん》となり、いっときペンを取る気力を失った。実際、『中央公論』平成二十年二月号の『錦』は休載となった。最終回は主人公が死ぬ場面であった。雅夫の臨終を思い出し、登美子は涙ながらに書いた。

平成二十（二〇〇八）年一月六日、四十七作目となる宮崎あおい主演のNHK大河ドラマ「篤姫《あつひめ》」が始まった。「義経」のときと同様、登美子は視聴率を気にしたが、幕末ものではトップクラスに入る人気だった。そして「篤姫」は「あなたの好きな大河ドラマ」ランキングで堂々五位に入った。

この年、高知のホテルに宿泊していた登美子はベッドから転落した。加賀によれば「亡くなったご主人がヘビになって襲いかかってくる夢を見て、驚いてベッドから落ち、背骨を曲げてしまっていた。整形外科医を紹介するから、ぜひ治療しなさいと勧めたが、自分の人生は終わりに近い、医者にかかって痛い目に遭うのは、もう嫌だと、私の勧めをこばんだ」（高知新聞平成二十七年一月十二日）。そのくせ背中が痛み出すと加賀に電話し「専門医ではない精神科医の私を質問攻めにするのだった」（毎日新聞同一月十五日夕刊）。

平成二十一（二〇〇九）年十一月三十日、登美子は明治座での公演「天璋院篤姫」の制作発表の場に杖をついてあらわれた。公開は翌年二月四日から二十四日までで、主演は内山理名だった。大勢の報道陣を前に作家は「これまで私は二十一人の女性を書いてきました。そのなかで篤姫はピカイチです。いちばん好きな女性です」とあいさつした。

平成二十二（二〇一〇）年十月、第六回親鸞賞の受賞作に『錦』が選ばれた。十年前から始まった本願寺文化興隆財団が主催する文学賞で第一回は『沈める城』（辻井喬）、第二回『虚竹の笛』（水上勉）、第三回『静かな大地』（池澤夏樹）、第四回『新リア王』（高村薫）、第五回『道元禅師』（立松和平）と一年おきに発表されていた。選考委員は作家の黒井千次、瀬戸内寂聴、加賀、それに国文学者の中西進の四人で『錦』は満場一致で当選作と決まった。授賞式で登美子は「夫を看病しながら血の涙で書きました」とあいさつした。「血の涙」という表現に雅夫への強い思い、深い哀しみが込められていた。

平成二十三（二〇一一）年三月十一日午後二時四十六分、登美子は激しい揺れに驚いたにちがいない。東北地方で観測史上最大の地震が発生した。この東日本大震災で死者・行方不明者

最晩年の宮尾登美子が暮らしと創作の場として選んだのは高知城そばの高級マンションだった（平成27年3月、高知城天守閣より撮影）

は二万人を超え、福島第一原子力発電所でメルトダウンが発生し、多数の住民が移住を余儀なくされた。

平成二十四（二〇一二）年春、登美子は付き合いの深かった人たちに「くたびれたので高知へ帰ります。もうお気になさらないで」と手紙を出した。そこには転居先は書かれていなかった。登美子は高知城の追手門《おうてもん》近くの一等地に建つマンション「レジデンス大手前」を購入し、内装にお金をかけて移り住んだ。少女時代、はりやま橋の西にそびえるお城のそばに住みたかった夢が八十年の歳月を経てようやく実現したのであった。

平成二十五（二〇一三）年二月三日、白血病と闘っていた十二代目市川團十郎が亡くなった。六十六歳だった。因

千葉県成田市の成田山新勝寺本堂へ向かう十二代目市川團十郎。『きのね』のモデル問題をめぐって宮尾登美子と成田屋は緊張関係にあった（平成20年4月

縁深い歌舞伎役者の死に登美子は強い衝撃を受け、一日中、ふとんから起き上がれずにいた。それでも気力をふりしぼって團十郎をしのぶ文を書くために机に向かった。それが團十郎の母、堀越千代をモデルにした長編『きのね』の作者のつとめだと思ったのだ。

こうして書き上げたのが「柝《き》の音《ね》の消えるまで——追悼市川團十郎丈」（『新潮』同年七月号）だった。

「数えればまだ六十代も半ばを過ぎたばかり、役者としてたっぷり成熟し、さらなる活躍を期待されまた約束もされていた市川宗家、歌舞伎界の大看板をこの地上からかくもあっさりと奪い去っていくなんて、芸の神様は何と酷《ひど》いことをなさるものか、と詰《なじ》りたくなるような、地団駄《じだんだ》を踏むような愁嘆《しゅうたん》はいまだ胸から消えない」

そう書いたあと登美子は「成田屋さんはさだめし無念だったろう、寂しかったろう、口惜しかったろう、まだやりたかったこと、やり残したことは沢山あったはず」とつづった。追悼文の文末には〔随時掲載「わたしの文学的回想録」1〕とあった。折に触れて思い出を執筆するつもりだったのだ。だが、四百字詰め原稿用紙約三十枚の第一回が彼女の絶筆となった。

團十郎の死から四日後、登美子は落ち着きを取り戻し、高知市南はりやま町一丁目にある得月楼を訪れた。お目当ては見頃を迎えた名物の盆梅をめで、料理を味わうことだった。この料亭とは八十年を超える付き合いだが、梅の季節にここで食事をするのは初めてだった。現在の大広間には海岸通り二丁目にあった得月楼本店のイメージが残っていた。登美子は少女の頃、本店で遊びまわった頃を思い出した（高知新聞同年二月八日）。

高知へ帰って土佐弁を自由に使えるのはありがたかったが、創作の意欲はなかなかわいてこなかった。古くからの友人がマンションを訪れた。なにを書くつもりだったのか、書斎の机に「とみ子用箋」と印刷された原稿用紙が置かれていた。「書いていますか」と尋ねると、「それが、書けんぞね」と登美子は寂しそうな顔になった。

来客も次第にすくなくなった。昔の仲間も高齢となり、減っていくばかりだった。追手筋の日曜市にも出かけなくなった。電話魔だった登美子にとって耳が遠くなったのはつらかった。電話をかけなくなり、親しい人とも連絡を絶った。体調を崩した彼女は高知城そばのマンションを引き揚げ、狛江へ戻った。

平成二十六（二〇一四）年十二月三十日午後、高知市から狛江市の宮尾邸に潮江《うしおえ》カブが届けられた。市内の潮江で栽培されたカブの根は大きくならず、葉や茎をおひたしにできた。昔、岸田家の正月のぞう煮といえば、潮江カブがかならずそえられていた。かつて登美子が高知新聞に寄せた一文によれば、ぞう煮の用意は鏡川のハゼを蒸し焼きにし、天日で干すところから始まった。切り餅を焼かずにそのままハゼのだし汁のなかで潮江カブと共に煮て、上からかつぶしをかけた。

地元ではとっくの昔に潮江カブは消えていた。高知市内の篤志家が登美子の文章を読んで十年がかりで再生につとめ、ようやく栽培に成功し、食べられるまでになった。それが十二月の中頃だった。丹精込めた潮江カブは狛江の宮尾邸へ送られたが、残念ながら間に合わなかった。

この日の午後九時十七分、宮尾登美子は息を引き取った。潮江カブはあと一歩で届かず棺に入れられた。彼女の一生は最後の最後まで土佐と共にあったといってよかろう。華やかなことが好きだった人にしてはひっそりとした最期で、テレビや新聞でその死が報じられたのは年を越した平成二十七（二〇一五）年一月七日のことだった。

あとがき

「宮尾作品は人物がくっきりと描かれていてドラマ化しやすい」とあるテレビプロデューサーから聞いたことがある。出世作の『櫂』を皮切りに『陽暉楼』『寒椿』『鬼龍院花子の生涯』『一絃の琴』『序の舞』『天榫院篤姫』などがテレビ、舞台、映画になってそれぞれ話題を呼んだ。作品の劇化率という点で宮尾作品は文句なくトップクラスに入る。

宮尾登美子の生涯を追いながら思ったのは「この人自身の生き方もドラマ化しやすいのではないか」ということだった。劇場型の生き方というか、まわりをハラハラとさせるところがあった。おそらく彼女の人生そのものも、文学作品のように長く語り継がれていくにちがいない。

それにしても、めぐりあわせの妙を感じさせる人だと思う。人との出会いはいうにおよばず、たとえば川ひとつとっても運命のめぐりあわせのように見えてくる。少女の頃の鏡川、代用教員や農家の嫁であったときの仁淀川、満州時代の飲馬河《いんばほう》、そして世に羽ばたくときの多摩川と、まるで舞台装置のように情景の背後に川があるのだ。

川の流れが変転つねなくめぐりめぐるように、人の運もうつろいやすい。土佐が生んだ文人、大町桂月は「運は運なり、運転する也」と喝破した。運は人を見て、くっついたり離れたりしているというのだ。宮尾登美子の起伏の激しい人生がまさしくそうであった。

大町によれば、運は「慾《よく》の多き人を去って、慾の大なる人に来る」という。欲張りでは駄目だが、雄大な野望は幸運を呼び込むというわけだ。宮尾登美子の胸の奥に秘めた野望と負けじ魂はなかなかのものであった。大いなる欲をバネに彼女は不運を乗り越え、つぎつぎと幸運を手にしていった。

宮尾作品はそう多くないが、粒がそろっているうえ集客力が抜群であった。人を呼び込める小説を書こうと一作、一作に全力投球してきた彼女のエネルギーの源泉は前半生の苦労だった。昨今、苦労した者はかならず報われるという事例が、だんだんすくなくなっているように思える。それだけに教訓をたっぷりと含む宮尾登美子の遅咲きの人生は貴重だ。いずれにしてもマイナスをいつの間にかプラスに転じていく生き方には学ぶべき点が多い。

故人に見せたかったデータがある。平成二十六（二〇一四）年十二月、朝日新聞はデジタルの会員を対象に好きな新聞小説のアンケートを実施した。戦後、朝日新聞の朝刊（日曜版を含む）に連載された八十あまりの好きな作品をあげてもらったもので、翌年一月三十一日朝刊にその結果が出た。

ベストテンは一位『こころ』（夏目漱石）、二位『氷点』（三浦綾子）、三位『荒神』（宮部みゆき）、四位『氷壁』（井上靖）、五位『複合汚染』（有吉佐和子）、六位『青い山脈』（石坂洋次郎）、七位『きのね』（宮尾登美子）、八位『古都』（川端康成）、九位『七夜物語』（川上弘美）、十位

『人間の壁』(石川達三)という順だった。

漱石の『こころ』がトップになったのは、朝日新聞が平成二十六年四月から再録していたからであろう。また、十一位『クレオパトラ』(宮尾登美子)、十二位『沈黙の町で』(奥田英朗)、十三位『女の一生』(遠藤周作)、十四位『神の汚れた手』(曽野綾子)、十五位『迷走地図』(松本清張)、十六位『胡蝶の夢』(司馬遼太郎)、十六位『聖痕』(筒井康隆)、十八位『麻酔』(渡辺淳一)、十九位『自由学校』(獅子文六)、二十位『宿神』(夢枕獏)という順位だった。

宮尾登美子はアンケート結果が紙上に載る一か月前にこの世を去った。健在だったら、このランキングをどう見たであろうか。漱石の『こころ』は例外的な作品なので『きのね』は実質的には六位といえる。松本清張や司馬遼太郎といった大作家より上位にあるうえ、『こころ』を除いたベスト10に二冊も入ったのは宮尾作品だけである。三年早くこのアンケートが出ていればもう一作、これに勇気づけられて書き上げたかもしれない。だが、それは自伝的小説の続編ではなかったと思う。

宮尾登美子の知人や編集者のなかには「綾子その後」の執筆を期待し、直接本人に「ぜひ、『仁淀川』のあとを書いて下さい」と直訴する向きもあった。「これからもご自身のことをお書きになりますか」と筆者が聞いたときも、「あります。それは作家としての覚悟ですもの」と彼女はきっぱりといった。だが、書けなかった。ペンを取るには対象となる過去があまりにも生々しすぎた、ということではあるまいか。

四十代にしたためた手記の中頃で「ここまで書いてきて、私はやっぱり自分のペンにひどく抵抗を感じる」と正直に述べている。彼女は手記に特有の、自分だけがいい子になって、自分の行為を肯定する書き方ばかりしていなかったか、元夫や元姑を一方的な見方で誹謗《ひぼう》してはいなかったかと自省しているのだ。

そのうえで「自分に内蔵されているどぎついエゴイズム、名誉欲、いやらしさ、ずるさ、きたなさをどれだけ憎み、どれだけけいとわしく思ったことか」と驚くほど率直に告白している。それらを赤裸々に描き出すことになる自伝的小説四部作の続編を、すでに名声と富を得た作家に求めるのは酷であった。それは第三者にゆだねる領域になっていた。いずれにしても粒よりの傑作を世に残した宮尾登美子の八十八年間は、本書でたどったように悲しい涙もすくなかったが、合算すれば嬉し涙のほうが多い幸せな生涯であった。

平成二十八年九月

大島信三

著者
大島 信三（おおしま　しんぞう）
昭和17年、新潟県生まれ。早稲田大学教育学部卒。同39年、産経新聞社に入社。千葉支局を振り出しに新聞と雑誌の両部門で政治や経済、国際問題、文化全般の取材に携わった。その間、多数の各界著名人とロングインタビューをおこない、文壇関係では本書で紹介の宮尾登美子のほか井上靖、司馬遼太郎、江藤淳、辻邦生、城山三郎、石原慎太郎、五木寛之らに話を聞いた。『週刊サンケイ』編集長、『新しい住まいの設計』編集長、特集部編集委員、『正論』編集長、編集局編集委員、特別記者を経て平成21年退社し、現在はフリーのジャーナリスト。著書に『異形国家をつくった男――キム・イルソンの生涯と負の遺産』（芙蓉書房出版）がある。日本記者クラブ会員。

宮尾登美子《みやおとみこ》　遅咲《おそざ》きの人生《じんせい》

2016年10月15日　第１刷発行

著 者
大島《おおしま》 信三《しんぞう》

発行所
㈱芙蓉書房出版
（代表　平澤公裕）
〒113-0033東京都文京区本郷3-3-13
TEL 03-3813-4466　FAX 03-3813-4615
http://www.fuyoshobo.co.jp

印刷・製本／モリモト印刷

ISBN978-4-8295-0691-2

異形国家をつくった男
キム・イルソンの生涯と負の遺産
大島信三著　本体 2,300円

不可解な行動を繰り返す異形国家北朝鮮三代の謎がわかる本。

拉致事件、大韓航空機事件、ラングーン事件など世界を震撼させた事件はなぜ起きたのか。北朝鮮民衆から“国父”と慕われ、国外からは“冷酷な独裁者”と見られているキム・イルソンとはどんな人物なのか。先入観にとらわれず、82年の全生涯を丹念に検証し、関係者へのインタビュー記録等を駆使して真の人間像に迫る。現在のキム・ジョンウン体制の本質や行動原理がわかるエピソード満載。

原爆を落とした男たち
マッド・サイエンティストとトルーマン大統領
本多巍耀著　本体 2,700円

“原爆投下は戦争終結を早め、米兵だけでなく多くの日本人の命を救った”という戦後の原爆神話のウソをあばく。

「原爆の父」オッペンハイマー博士、天才物理学者ファインマン博士ら、やればどうなるかよく知っている科学者たちがなぜこれほど残酷な兵器を開発したのか？　そして、トルーマンやグローヴスらの政治家、軍人、外交官はこれにどのように向き合ったのか？

原爆の開発から投下までの、科学者の「狂気」、投下地点をめぐる政治家の駆け引き、B-29エノラ・ゲイ搭乗員たちの「恐怖」……。原爆投下に秘められた真実がよくわかる本。

原爆投下への道程
認知症とルーズベルト
本多巍耀著　本体 2,800円

世界初の核分裂現象の実証からルーズベルト大統領急死までの６年半をとりあげ、原爆開発の経緯とルーズベルト、チャーチル、スターリンら連合国首脳の動きを克明に追ったノンフィクション。

太平洋戦争と日系アメリカ人の軌跡
日米関係史を考える
吉浜精一郎著　本体 2,700円

二つの祖国の狭間で、大きな傷を負った人々がいた！「戦争花嫁」「日系アメリカ人」への聞き取りを駆使した日米関係史の一断面。